जाल

रानू

डायमंड बुक्स

www.diamondbook.in

प्रकाशक : डायमंड पॉकेट बुक्स (प्रा.) लि.
X-30 ओखला इंडस्ट्रियल एरिया, फेज-II
नई दिल्ली-110020
फोन : 011-40712200
ई-मेल : sales@dpb.in
वेबसाइट : www.diamondbook.in
मुद्रक : रेप्रो (इंडिया)

Jaal
By : Ranu

जाल

कॉलेज का युग, कॉलेज का वातावरण...चहल-पहल। कॉलेज के दिन ही अलग होते हैं...निश्चिंत...लापरवाह और अत्यन्त सुन्दर।

शनिवार का दिन था। शाम का समय था। कॉलेज की इस रंगीन शाम में डिबेट चल रही थी। विषय था 'नारी का अधिकार - पुरुष की बराबरी - दहेज।' डिबेट में भाग लेने वाले छात्र तथा छात्राएं एक-से-एक बढ़कर तैयारी करके आए थे। डिबेट अभी आरम्भ नहीं हुई थी फिर भी हॉल विद्यार्थियों से खचाखच भरा हुआ था। लड़कियों ने ऐसा बनाव-श्रृंगार कर रखा था मानो भाषण सुनने के लिए नहीं वरन सुन्दरी प्रतियोगिता में भाग लेने के लिए आई थीं। हॉल के प्रकाश में रंगीन वस्त्र चमक-दमक उठते थे जिन पर मोहित होकर चंचल छात्र कभी-कभी सीटियां बजाने से भी नहीं चूकते थे। मनचले छात्रों की रुचि डिबेट से अधिक छात्राओं में थी। छात्राएं भी किसी बात में कम नहीं थीं। उनके ठहाकों से मानो हॉल के अन्दर सुरीले साज बज उठते थे।

सहसा स्टेज पर कॉलेज के प्रिंसिपल पधारे। उनके साथ देश के महान नेता की पत्नी अंजलि देवी भी थीं। हॉल के अन्दर खामोशी छा गई। अंजलि देवी बहुत लोकप्रिय समाज-सुधारक मानी जाती थीं। इस देश में स्त्रियों का स्तर ऊंचा उठाने तथा स्त्री को पुरुष के बराबर अधिकार दिलाने में उनका बहुत बड़ा हाथ था। वह पधारीं तो विद्यार्थियों ने पूरा सम्मान देते हुए खड़े होकर उनका स्वागत किया। अंजलि देवी ने नमस्ते की और फिर अपनी कुर्सी पर बैठ गईं। प्रिंसिपल महोदय ने उनका परिचय कराया और फिर दो शब्द कहने के बाद प्रोग्राम को आरम्भ करने का आदेश दे दिया। छात्राओं ने ही नहीं अनेक छात्रों ने भी नारी को पुरुष के बराबर अधिकार दिलाने तथा दहेज की प्रथा समाप्त करने की एक से एक अच्छी दलीलें पेश कीं, परन्तु जिस किसी छात्र ने विपक्ष में कहना चाहा उसे छात्राओं तथा उनके प्रेमियों ने आवाजें लगा-लगाकर ऐसा बोर किया कि वह बीच में ही अपना भाषण छोड़कर भाग खड़ा हुआ।

प्रिंसिपल महोदय ने अनेक बार विद्यार्थियों को खामोश रहने का संकेत किया, परन्तु अधिकतर विद्यार्थी इस बात पर मानो तुले बैठे थे कि किसी को विपक्ष में कुछ बोलने ही नहीं देंगे। एक छात्र ने अपने भाषण में नारी के पिछड़ने का उत्तरदायी नारी को ही ठहराया। उसने बहुत जोर-शोर के साथ कहा कि यदि नारी इस बात पर अड़ जाए कि वह अपने आप दहेज नहीं ले जाएगी चाहे विवाह हो या न हो तो एक सीमा तक पुरानी प्रथा बहुत कम हो जाएगी। इसके लिए नारी को जीवन भर कुंवारी रहने के लिए तैयार रहना चाहिए यद्यपि ऐसी बात नहीं

उत्पन्न होगी। कोई न कोई पुरुष दहेज के बिना भी उसका हाथ थामना अवश्य स्वीकार कर लेगा।

'हम भिखारी नहीं हैं कि जो चाहे वह हमारा हाथ पकड़ ले।' सहसा एक लड़की ने तुरन्त खड़े होकर बहुत तेज स्वर में कहा।

भाषण करता छात्र बौखला गया। हॉल के अन्दर जोर-शोर से बातें होने लगीं।

'अब पुरुष का हाथ लड़की थामेगी, लड़की का हाथ पुरुष नहीं थामेगा।' एक अन्य लड़की ने खड़े होकर कहा।

'अब दहेज हमें मिलना चाहिए।' एक और लड़की ने मांग की।

'हां-हां-।' सहसा एक चंचल छात्र ने व्यंग्यात्मक ढंग से कहा - 'अब हमारी विदाई होगी, तुम्हारी नहीं।'

हॉल के अन्दर शोर बढ़ गया। ठहाके भी गूंजने लगे। भाषण करता छात्र स्टेज से भाग खड़ा हुआ। प्रिंसिपल को खड़ा होना पड़ा। उनके कहने से पहले ही हॉल के अन्दर खामोशी छा गई। प्रिंसिपल महोदय ने माइक्रोफोन संभाला। बोले - 'हमें खेद है कि इतने गम्भीर विषय का अपमान देश की एक सेविका के समाने हमारे ही कॉलेज के विद्यार्थी कर रहे हैं। हम ऐसी अनुचित बातें अब सहन नहीं करेंगे। मैं आशा करूंगा कि अब और अधिक कोई भी विद्यार्थी किसी भाषण के बीच बाधा उत्पन्न करने का प्रयत्न नहीं करेगा।' प्रिंसिपल महोदय के स्वर में चेतावनी थी। अपनी बात समाप्त करके वह अपने स्थान पर जाकर बैठ गए।

अनाउन्सर ने स्टेज पर आने के लिए दूसरे विद्यार्थी का नाम पुकारा - पंकज श्रीवास्तव।

पंकज एक सरकारी अफसर टी.पी. श्रीवास्तव का एकमात्र बेटा था - अत्यन्त बिगड़ा हुआ। बाप शराबी, मां भी शराब से घृणा नहीं करती थी। उसके माता-पिता प्रति शाम क्लब जाना तथा देर से वापस लौटना अपनी शान समझते थे। उसके पिता ऐसे सरकारी अधिकारी थे जिनके आगे बड़े-बड़े व्यापारी भी झुक-झुककर सलाम करते तथा हजूर-हजूर करके बातें करते नहीं थकते थे। परन्तु पंकज अपने-आपको अपने पिता से भी बड़ा व्यक्ति समझता था। आवश्यकता से अधिक शेखी मारना उसका स्वभाव था। बातें बढ़ा-चढ़ाकर मारना वह अपनी शान समझता था। जबान का मुंहफट भी। कॉलेज वह कभी स्कूटर से आता तो कभी कार से। कॉलेज में उसका आठवां वर्ष। बी.ए. पार्ट वन में दो वर्ष लगाए - द्वितीय वर्ष में भी दो वर्ष। एम.ए. के प्रथम वर्ष में भी उसने दो वर्ष लगाए और तब द्वितीय वर्ष में भी उसका दूसरा वर्ष था।

वह कैसा भी था परन्तु एक सुन्दर व्यक्तित्व का मालिक अवश्य था। यही कारण था कि उसके जीवन में अनेक लड़कियां आईं, उसकी ओर प्यार का हाथ बढ़ाया, परन्तु कोई उसका दिल नहीं जीत सकी। पंकज को लड़कियों को बोर करने में एक विशेष आनन्द आता था। यही कारण था कि वह कुछेक लड़कियों के साथ घूमा-फिर भी, क्लब तथा होटलों में नृत्य करते

हुए अनेक शरीर बांहों में भी समाए, परन्तु किसी को प्यार नहीं कर सका। लड़कियां स्वयं उसकी बांहों में पूर्णतया समा जाने को तड़प उठती थीं, इसलिए वह करता भी क्या? प्रायः पंकज का नाम अब भी बिमला नाम की एक लड़की के साथ ले लिया जाता था, जिसकी संगति उसके साथ चार वर्ष पहले कई मास के लिए दिनों तथा गई रातों के लिए रह चुकी थी। पंकज तब भी उसे प्यार नहीं कर सका था। शायद इसमें पंकज का दोष नहीं था। कुछ लोगों का स्वभाव ही नीरस होता है। कुछ लोगों के दिल में प्यार देर से उत्पन्न होता है, जिसके विश्वास में बिमला ने पंकज को काफी समय तक अपनी संगति में बांध रखा था। परंतु पंकज पर उसके प्यार का कोई प्रभाव नहीं हुआ था। पंकज अनुत्तीर्ण होता गया और बिमला उत्तीर्ण होकर इस कॉलेज को छोड़ गई थी, परन्तु जाने से पहले निराश होकर उसने पंकज को भी जी भरकर कोसा अवश्य था। अपने विश्वास के कारण उसने धोखा खाया था, इसलिए कामना की थी कि उसे भी किसी लड़की का प्यार कभी नहीं मिले। अनेक लड़कियों को संगति देकर पंकज ने बदनाम किया था, इसलिए अच्छा की थी कि हर लड़की उससे अब केवल घृणा करती रहे। पंकज बिमला की बात सुनकर हंस पड़ा था, इस प्रकार मानो जितनी अधिक लड़कियों की संगति प्राप्त की जाए उतनी ही कमाल की बात है। कॉलेज के आठवें वर्ष को पूरा करते-करते पंकज में अनेक परिवर्तन आ चुके थे। रात होते ही गिने-चुने मित्रों के साथ शराब पीकर जुआ खेलना उसकी आदत में सम्मिलित हो चुका था।

पंकज का नाम पुकारा गया तो वह स्टेज पर आया। हॉल में बैठे विद्यार्थियों पर एक दृष्टि दौड़ाई। फिर बड़ी अदा के साथ कंधे झटके। कुछ झुका। एक हाथ से माइक्रोफोन का स्टैण्ड पकड़ा। आदरणीय मेहमानों तथा विद्यार्थियों को गिने-चुने शब्दों से सम्बोधित किया। फिर अपने मतलब की बात पर आया। उसने कहा - 'नारी का अधिकार - पुरुष की बराबरी तथा दहेज, मैं समझता हूं यह विषय इतना महत्त्वपूर्ण नहीं है जितना इसे महत्त्व दिया जा रहा है।' हॉल में बैठी छात्राएं ही नहीं प्रमुख अतिथि तथा प्रिंसिपल भी चौंक पड़े। पंकज ने अपनी बात जारी रखी। उसने कहा - 'नारी को पुरुष की बराबरी करने का कभी कोई अधिकार नहीं पहुंचता, क्योंकि वह हर दृष्टि से पुरुष से निर्बल है, पीछे है और इसीलिए यदि वह पुरुष के बराबर अधिकार प्राप्त करना चाहती है तो उसे दहेज का सहारा लेना ही पड़ेगा और पुरुष के लिए भी अपनी पत्नी को अपने बराबर अधिकार देने से पहले हर अवस्था में दहेज लेना अत्यन्त आवश्यक है।'

'शेम-शेम (शर्म आनी चाहिए)।' हॉल के अन्दर बैठी छात्राओं के साथ उन छात्रों का भी स्वर गूंज गया जिनके घर में बहनें अधिक थीं तथा भाई कम।

अंजलि देवी ने पंकज को बहुत घूरकर देखा। ऐसे व्यक्ति को भाषण करने का अधिकार किसने दिया? प्रिंसिपल महोदय भी चकित होकर पंकज को देखने लगे।

'पागल है।' सहसा एक छात्र ने कहा जिसके घर में छः बहनें थीं।

‘स्टेज छोड़कर वापस आओ।’ एक लड़की ने आवाज लगाई।

कुछ छात्राएं पंकज को न बोलने पर विवश करने के लिए और शोर मचाने लगीं।

परन्तु पंकज यहां का शायद सबसे पुराना छात्र था। ऐसे-ऐसे जाने कितने उत्सव उसने देखे थे। हॉल के अन्दर मचे शोर ने उस पर कोई प्रभाव नहीं डाला। उसने और भी तेज स्वर में अपनी बातें जारी कर दीं। बोला नारी शारीरिक तौर पर ही नहीं मानसिक तौर पर भी पुरुष से निर्बल है। यह पुरुष ही है, जिसने अपने मस्तिष्क तथा साहस से चांद-सितारों पर विजय पाई है। यह पुरुष ही है जिसने हर कठिनाई पर देश की सुरक्षा की है। जो नारी एक बिजली का फ्यूज ठीक नहीं कर सकती वह किस प्रकार पुरुष की बराबरी करने का अधिकार रखती है? और यदि नारी पुरुष की बराबरी करने का अधिकार नहीं रखती तो उसे चाहिए कि इस बराबरी को प्राप्त करने के लिए एक मूल्य चुकाए और यह मूल्य वह केवल दहेज में ही चुका सकती है ताकि अपने पति के बराबर अधिकार प्राप्त कर सके। एक पुरुष को अपने पैरों पर खड़े होने के लिए एक पुरुष के जीवन का अच्छा-भला भाग, एक बहुमूल्य समय निकल जाता है। जवानी के सुन्दर दिन एड़ियां रगड़-रगड़ कर बर्बाद हो जाते हैं। कभी-कभी नौकरी तलाश करते-करते पच्चीस-तीस वर्ष में ही बूढ़ा दिखाई देने लगता है और उसके बाद जब उसे किसी प्रकार एक नौकरी मिलती है तो एक बाप अपनी अयोग्य बेटी को उसके गले मढ़ देना चाहता है। फिर क्यों न वह पुरुष उस बेटी के बाप से दहेज में एक अच्छी बड़ी राशि प्राप्त करने की मांग करे। जिससे हाल की उसकी बेटी अपने होने वाले पति के साथ बराबर का अधिकार रखने की मांग करती है। आखिर उस लड़की का अपने होने वाले पति की उन्नति में क्या योगदान रहा है? एक नारी को अपने जीवन में करना ही क्या पड़ता है? यही न कि थोड़ा पढ़-लिख लिया गरीब लड़की थोड़ा-बहुत घर-गृहस्थी का काम भी सीख लेती है परन्तु अमीर लड़की यह भी नहीं सीखना चाहती। लड़की ही नहीं लड़की के माता-पिता भी यही चाहते हैं कि मिलने वाला घर लड़की से अधिक शिक्षित हो। फिर वह लड़की किस आधार पर पुरुष की जीवन-संगिनी बनकर उसके ज्ञान, उसकी मेहनत, उसकी कमाई तथा संपत्ति की आधी भागीदार बनने का अधिकार रखती है? पुरुष यदि अपनी मेहनत का फल प्राप्त करता है तो इसका यह मतलब नहीं कि इस फल का आधा भाग वह मुफ्त में ही एक स्त्री को बांट दे। यदि नारी इस फल पर बराबर का अधिकार रखना चाहती है तो उसे इसका मूल्य चुकाने में कोई आपत्ति नहीं होनी चाहिए और वह मूल्य होता है दहेज। इस दहेज की मांग तथा इसे प्राप्त करने का अधिकार पुरुष को पूरा-पूरा पहुंचता है, फिर वह क्यों न इस अधिकार की मांग करे।

हॉल में बहुत जोर की ताली बजी। छात्रों के स्वर में ऐसा शोर उठा कि कान फट गए। छात्राएं बौखलाकर एक-दूसरे का मुंह ताकने लगीं। पंकज मुखड़े पर गम्भीरता लिए स्टेज छोड़कर अपने स्थान पर चला गया तब भी ताली बजती रही। छात्र उसकी बात का लोहा मान गए थे। वास्तव में लड़कियां लड़कों के मुकाबले में क्या मेहनत करती हैं? बनाव- श्रृंगार करने

से इन्हें समय तो मिले। इन्हें तो पकी हुई खीर मिल जाती है। विवाह किया और फिर अपने नए घर में बराबरी का साझा लेकर बैठ गईं। ऊपर से मांग करेंगी कि दहेज भी बन्द कर दिया जाए।

अंजलि देवी पंकज की बातें सुनकर गुमसुम रह गईं। पुरुष यदि यही सोचते और समझते रहे तो हो चुका नारी समाज का कल्याण। प्रिंसिपल महोदय की समझ में नहीं आया कि उन्हें पंकज की बातों से सहमत होना चाहिए या नहीं, परन्तु एक बात उन्हें अवश्य बुरी लगी - पंकज को कम से कम नारी समाज सुधारक के सामने ऐसी बातें नहीं करनी चाहिए थीं। उनके कॉलेज को उनके नेता पति के द्वारा सरकार से आर्थिक सहायता मिलती थी। उन्हें भय हुआ कि अगले वर्ष से यह सहायता बन्द न हो जाए। पंकज पर उन्हें सख्त क्रोध आ रहा था।

तालियों का शोर समाप्त हुआ तो अनाउन्सर ने एक नाम और पुकारा - कुमारी सीमा भटनागर। सीमा भटनागर - एक धनवान की बेटी। एक भाई था जो लन्दन में डॉक्टरी कर रहा था। सीमा को एक ड्राइवर कार से कॉलेज छोड़ने तथा लेने आता था पिछले केवल दो वर्ष से वह इस कॉलेज में पढ़ रही थी और अब वह एम.ए. (अन्तिम वर्ष) में पंकज की कक्षा की छात्रा थी। स्वतन्त्र विचारशालिनी - उदार - जिस पर विश्वास कर ले तो आंखें बन्द करके करे। रंग गोरा परन्तु नाक-नक्शा साधारण, फिर भी काली आंखों में ऐसा तीखापन तथा असाधारण खिंचाव और चमक थी मानो एक सुन्दरी की सारी सुन्दरता वहीं आकर सिमट गई हो। स्वतन्त्र विचारशालिनी होने के कारण उसे फैशन का भी बहुत शौक था। कंधे तक झूलते बाल - शरीर का अंग-अंग कसा हुआ। जब वह रंगीन कपड़े पहनती तो कली से फूल बनकर खिल उठती। अनेक छात्रों ने उसे प्यार का न्योता दिया था। सीमा ने प्यार जैसे विषय पर छात्रों से खुलकर बहस भी की थी, परन्तु उसका दिल अभी तक कोई नहीं जीत सका था। सीमा 'आर्ट्स' की छात्रा थी। वह प्यार पर विश्वास करती थी, वह चाहती थी कि किसी को वह प्यार करे और कोई उसे। उसे प्यार करने वालों की कमी नहीं थी परन्तु उसकी अपनी दृष्टि में कोई ऐसा खरा नहीं उतरा था जिसे वह प्यार करती।

सीमा का नाम पुकारा गया तो वह अपने स्थान पर उठकर खड़ी हो गई। खड़ी होकर उसने अपनी बहुमूल्य रंगीन साड़ी का आंचल संवारा। उसके एक हाथ में एक कागज था जिस पर मुख्य-मुख्य बातें लिखी हुई थीं। यद्यपि उसे हर बात याद थी फिर भी वह सावधानी बरतते हुए इसे साथ ले आई थी। इस कागज को संभालकर स्टेज पर आई तो नवयुवक छात्रों के दिल धड़क गए। एक अनुभवी व्याख्यात्री के समान सीमा ने माइक संभाला। फिर अपना भाषण आरम्भ करने से पहले उसने खखारते हुए अपना गला साफ किया, 'हु-हं-हूं!'

जाने कितने मनचले छात्रों ने दबे स्वर में सीमा की नकल की। परंतु सीमा पर उसका कोई प्रभाव नहीं पड़ा। उसने आदरणीय मेहमान, प्रिंसिपल तथा विद्यार्थियों के सम्मान में दो शब्द कहे। फिर अपने विषय पर आ गई। बोली, 'पुरुष के लिए यह बड़ी लज्जा की बात है कि वह अपनी मेहनत तथा उन्नति का मूल्य नारी के साथ मिलने वाले दहेज से लगाता है। नारी बाजार

में बिकने वाली शो केस में रखी कोई बेजान वस्तु नहीं है जिसका मूल्य लगाया जाए। इसमें कोई सन्देह नहीं कि शारीरिक बल में नारी एक पुरुष का मुकाबला नहीं कर सकती। परंतु नारी एक जीता-जागता शरीर है, बिल्कुल पुरुष के समान। उसके शरीर में सूझ-बूझ रखने वाला एक दिल है - मस्तिष्क है।'

'बिल्कुल गलत।' सहसा एक मनचले छात्र ने आवाज लगाई।

कुछ छात्र चहके। छात्राओं ने मुंह बनाया। परन्तु सीमा पर इसका कोई प्रभाव नहीं पड़ा। उसने अपनी बात जारी रखी। कहती रही, 'हमारा देश एक गरीब देश है। दहेज न दे सकने के कारण कितनी ही निर्दोष अबलाओं ने आत्महत्या कर ली। परंतु इसका जिम्मेदार कौन है? क्या पुरुष नहीं है जिसने नारी को नारी का जन्म लेने से पहले ही मार डाला? नारी का वास्तविक जन्म तो उसके विवाह के बाद होता है। पुरुष को तो लड़की के माता-पिता का कृतज्ञ होना चाहिए कि विवाह से पहले उसकी अमानत की सुरक्षा लड़की के माता-पिता ने की, उसे खिलाया-पिलाया, पढ़ाया-लिखाया तथा जीवन का सारा सुख दिया। लड़की तो माता-पिता के लिए एक पराया धन होती है जिसे हर सुख देते हुए माता-पिता केवल उसके होने वाले पति के लिए सुरक्षित रखते हैं। यह कहां का न्याय है कि माता-पिता दूसरे की अमानत पर बचपन से लेकर जवानी तक प्यार देने के साथ अपने पास से धन खर्च करके उसकी रक्षा भी करें और जब वह अमानत उसके पति को लौटाएं तो उसके साथ मूल्य में दहेज भी दें? क्या कोई माता-पिता ऐसी आशा कर सकते हैं कि वह अपने बच्चे को पढ़ने-लिखने के लिए होस्टल में भर्ती करें और जब उसे वापस लेने आएं तो साथ में दहेज भी प्राप्त करें? उलटे माता-पिता को ही अपने बच्चे की पढ़ाई के लिए अपने पास से धन खर्च करना पड़ता है। इसके पश्चात् उसकी चिंता बनी रहती है कि होस्टल में बेटे को कुछ हो न जाए।

बिल्कुल इसी प्रकार एक लड़की भी पुरुष की अमानत बन कर अपने माता-पिता के घर रहती है। अन्तर केवल यह है कि लड़की को अपने माता-पिता के घर में जन्म लेना पड़ता है ताकि जिसकी वह अमानत है वह हर चिंता से मुक्त रहकर अपने जीवन से संघर्ष करता हुआ अपने पैरों पर खड़ा हो सके। लड़की जिस पुरुष की अमानत है, यदि उसके घर में जन्म ले लेगी तो उसका विवाह ही उस पुरुष से कैसे हो सकेगा? यह प्रकृति का नियम ही नहीं है समाज का भी नियम है। पुरुष को तो भगवान की इस कृपा के लिए कृतज्ञ होना चाहिए कि उसे अपनी अमानत के लिए जरा भी चिन्तित नहीं होना पड़ता है, न कि इस कृपा का मजाक बनाकर दहेज लेने में अपना स्वार्थ पूरा करना चाहिए। विवाह के बाद आरम्भ होता है नारी का वास्तविक जीवन, परंतु इस जीवन में उसे क्या मिलता है यह पुरुष नहीं देखना चाहता। इसके विपरीत वह दहेज का मूल्य देखता है। यह वह नहीं जानना चाहता कि उसकी सन्तान को जन्म देते समय उसकी पत्नी को कितनी बार मृत्यु के पंजों में जाना पड़ेगा? आखिर नारी को यह किस बात का दण्ड मिलता है कि वह अपने माता-पिता को भी छोड़े, भाई-बहनों से भी

बिछड़े तथा साथ में दहेज भी लेकर ऐसे व्यक्ति की बन जाए जिसे वह जानती नहीं, कभी देखा भी नहीं, जिस हाल को वह जानती है कि उसे पत्नी बनकर पति के कारण अनेक बार मृत्यु के मुंह में जाना पड़ेगा? मैं यह नहीं कहती कि भगवान ने स्त्री के साथ किसी प्रकार का अन्याय किया है, क्योंकि भगवान ने स्त्री को उस दोष से मुक्त रखा है जो पुरुष के अन्दर उपस्थित है। मेडिकल साइंस ने इस बात को सिद्ध कर दिखाया है कि उत्पन्न होने वाले बच्चे के सैक्स से स्त्री का कोई सम्बन्ध नहीं होता। यह पुरुष ही है जिसके कारण बच्चे का सैक्स बनता है। इस सत्यता के पश्चात् पुरुष तथा उसके घरवाले स्त्री को लड़की उत्पन्न करने पर कोसते नहीं थकते। आखिर यह मूर्खतापूर्ण जबरदस्ती स्त्री पर क्यों की जाती है? नारी एक मां है, पत्नी है, बहन है, बेटी है। उसे वही अधिकार मिलना चाहिए जो एक बाप, पति, भाई तथा बेटे को मिलता है। जहां तक नारी की उन्नति का प्रश्न है, सत्य तो यह है कि अपने शारीरिक बल तथा बुद्धिहीनता के कारण पुरुष ने नारी को कभी उठने का अवसर ही नहीं दिया। यदि एक स्त्री बिजली का फ्यूज नहीं लगा सकती तो अनेक पुरुष ऐसे भी हैं जो अपनी कमीज का बटन भी नहीं टांक सकते।'

हॉल के अन्दर लड़कियों के समूह से तालियों का एक जोरदार शोर उठा। सीमा समझ रही थी उसका भाषण कुछ लम्बा हो गया है। परन्तु तालियों के शोर से वह और जोश में आ गई। उसने कहा, 'यह एक कमजोरी नहीं है बल्कि ऐसा इसलिए हुआ क्योंकि स्त्री को फ्यूज ठीक करना तथा पुरुष को बटन टांकना सिखाया नहीं गया। यह बात बिल्कुल सत्य है कि नारी ने जिस काम को जितना जल्दी तथा कुशलता के साथ सीखा है पुरुष नहीं सीख सका। यदि नारी को पुरुष ने अपने शारीरिक बल पर दबाया नहीं होता तो नारी आज नहीं, बहुत पहले ही चांद-सितारों पर पहुंच गई होती। आज का बुद्धिमान पुरुष इस वास्तविकता का आभास कर रहा है। स्त्री को उसका पूरा अधिकार देने को तैयार है। चह अपने देश के केवल गिने-चुने मूर्खों की ही मांग है कि स्त्री को पुरुष के बराबर अधिकार नहीं दिया जाए और दहेज की प्रथा जारी रखी जाए। परंतु अब ऐसा नहीं चलेगा। अब युग आ चुका है जब हर नारी को अपने अधिकार की मांग अवश्य करनी चाहिए।

बहुत जोर की ताली बजी। ताली बजाने में अंजलि देवी ने भी पूरे जोश से साथ दिया। सीमा की बातों ने उनका दिल जीत लिया था। उन्हें विश्वास हो गया था कि यह लड़की एक दिन अवश्य समाज-सेविका बनकर नारी जाति का हित करेगी। परंतु पंकज के लिए यह बिल्कुल खुली हार थी। सीमा ने शब्द 'मूर्ख' केवल गिने-चुने व्यक्तियों के लिए ही कहा था, परंतु पंकज ने इस संकेत को अपने ऊपर व्यक्तिगत रूप से लिया। सीमा ने दर्शकों के सामने खुली तौर पर उसका अपमान कर दिया था। यह उसके लिए बड़ी लज्जा की बात थी। मन ही मन वह खिसियाते हुए सीमा को भी सबके सामने लज्जित करने की योजना बनाने लगा, परंतु

इस समय सफल नहीं हो सका तो भविष्य के लिए स्थगित कर दिया। कॉलेज में यह उसकी पहली हार थी।

सीमा भाषण समाप्त करने के बाद अपने स्थान पर जाकर बैठ गई तो अंजलि देवी ने प्रिंसिपल महोदय के कहने पर माइक्रोफोन संभाला। अपनी बातों द्वारा उन्होंने नारी जाति के विरुद्ध बोलने वालों की निन्दा की तथा पक्ष में बोलने वालों की प्रशंसा करते हुए सीमा की दलीलों की विशेष प्रशंसा की। फिर प्रिंसिपल महोदय के दो शब्दों के बाद कार्यक्रम समाप्त हो गया। इसके पश्चात् सीमा विद्यार्थियों के गिने-चुने समूह को छोड़कर सबकी प्रशंसा का विषय बहुत देर तक बनी रही तो पंकज को ऐसा महसूस हुआ मानो सारे के सारे विद्यार्थी उसी पर चोट कर रहे हैं। वह खिसियाकर रह गया।

□ □

□ □

सोमवार का दिन था। कॉलेज की कक्षाएं अभी आरम्भ नहीं हुई थीं। कक्षा में बैठे विद्यार्थी अब भी सीमा की प्रशंसा से प्रभावित थे। छात्राएं तथा उनके प्रेमी सीमा के भाषण की प्रशंसा किए बिना नहीं थकते थे। अन्य छात्रों ने सीमा का दिल जीतने के लिए उसकी प्रशंसा के पुल बांध दिए थे। सीमा उन छात्रों के दिल की वास्तविकता जानती थी। परन्तु अब तक उसकी आंखों में ऐसा कोई नवयुवक नहीं उतरा था जो उसके दिल को छवि बनाता। किसी नवयुवक के प्रति उसका दिल नहीं धड़का था। यही कारण था कि छात्रों की बातें सुनकर वह टाल जाती तथा मुस्कराकर ब्लैक बोर्ड की ओर देखने लगती जहां चाक द्वारा एक बड़ा कार्टून बना हुआ था - पंकज का। सिर पंकज का था परन्तु शेष शरीर बन्दर का था। दुम कुछ अधिक ही लम्बी थी। उसके एक हाथ में एक तराजू था जिसके एक पलड़े में नोटों की गड्डियां रखीं थीं तथा दूसरे पलड़े में एक लड़की बनी हुई थी - बहुत उदास नोटों का पलड़ा भारी था जिसे पंकज का कार्टून लार भरी जबान बाहर निकाले बहुत चमकती दृष्टि के साथ देख रहा था। नीचे लिखा था - लालची बन्दर। यह तस्वीर सीमा ने नहीं बनाई थी, बल्कि उन लड़कियों ने बनाई थी जिन्हें पंकज ने अवसर पाते ही सबके सामने बोर करके लज्जित किया था। सीमा ने लड़कियों को ऐसी तस्वीर बनाते समय मना भी किया था, परन्तु छात्राओं तथा उनके प्रेमियों के आगे सीमा की एक भी नहीं चली थी। पंकज से बदला लेने के लिए अब छात्राओं की बारी थी। पंकज के मित्रों में से अभी एक भी मित्र कक्षा में नहीं आया था। प्रायः पंकज अपने मित्रों के साथ ही कक्षा में प्रवेश करता था।

सहसा कक्षा में पंकज प्रविष्ट हुआ - अपने मित्रों के साथ। कक्षा में तुरन्त भेद भरी खामोशी छा गई। बोर्ड पर दृष्टि पड़ते ही सबके सब चौंक गए। पंकज ने तस्वीर देखने के बाद शीर्षक पढ़ा तो क्रोध में मुट्ठियां कस गईं। घूरकर उसने कक्षा में बैठे विद्यार्थियों को देखा। सब

बहुत सीधे बनकर अपनी पुस्तकों में खोए हुए थे। उसने सीमा को देखा। वह उसकी ओर से निश्चिंत कुछ लिखने में मगन थी। सीमा ने ही उसे पिछली डिबेट में मूर्ख कहा था। पंकज के दिल में यह बात बैठ गई कि यह तस्वीर सीमा ने ही बनाई है या उसी के इशारे पर बनाई गई है। उसका मन हुआ सीमा के गाल पर एक थप्पड़ रसीद करे। इन विद्यार्थियों का अब यह साहस हो गया कि उसका अपमान करें? कॉलेज की छात्राएं उससे डरती थीं। छात्रों पर भी उसका दबाव था और इसीलिए उसने गरजकर पूछना चाहा कि ऐसी तस्वीर बनाने का साहस किसने किया है? परन्तु तभी घंटी बज गई तो पंकज के एक मित्र ने लपककर कपड़े द्वारा तस्वीर मिटा दी। बात समाप्त हो गई परन्तु इसके साथ ही पंकज के दिल में सीमा से बदला लेने की भावना और बढ़ गई। उसके विचार में सीमा के अतिरिक्त उसका अपमान करने का साहस कोई कर ही नहीं सकता था। पंकज उसी दिन दबे-दबे स्वर में लालची बन्दर के नाम से प्रसिद्ध हो गया।

अगले दिन पंकज भी अपने मित्रों के साथ समय से पहले ही कॉलेज चला आया। ब्लैक बोर्ड पर उसने एक तस्वीर बना दी - एक बन्दरिया का कार्टून। सिर सीमा का था। उसके हाथ में भी एक तराजू था। एक पलड़े में एक दुबला-पतला गरीब लड़का बैठा हुआ था, दूसरे पलड़े में एक बहुत ही मोटा तथा तोंद वाला व्यक्ति था जो बूढ़ा था - सिर से गंजा। उसके हाथ में रुपयों की गड्डी थी। यह पलड़ा पहले पलड़े से कहीं भारी था। सीमा होंठों से लार भरी जबान निकालकर चमकती आंखों द्वारा इसी पलड़े को देख रही थी जो नीचा था। इसके नीचे पंकज ने खुले शब्दों में लिख दिया - लालची बन्दरिया सीमा। फिर वह स्त्री जाति का उपहास करता हुआ अपने मित्रों के साथ अपनी जगह जाकर बैठ गया।

कुछ देर बाद विद्यार्थियों का एक समूह कक्षा में पहुंचा - कुछेक छात्र - कुछेक छात्राएं। उन्होंने ब्लैक बोर्ड पर तस्वीर देखी तो चौंक गए। पलटकर उन्होंने सीटों की ओर देखा। पंकज तथा उसके मित्र उन्हीं को घूर रहे थे। विद्यार्थी कुछ सहम गए। आज कॉलेज में अवश्य कोई ऊधम होने वाला है। चुपचाप सब अपने स्थान पर जाकर बैठ गए। फिर इसके बाद जो भी विद्यार्थी आया वह तस्वीर देखकर चौंका ओर फिर कक्षा की भेद भरी खामोशी में सम्मिलित होकर अपने स्थान पर बैठ गया। फिर घंटी बजने से कुछ मिनट पहले सीमा ने कक्षा में प्रवेश किया - अपनी प्रिय सहेली मंजू के साथ। ब्लैक बोर्ड पर दृष्टि पड़ते ही दोनों चौंक गईं। सीमा का मुखड़ा तो क्रोध के कारण बिल्कुल ही लाल हो गया। उसने पलटकर विद्यार्थियों की ओर देखा। पंकज अपने होंठों पर उसके प्रति उपहास लिए उसी को देख रहा था। सीमा ने अपनी अन्य सहेलियों को देखा तो एक छात्रा ने आंखों से पंकज की ओर संकेत कर दिया। सीमा क्रोध में कांप उठी। पंकज को घूरकर देखा। क्रोध में पैर पटका और फिर तुरन्त कक्षा के बाहर निकल गई। पंकज का मन हुआ वह खूब जोर से ठहाका लगाकर हंस पड़े।

कुछ ही पलों बाद वहां प्रिंसिपल महोदय स्वयं आ पहुंचे, सीमा की शिकायत पर पंकज की शरारत देखने - सीमा के साथ पिछले भाषण के कारण वह पंकज से यूं भी रुष्ट थे। प्रिंसिपल के देखते ही सारे विद्यार्थी खड़े हो गए। प्रिंसिपल महोदय ने ब्लैक बोर्ड पर दृष्टि की। फिर पंकज को देखा। पंकज अनजान बना उन्हीं को देख रहा था।

'इधर आओ।' प्रिंसिपल महोदय ने पंकज को आज्ञा दी।

'मैं?' पंकज ने अनजान बनकर पूछा।

'हां, तुम!' प्रिंसिपल महोदय ने कड़ककर कहा।

पंकज उनके सामने जाकर खड़ा हो गया।

'यह किसकी शरारत है?' प्रिंसिपल महोदय ने ब्लैक बोर्ड की ओर इशारा करते हुए पूछा।

'मुझे नहीं मालूम, सर!' पंकज ने झूठ का सहारा लिया।

'शट अप-' प्रिंसिपल महोदय भड़क उठे। बोले, 'तुम्हें सब मालूम है। यह शरारत तुम्हारी है। सीमा कभी झूठ नहीं कह सकती।'

'सर, सीमा झूठ बोले या सच, मुझे इससे कोई मतलब नहीं।'

पंकज नवयुवक था...रक्त गरम था। उसे क्रोध आ गया। फिर भी उसने अपने ऊपर काबू किया। नम्रता से बोला - 'यदि इस तस्वीर की शिकायत आपके पास पहुंच सकती है तो उस तस्वीर की शिकायत आपके पास क्यों नहीं गई जो मेरा रूप देकर इसी प्रकार कल इस ब्लैक बोर्ड पर बनाई गई थी?'

'शिकायत करना तुम लोगों का काम है - मेरा नहीं।' प्रिंसिपल महोदय ने कहा - 'जब तक मेरे पास शिकायत नहीं जाएगी मैं कोई भी पग उठाने में असमर्थ हूं।'

'सर-।' पंकज ने कहा - 'शिकायत मैं नहीं करता, शिकायत तो यह करना जानती हैं।' पंकज ने सीमा की ओर इशारा किया।

'शट अप-।' प्रिंसिपल ने पंकज को डांट दिया। बोले, 'इसके बाद यदि मेरे पास कोई शिकायत आई तो तुम्हारे पक्ष में अच्छा नहीं होगा।'

प्रिंसिपल महोदय ने बात समाप्त की, एक लड़के को बोर्ड साफ करने को कहा और फिर कक्षा से बाहर निकल गए।

पंकज खिसियाकर रह गया। घृणा से उसने सीमा को देखा परन्तु सीमा उसकी ओर देखे बिना ही अपनी सीट की ओर बढ़ चुकी थी। तभी घंटी बज गई। पंकज अपनी सीट पर बैठ गया और सोचने लगा कि आज इस छात्रा के कारण उसका खुला अपमान हुआ है। इस अपमान का बदला अवश्य लेगा। यदि अवसर मिला तो वह सीमा को कॉलेज में क्या, सारे संसार में अट्टहास का पात्र बना देगा। कॉलेज के आठ वर्षों के अन्दर उसका आज पहली बार छात्रों के सामने अपमान हुआ था, इसलिए उसका इस प्रकार सोचना स्वाभाविक ही था।

उस दिन के बाद से सीमा तथा पंकज के मध्य एक तनाव उत्पन्न हो गया। इस तनाव के पीछे पंकज का हाथ अधिक था। वह आरम्भ से ही शेखीबाज था। अब तक किसी के आगे झुका नहीं था, इसलिए बदले की भावना का उसके अन्दर अटूट बनना स्वाभाविक था। वह हर पल इसी ताक में रहता कि कब और किस प्रकार सारे विद्यार्थियों के सामने सीमा का ऐसा अपमान हो कि वह कॉलेज तक छोड़ दें,परन्तु सीमा के लिए वह एक साधारण घटना थी। कॉलेज में ऐसा होता ही रहता है। उसने पंकज की तस्वीर नहीं बनाई थी परन्तु पंकज ने उसकी तस्वीर अवश्य बनाई थी, इसलिए उसे उसकी शिकायत करने का अधिकार पहुंचता था।

कुछेक दिन बीत गए, पंकज को सीमा का अपमान करने का अवसर नहीं मिला। परन्तु अपमान करने का उसका इरादा उसी प्रकार अटल था। वह अवसर की तलाश में रहा। जब तक सीमा कॉलेज में थी वह अवसर प्राप्त करने की आशा रख सकता था और इसीलिए उसने प्रयत्न जारी रखा।

एक दिन कॉलेज के विद्यार्थियों का पिकनिक का प्रोग्राम बना, आठ वर्ष के अन्दर पंकज अनेक पिकनिक स्पॉट्स देख चुका था। इस बार जिस पिकनिक स्पॉट पर विद्यार्थी जा रहे थे वह भी उसका देखा-भाला था, इसलिए विद्यार्थियों के साथ जाने में उसने रुचि नहीं ली, परन्तु जैसे ही उसने पिकनिक की सूची में सीमा का नाम पढ़ा, उसके मन में एक विचार तुरन्त उत्पन्न हो गया। क्यों न वह सीमा का दिल जीतकर ही उसके अपमान का साधन उत्पन्न करे? इस पिकनिक स्पॉट, पर एक अच्छी-भली घटना घटित हो सकती थी। सीमा का दिल जीतकर वह उसे ऐसी मंजिल पर पहुचां सकता था जहां से वह कभी लौटकर वापस नहीं आ सकती थी। अपना काला मुंह विद्यार्थियों को तो क्या, वह किसी को भी नहीं दिखा सकती थी। विचार गन्दा था - इरादा भयानक। परन्तु सीमा के कारण वह सबके सामने अपमानित हुआ था इसलिए उस पर इस गन्दे विचार तथा भयानक इरादे का कोई प्रभाव नहीं पड़ा। उसने पिकनिक में जाने के लिए अपने साथ अपने कुछेक मित्रों का भी नाम दे दिया। परन्तु अपनी योजना में उसने केवल एक ही मित्र को सम्मिलित करने का इरादा कर लिया।

सुबह लगभग ग्यारह बजे जब दो बसें डाक बंगले के समीप रुकीं तो हवाओं का बहाव तेज था। झरने का शोर स्पष्ट सुनाई पड़ रहा था। छात्राएं रंग-बिरंगे वस्त्रों में तितलियों समान इधर-उधर बिखरकर फूलों समान मुस्कराने लगीं। छात्र भी लड़कियों के समीप ही भंवरे समान मंडराने लगे। सीमा ने इस समय रंगीन बेलबाटम पैण्ट तथा बेल्टदार कोटी पहन रखी थी। कंधे से कैमरा लटक रहा था। सीमा ने अपनी खुली तथा हवाओं में बिखरी लटों पर हाथ फेरा और सामने दृष्टि बिछा दी। डाक बंगले से होकर नीचे बहुत दूर तक सीढ़ियां गई हुई थीं जहां ऊंचे-नीचे तथा आड़े-तिरछे पत्थरों के किनारों को स्वच्छ जल गुदगुदाते हुए आगे जाकर झील समान फैल गया था। झील के उस पार एक चौड़ा झरना बहुत ऊंची चट्टानों की कोख से नीचे गिरता हुआ सफेद झाग फैला रहा था। झाग सूर्य के प्रतिबिम्ब में चांदी समान चमक रहा था।

सीमा दूर से झरने के दृश्य की तस्वीर लेने के लिए आगे बढ़ गई। नौकर अधीक्षकों की देख-रेख में समान उतारने लगे।

सीमा ने कुछेक तस्वीरें खींचीं। फिर कुछ देर बाद अपना टेप रिकार्ड उठाया और मंजू तथा अन्य सहेलियों के झुंड में डाक बंगले से झरने की ओर जाती हुई लम्बी सीढ़ियां उतरने लगी - उछलते-कूदते तथा कभी-कभी सीढ़ियों को छोड़कर बगल की ढलान पर फुदकते हुए भी। कुछ दूरी पर पंकज भी अपनी भेद भरी मुस्कान लिए अपने मित्रों के साथ सीढ़ियां उतरने लगा, परन्तु सीमा को उसकी उपस्थिति की जरा भी चिन्ता नहीं थी। वह अपनी धुन में पिकनिक का पूरा आनन्द उठा रही थी। सीढ़ियां पार करने के बाद उसने एक के बाद एक चट्टानों के किनारे पानी की बहती छोटी-बड़ी लहरों को उछलते-कूदते पार किया और फिर अपनी सखियों के साथ बैठने के लिए एक ऐसी साफ-सुथरी चट्टान चुनी जो झरने के झाग के बिल्कुल सामने थी तथा जिसके एक ओर पानी अधिक गहरा नहीं था तो कम भी नहीं था। यह चट्टान झरने के दृश्य का आनन्द उठाने के लिए सबसे सुन्दर जगह थी। पंकज ने सीमा को इस चट्टान पर देखा तो होंठों पर आशाओं की मुस्कान खेल गई।

सीमा ने वहीं एक किनारे चट्टान पर अपना टेपरिकॉर्डर रख कर 'ऑन' कर दिया। संगीत झरने के शोर में बिखर गया। सीमा चप्पलें उतारकर वहीं पत्थर के किनारे बैठ गई। पैरों को नीचे लटका लिया। हाथों द्वारा घुटनों से पकड़कर बेलबाटम पैण्ट थोड़ा ऊपर खींचा तो उसकी सफेद पिंडलियां नीचे पानी की सतह पर बिजली बनकर चमक उठीं - सफेद संगमरमर से तराशी हुई सुन्दर पिंडलियां। उसने इन पिंडलियों द्वारा पानी की सतह को छेड़ा - ठण्डा-ठण्डा पानी, ऐसा लगा मानो पानी में आग लग गई हो। यह आग फैलती हुई उन जाने कितने दिलों की गहराई में उतरकर भड़क गई जो सीमा को बड़ी हसरत से देख रहे थे। सीमा के साथ उसकी कुछेक सहेलियां भी झील की ओर पैर लटकाकर पानी से खेलने लगीं। अधिकांश विद्यार्थी सीमा के आसपास उसी एक चट्टान पर खड़े या बैठे झरने का आनन्द लेने लगे। किसी के हाथ में कैमरा था तो किसी के हाथ में ट्रांजिस्टर। सीमा भी बैठे-बैठे अपने कैमरे में सुन्दर दृश्यों को कैद करने लगी। फिर कुछ देर बाद उसने विचार किया कि इधर-उधर भी जाकर सुन्दर दृश्यों को कैमरे में कैद करे परन्तु तभी अचानक उसे पीछे से एक धक्का लगा - कुछ ऐसा कि वह संभल नहीं सकी। वह चीखी - 'उई!' और फिर छपाक से पानी में जा गिरी। कैमरा हाथ से छूटकर पानी में दूसरी ओर जा गिरा। पानी के अन्दर सीमा पथरीली सतह से टकराई तो उसे ज्ञात हुआ कि पानी की गहराई उसके डूबने के लिए बहुत है। उसने खड़ी होना चाहा तो पैर एक स्थान पर टिक न सके। पत्थर पर काई जमी हुई थी। दूसरी बार जब वह गिरी तो पानी के अन्दर पत्थर से घुटनों में चोट भी लग गई। न जाने कितने घूंट पानी वह पी गई। उसका दिल बैठने लगा। हे भगवान! कहीं उसके जीवन के दिन तो पूरे नहीं हो गए? परन्तु तभी जैसे किसी के मजबूत हाथों ने उसे कमर से थामकर संभाल लिया। उसे खींचकर पानी की सतह पर लाया

तो उसे खांसी आ गई। अपनी खांसी पर काबू पाकर उसने देखा, उसे पंकज ने संभाल रखा है - पंकज जिससे कॉलेज में वह तथा उसकी सखियां सबसे अधिक घृणा करती थीं, जिसकी हर बात उसे खटकती थी, इस समय सीमा उससे जरा भी घृणा नहीं कर सकी, घृणा तो क्या सीमा को पंकज के पकड़ने का अंदाज भी नहीं खटक सका। पंकज नहीं होता तो आज निश्चय ही उसका दम निकल जाता, एक कुहराम मच जाता। उसके माता-पिता अपनी लाडली के लिए रोते-रोते अंधे हो जाते। भाई एक बहन के प्यार से वंचित हो जाता। जाने क्य हो जाता उसकी मृत्यु के बाद? उसने अपना शरीर पंकज के हवाले कर दिया। उसकी सांसें गहरी-गहरी चल रही थीं। कानों में विद्यार्थियों का शोर गूंज रहा था। सभी उसके प्रति चिन्तित थे।

पंकज उसे संभालकर एक पत्थर के किनारे लाया। वहां जब वह खड़ा हुआ तो कमर तक पानी था। सीमा भी खड़ी हो गई। फूलती सांसों के साथ उसने देखा, पंकज उसी को देख रहा है - मुस्कराती दृष्टि से, मानो अपनी जीत पर उसे गर्व था। सीमा की फूलती सांसों के साथ छाती के उतार-चढ़ाव को देखकर पंकज का मन हुआ वह सीमा को गहरे पानी में वापिस खींच ले जाए और फिर अपनी छाती से लगा ले, परन्तु जब तक सीमा सहारा पाकर चट्टान पर चढ़ चुकी थी। विद्यार्थियों ने आकर उसे घेर लिया तो सीमा ने वहीं चट्टान पर बैठकर लाज से अपना मुखड़ा दोनों हाथों में छिपा लिया। लाज के मारे वह यह भी नहीं पूछ सकी कि उसे किससे धक्का लगा था? विद्यार्थियों के होंठों पर पंकज की प्रशंसा थी। यद्यपि पानी अधिक गहरा नहीं था, तैरने वाला कोई भी सीमा को बचा सकता था, फिर भी सीमा पंकज की कृतज्ञ थी। पल भर की देर उसकी सांसें तोड़ सकती थी। पंकज ने कपड़ा पहने-पहने छलांग लगाई थी। उसके कपड़े भीगे हुए थे। परन्तु वह दबे होंठों सीमा को देखता रहा। फिर कुछ देर बाद मंजू के बताने पर पंकज ने सीमा का कैमरा भी पानी से ढूंढकर बाहर निकाल दिया। झील का पानी चट्टानों पर यूं भी साफ था। कैमरे की फिल्म अवश्य खराब हो गई परन्तु सीमा के दिल के कैमरे में पंकज की छवि अवश्य अपना स्थान बना चुकी थी - शायद सदा के लिए।

उस दिन अधीक्षक ने पंकज को बधाई दी जिस पर सारे विद्यार्थियों की जिम्मेदारी थी। सभी लड़कियों के मध्य अब पंकज एक आदरणीय स्थान प्राप्त कर चुका था, क्योंकि उसकी सर्वप्रिय सहेली सीमा को पंकज ने ही नया जीवन दिया था। उस सारे दिन सीमा पंकज के साथ बहुत घुल-मिलकर बातें करती रही, चहक-चहककर मुस्कराती रही। पंकज को भी मानो जीवन का एक नया आनन्द मिल गया था। उसने सीमा की संगति का पूरा लाभ उठाया और उसके दिल को पूर्णतया जीत लेने का प्रयत्न करता रहा जिसमें वह सफल हो गया, क्योंकि जब पिकनिक के बाद शाम के पांच बजे सब वापस लौटे तो सीमा पंकज के समीप ही बैठी बातें करती रही। बातों के मध्य जब कभी-कभी पंकज सीमा का हाथ पकड़ लेता तो सीमा छुड़ाने के बजाए अपना हाथ और ढीला छोड़ देती।

प्यार की एक नई मिठास का आभास करके सीमा के दिल की धड़कनें बढ़ती ही जा रही थीं - ऐसी मिठास जिसका आभास सीमा ने जीवन में पहली बार किया था और जब बस की यात्रा में बैठे-बैठे वह थक गई तो उसने पंकज के कंधे पर अपना सिर टेक लिया और आंखें बन्द करके सपनों के संसार में खो गई। विद्यार्थियों ने एक-दूसरे का देखा और फिर मुस्करा दिए। कॉलेज के वातावरण में एक नए प्यार का फूल महक उठा था। मंजू ने सीमा तथा पंकज के बीच जाना उचित नहीं समझा। अपनी सखियों के मध्य बैठी वह सोचती रही कि सीमा का पंकज की ओर आकृष्ट होना उचित है या नहीं? परन्तु किसी निश्चय पर वह पहुंच नहीं सकी। पंकज ने बिमला नाम की एक लड़की को धोखा दिया था - कॉलेज में तो ऐसा ही कहते हैं। फिर पंकज कहीं सीमा को भी धोखा न दे जाए! मंजू अपनी सखी के भविष्य के लिए रास्ते भर चिन्तित रही, परन्तु किसी निर्णय पर नहीं पहुंच सकी।

उस दिन के बाद पंकज और सीमा हर स्थान पर इकट्ठे देखे जाने लगे। सीमा को मंजू ने सावधान करना चाहा तो सीमा उसकी बात टाल गई। 'लोग यूं ही बकते हैं।' सीमा ने उसे समझाया, 'कुछ लोगों का काम ही बकना होता है - दूसरे को बदनाम करना होता है। ऐसे लोग किसी को प्रसन्न देखना नहीं पसन्द करते हैं।'

'तूने कभी बिमला के बारे में पंकज से पूछने का प्रयत्न किया?'

'मैं इसे आवश्यक नहीं समझती!'

'क्यों?' मंजू को बड़ा आश्चर्य हुआ।

'प्यार की नींव विश्वास पर डाली जाती है।' सीमा ने बड़े विश्वास से कहा।

'फिर भी...।' मंजू उससे सहमत नहीं थी।

'वह एक पुरानी बात को चुकी है।' सीमा ने मंजू की बात काटकर कहा - 'उसका नाम लेकर मैं अपने प्यार के आनन्द को भंग नहीं करना चाहती। बिमला के साथ पंकज का बचपना भी तो हो सकता है। यदि प्यार होता तो दोनों इतनी आसानी से एक-दूसरे से क्यों दूर हो जाते?'

सीमा के सिर पर प्यार का देवता सवार था। मंजू ने उसे समझाना उचित नहीं समझा। ऐसा न हो कि उसकी इतनी पुरानी मित्रता में कोई तनाव उत्पन्न हो जाए। प्यार का देवता बोलता है तो सिर पर चढ़कर बोलता है। किसी की कभी कुछ सुनना नहीं चाहता।

'मुलाकातें बढ़ीं - पंकज और सीमा की - कॉलेज में ही नहीं कॉलेज के बाहर भी। पार्क, पिकनिक, सिनेमा, दोनों ही अवसर पाते ही एक-दूसरे का हाथ थाम लेते। सिनेमा हॉल के अन्दर अंधकार में पंकज सीमा की हथेली उठाकर अपने होंठों पर रख लेता। तब सीमा के शरीर में एक हलचल-सी मच जाती। वह प्यार के सपनों में डूब जाती। इन सपनों की पूर्ति करने के लिए वह बहुत अधीर थी - कब परीक्षाएं समाप्त हों और कब वह सदा के लिए पंकज की बन जाए। पंकज के लिए वह अपनी मम्मी को बता चुकी थी और उसकी मम्मी अपने पति श्री

भटनागर से बातें कर चुकी थी। सीमा के माता-पिता पंकज को देखना चाहते थे। उससे तथा उसके माता-पिता से भेंट करना चाहते थे, परन्तु पंकज सीमा के जोर देने के पश्चात् सीमा के घर नहीं गया। वह सीमा को कभी प्यार नहीं कर सका। उसने सीमा को अपने जाल में फांसा ही इसलिए था ताकि उसे धोखा देकर सबके सामने लज्जित करते हुए अपने अपमान का बदला ले। वह आरम्भ से जिद्दी था - हठधर्मी था। किसी के आगे उसने झुकना कभी नहीं सीखा था। वह मित्रों तथा छात्रों को दिखा देना चाहता था कि किसी के लिए उसका अपमान करके निकल जाना इतना आसान काम नहीं था। अपने इन्हीं गन्दे विचारों के कारण वह सीमा को कभी प्यार नहीं कर सका। परन्तु उससे प्यार का नाटक अवश्य करता रहा ताकि शीघ्र ही वह अपने इरादों में सफल हो सके। सीमा के घर न जाने के बहाने उसे टालता रहा।

सीमा के ही समान कभी बिमला ने भी उसे प्यार किया था। परन्तु बिमला के प्रति उसका विचार अलग था। इसी कॉलेज में बिमला कभी उसकी सहपाठिका थी। बिमला ही उसे प्यार करती थी, वह बिमला को कभी प्यार नहीं कर सका। बिमला के साथ वह घूमा-फिरा। घंटों उसके साथ बिताए, परन्तु जब अलग हुआ तो कभी उसकी कमी नहीं महसूस की। उसकी अनुपस्थिति में उसके लिए तड़पा नहीं, रातों में करवटें नहीं बदलीं। इसीलिए ऐसा स्वभाव रखने के कारण पंकज के लिए सीमा के साथ प्यार का नाटक करना बहुत सरल था और नादान लड़की सीमा पंकज के गन्दे तथा भयानक इरादों से अज्ञात आंखें बन्द करके पूरे विश्वास के साथ प्यार की पींगें बढ़ाती चली गई, उस ओर जहां प्यार का सागर नहीं बर्बादी की आग भड़क रही थी। काश! उसे ज्ञात होता कि जिससे वह प्यार कर रही है वह एक लुटेरा है, आवारा है, नीच है और उसे बर्बादी की ओर ढकेल रहा है। अनेक रूप होते हैं लूटने वालों के, अनेक रंग होते हैं धोखेबाजों के और सीमा अपने लुटेरों को पहचान नहीं सकी।

एक दिन पंकज ने पिकनिक का प्रोग्राम बनाया - अपनी योजना को रंग देने के लिए। दोनों शहर से चालीस मील दूर एक पिकनिक स्पॉट पर गए। शहर से कुछ दूर पर अनेक स्थान पिकनिक योग्य थे। कार डाक-बंगले के सामने रुकी तो चौकीदार सेवा में उपस्थित हो गया। वहां कुछ कारें पहले ही उपस्थित थीं। यात्री झरने के आस-पास बैठे दृश्यों का आनन्द उठा रहे थे। पंकज ने दरी उठाई। चाय का थरमस लिया। फिर आवश्यक कपड़ों का एक छोटा-सा सूटकेस थामा। सीमा ने कैमरा कंधे पर डाल लिया। एक हाथ में टेप-रिकॉर्डर तथा दूसरे में 'टिफिन कैरियर' संभाला तो पंकज ने तुरन्त कहा, 'खाने का डिब्बा यहीं छोड़ दो।'

'क्यों?' सीमा ने आश्चर्य से कहा - 'क्या लंच चट्टान पर नहीं लोगे?'

'लेंगे-।' पंकज ने कहा - 'परन्तु गरम करने के लिए इसे दोबारा वापस लाना पड़ेगा। इससे अच्छा है कि इसे यहीं छोड़ दें।' पंकज को अपनी योजना के अनुसार ऐसा ही कहना था।

सीमा ने पंकज की बात उचित समझी। खाने का डिब्बा उसने कार में ही छोड़ दिया। फिर कार लॉक करके बाद दोनों झरने की ओर बढ़ गए। पंकज अपना भयानक विचार छिपाए हर पल पूरी सफलता के साथ अपने मुखड़े पर मुस्कान का लबादा चढ़ाए रहा।

जब दोनों पानी के मध्य एक चट्टान पर दरी बिछाकर बैठे तो सीमा कुछ याद करके मुस्करा दी।

'क्या सोच रही हो?' पंकज ने मुस्कराकर पूछा।

'कुछ याद आ गया।' सीमा ने समीप फैले पानी की ओर देखा।

'क्या?' पंकज ने मानो जानते हुए भी पूछा।

'उस दिन वाली घटना याद आ गई जब मैं पानी में गिरी थी।'

'ओह...!' पंकज हल्के-से ठहाका लगाकर हंस पड़ा। बोला, 'वह घड़ी भी कितनी शुभ घड़ी थी। यदि तुम पानी में नहीं गिरतीं तो आज मुझे तुम्हारे साथ यह सुन्दर अवसर कैसे प्राप्त होता?'

'उस दिन जाने किससे ऐसा धक्का लगा कि मुझे स्वयं को संभालने का अवसर ही नहीं मिला।' सीमा ने आश्चर्य प्रकट किया।

'यह तो और भी अच्छा हुआ।'

'डूब जाती तब क्या होता?'

'डूबने कैसे देता मेम साहब?' पंकज ने सीमा की हथेली अपनी दोनों हथेलियों के मध्य रखकर प्यार से दबाया...कृत्रिम प्यार।

'उस दिन तुम नहीं होते तब क्या होता?' सीमा ने चिन्ता प्रकट की।

'उस दिन...।' पंकज ने सोचा। फिर बोला - 'उस दिन मैं नहीं होता तो शायद ऐसी घटना ही नहीं होती।'

पंकज ने बात सच्ची कही थी, परन्तु कहने का ढंग अलग था, प्यार भरा था। सीमा कुछ समझी नहीं। परन्तु उसने पंकज के प्यार की सीमा प्राप्त की तो उसकी आंखों में प्यार से झांकते हुए कहा - 'बहुत प्यार करते हो मुझे?'

'बहुत अधिक!' पंकज ने प्यार से आंखें मटकाईं।

'झूठ!' सीमा ने इतराकर क्रोध प्रकट किया।

'झूठ कैसे?' पंकज का दिल फड़का। दिल के अन्दर चो जो समाया हुआ था।

'प्यार करते हो तो मेरे डैडी-मम्मी से क्यों नहीं मिलते?'

'अरे बाबा, कहा न मिलूंगा, मिलूंगा, अवश्य मिलूंगा। पहले परीक्षा समाप्त हो जाए, फिर देखना कितनी जल्दी मैं अपने डैडी-मम्मी को भी लेकर तुम्हारे घर पहुंचता हूं या नही।' पंकज ने प्यार का दूसरा जाल फेंकते हुए कहा - 'यहां तो खुद भी तुम्हारे बिना रातें काटना असम्भव हुई जा रही हैं।' पंकज ने सीमा की हथेली को अपने होंठों पर रख लिया।

सीमा प्यार के सपनों में डूब गई। प्यार झूठा ही सही, परन्तु जब तक इसकी वास्तविकता नहीं खुलती, इसके अन्दर कितनी मिठास होती है।

कुछ देर बाद पंकज ने तैरने के लिए अपने कपड़े उतारे तो चड्डी में उसके कसे शरीर की मछलियां फड़क उठीं। सीमा ने देखा तो मुस्करा दी। पंकज पानी में उतरकर मछली समान तैरने लगा। कुछ देर तक उसने तैरने का आनन्द उठाया। कभी एक जगह डुबकी लगाई तो कभी दूसरी जगह। कई बार सीमा को भी पानी में खींचना चाहा परन्तु सीमा उसका इरादा भांप कर दूर भाग गई। पानी से वह यूं भी डरी हुई थी। हां, उसने तैरते हुए पंकज की तस्वीरें अवश्य खींचीं। उसे अपने प्यार पर विश्वास था, इसलिए प्यार की एक-एक यादगार को वह अपने पास जीवन भर के लिए सुरक्षित रख लेना चाहती थी।

फिर पंकज पानी से बाहर निकला। टावल से शरीर पोंछने तथा कपड़े पहनने के बाद उसने कहा - 'तुम यहीं ठहरो! मैं खाना गरम करके अभी लाता हूं।'

'खाना तुम क्यों गरम करोगे?' सीमा उसके साथ चलने को तैयार हुई। बोली - 'खाना गरम करना मेरा काम है, तुम्हारा नहीं।'

'खाना तुम विवाह के बाद गरम करोगी, अभी नहीं।' पंकज को अपनी योजना पर पानी पड़ता दिखाई पड़ा तो उसने कहा - 'और फिर खाना मैं थोड़े ही गरम करूंगा, यह काम तो डाक बंगले का चौकीदार करेगा। तुम यहीं ठहरो, मैं तुरन्त आता हूं।' पंकज ने कहा और सीमा के उत्तर की प्रतीक्षा किए बिना ही चला गया। सीमा ने दरी पर बिखरे कपड़े तथा अन्य वस्तुएं देखीं, फिर वहीं रुक गई। सोचने लगी, जब पंकज अभी उसका इतना ध्यान रख रहा है तो बाद में कितना ध्यान रखेगा? एक छोटा-सा काम भी उसे नहीं करने दिया।

कुछ देर बाद जब पंकज लौटा तो उसके हाथ में टिफिन कैरियर का खाना खूब गरम था। दोनों ने खूब मजे ले-लेकर खाना खाया। कभी-कभी अपने हाथ से एक-दूसरे को भी खाना खिला दिया। हर बात में प्यार था, हर अन्दाज में प्यार था, हर खिलखिलाहट में एक प्यार था, मुस्कान में एक प्यार था। इस प्यार पर सीमा को कितना विश्वास था वह अनुमान लगाना नहीं चाहती थी। प्यार के विश्वास का अनुमान लगाना ही प्यार पर सन्देह करना है, आरोप लगाना है।

लगभग साढ़े पांच बजे चाय पीने के बाद दोनों वापसी के लिए कार तक पहुंचे तो शेष यात्री जा चुके थे। वहां एक भी कार नहीं थी। पंकज ने सारा सामान रखने के बाद चौकीदार को बख्शीश दी। फिर कार स्टार्ट की। परन्तु यह क्या? कार घरघराई - कई बार घरघराई, परन्तु स्टार्ट नहीं हुई। अच्छी-भली कार को जाने क्या हो गया? उसने बगल में बैठी सीमा को देखा। सीमा बौखलाकर उसी को देख रही थी। यदि कार स्टार्ट नहीं हुई तब क्या होगा? पंकज ने एक पल सोचा, फिर कार का बोनट खोला। कुछ आवश्यक पुर्जों तथा तारों को परखा। फिर सीमा से कार स्टार्ट करने को कहा। फिर वही घरघराहट-घरररर....परन्तु कार स्टार्ट नहीं हुई। थक-हार

करके पंकज ने बोनट बन्द कर दिया और परेशानी की स्थिति में हथेली मलने लगा। अब सीमा भी कार से बाहर निकल आई। उसने परेशान होकर पूछा - 'क्या कार ठीक नहीं होगी?'

'यहां कोई कार बनाने वाला मिस्त्री मिल सकता है?' पंकज ने सीमा की बात का उत्तर देने के बजाए चौकीदार से पूछा। चौकीदार कार खड़ी देखकर रुक गया था।

'यह तो जंगल है मालिक। यहां मिस्त्री कहां मिलेगा?' चौकीदार ने विवशता प्रकट की।

पंकज ने एक गहरी सांस लेकर चिंता प्रकट की। फिर कलाई पर बंधी घड़ी देखी। समय बहुत तेजी के साथ बीत रहा था।

'यहां टेलीफोन तो होगा ही।' सीमा ने आशा प्रकट की। टेलीफोन करके वह अपने घर से दूसरी गाड़ी मंगवा सकती थी।

'जी नहीं, यहां कोई टेलीफोन नहीं है!' चौकीदार ने कहा।

सीमा की चिन्ता में वृद्धि होना स्वाभाविक था। वह घर से अवश्य स्वतन्त्र है, पंकज से मिलने के लिए कोई मनाही नहीं है। परन्तु इसका यह अर्थ नहीं कि विवाह के पहले ही वह रात भर घर से बाहर रहे। उसके डैडी उसे अवश्य डाटेंगे। मां भी नाराज होगी। घर की लाज किसे प्यारी नहीं होती? फिर उसका अपना खानदान तो शहर का सम्मानित खानदान है - प्रतिष्ठित। मिलने-जुलने वालों को उसके रात भर घर से गुम रहने की बात ज्ञात होगी तो वह लोग क्या कुछ नहीं कहते फिरेंगे। लड़की की लाज बड़ी कोमल होती है। उसने पूछा - 'अब क्या होगा?'

'यही तो मैं भी सोच रहा हूं।' पंकज ने विवशता प्रकट की। बोला - 'अन्य यात्रियों की कारें भी चली गईं वरना उनसे लिफ्ट ले लेते।' उसने चौकीदार से पूछा - 'कोई और सवारी यहां नहीं मिल सकती?'

'सवारी तो मिल सकती है।' चौकीदार ने कहा - 'परन्तु यहां से सोलह मील दूर जाने के बाद। वहां बड़ी सड़क पर पहुंचने के बाद आपको कोई न कोई बस या ट्रक अवश्य मिल जाएगा। हां, यदि आप कल जाना चाहें तो इस डाक बंगले में रात बिता सकते हैं। आजकल पिकनिक का मौसम है। कोई न कोई यात्री दिन में एक बार यहां आता ही रहता है। उसकी गाड़ी में आप अपनी कार बांधकर शहर पहुंच सकते हैं। इस समय आज तो अब यहां कोई नहीं आने वाला।'

कल! पंकज ने सोचा और खामोश हो गया। सीमा भी सोचने पर विवश हो गई। ऐसी स्थिति में पंकज क्या कर सकता है? सोलह मील तो क्या, यदि पैदल चला जाए तो चार-पांच मील चलने के बाद घना अन्धकार हो जाएगा। और फिर वह सोलह मील पैदल चल भी कैसे सकती है? ऊपर से जंगल का भयानक वातावरण। अब? क्या वास्तव में उन्हें रात यहीं बितानी पड़ेगी?

□ □
□ □

‘ठीक है-’ पंकज ने चौकीदार से कहा, परिस्थिति से हारते हुए, ‘तुम एक कमरा खोल दो, हम आज यहीं रह लेंगे।’

चौकीदार चला गया। पंकज ने एक गहरी सांस लेते हुए सीमा को देखा। सीमा परिस्थिति समझती थी। उसे पंकज पर बड़ा विश्वास था। पंकज उसके लिए एक भय नहीं सहारा बना हुआ था। फिर भी उसके मन में एक अज्ञात भय समाने लगा। उसने कहना चाहा - ‘लेकिन।’

‘लेकिन-वेकिन कुछ नहीं।’ पंकज ने उसे तसल्ली देते हुए उसका हाथ पकड़ लिया। मन का कपट छिपाकर बोला - ‘अब हमारे पास इसके अतिरिक्त चारा भी क्या है? इसमें डरने की क्या बात है? मैं जो तुम्हारे साथ हूं।’

सीमा को पंकज पर विश्वास था। परन्तु इसके साथ उसे अपने ऊपर भी विश्वास था। फिर भी वह मन ही मन उस घड़ी को कोसने लगी जब आज वह इस पिकनिक के लिए चले थे। वास्तव में अब गाड़ी खराब होने के बाद यहां रात को ठहरने के अतिरिक्त चारा भी क्या था?

उस रात, दिन के जो स्नेक्स बचे थे उन्होंने खा लिए। चौकीदार ने चाय बना दी तो उन्हें काफी चैन मिल गया। फिर काफी देर तक दोनों एक साथ पलंग पर बैठकर बातें करते रहे। कमरे में जो पलंग थे। बिस्तर पर एक-एक कम्बल था। पंकज सीमा का मुखड़ा अपनी दोनों हथेलियों के बीच रखकर बहुत प्यार से उसकी आंखों में झांकने लगा। उसे अपनी छाती से लगाकर चूम लेता। तब सीमा का दिल एक अज्ञात भय से कांप उठता। परन्तु पंकज से भी अधिक उसे अपने ऊपर विश्वास था। उसे अपनी इच्छा-शक्ति पर विश्वास था। वह चरित्रवती थी। पंकज को उसने केवल प्यार करने की स्वतन्त्रता तक ही सीमित रखा। परन्तु उसके विचारों से अज्ञात पंकज अपने दिल का पाप करने का भरसक प्रयत्न करता रहा, उसे आज की रात की मानों युगों से प्रतीक्षा थी। इसी रात की प्रतीक्षा में उसने अपने प्यार की नींव डाली थी। यही रात बिताने के लिए उसने आज कार खराब की थी, उस समय जब वह कार से खाने का डिब्बा लेने आया था। यही कारण था कि उसने झरने के समीप ऐसा स्थान चुना था जहां से डाक बंगले के समीप खड़ी कार बिल्कुल भी नहीं दिखाई दे। यही कारण था कि यहां से लौटने के लिए वह शाम के ऐसे समय सीमा के साथ कार तक पहुंचा था जब सारे यात्री पिकनिक स्पॉट से जा चुके थे ताकि किसी से लिफ्ट प्राप्त करने का प्रश्न ही उत्पन्न न हो। आज पहली रात थी जब उसने शराब नहीं पी थी ताकि सीमा पर अपनी शराफत का प्रभाव डालकर उसका दिल जीत सके और वह सीमा का दिल काफी सीमा तक जीत चुका था। आज की रात वह सीमा का शरीर प्राप्त करता रहा, करता रहा, अलग-अलग ढंग से सच्चे प्यार का नाटक करते हुए, इस प्रकार मानो उसे प्यार के अतिरिक्त और कोई लोभ नहीं है। परन्तु सीमा के शरीर की यह प्राप्ति पंकज के लिए केवल प्यार तक ही सीमित रही।

फिर रात गहरी होने लगी तो ठण्ड भी बढ़ने लगी। सीमा के अनुरोध पर पंकज ने उसका मन और अधिक जीतने के लिए बत्ती नहीं बुझाई और बड़ी शराफत से दूसरे पलंग पर लेट

गया। दोनों ने अपने-अपने कम्बल भी शरीर पर डाल लिए। सीमा को तसल्ली मिल गई। पंकज ने उसकी बात मान ली थी। सीमा का पंकज पर विश्वास और अधिक दृढ़ हो गया। परन्तु दोनों साथ लेटे हुए थे। सीमा को नींद नहीं आ सकी। पंकज सीमा का दिल जीतने के लिए कुछ देर खामोशी से पड़ा रहा। फिर जब ठण्ड बढ़ने लगी तो उसने अपना कम्बल सीमा के शरीर पर डाल दिया। एक पल के लिए सीमा बुरी तरह चौंक गई।

'तुम क्या ओढ़ोगे?' सीमा ने पूछा।

'दो कम्बल हम एक साथ ओढ़ेंगे तो ठण्ड कम लगेगी।' पंकज ने कहा और फिर तुरन्त सीमा के साथ आ लेटा।

सीमा के दिल की धड़कनें तेज हो गईं। उसे पंकज पर अब भी विश्वास था, फिर भी उसने अपने दिल के पवित्र इरादे को और मजबूत कर लिया। पंकज ने सीमा की ओर करवट लेकर अपनी एक बांह पर सीमा का सिर रख लिया और बहुत प्यार से उसकी आंखों में झांकने लगा। दिल के अन्दर जोश मारती धड़कनें बढ़ती जा रही थीं।

'मुझे यह सब जरा भी अच्छा नहीं लग रहा है।' सीमा ने आने वाले खतरे से भयभीत होकर कहा।

'यदि मेरा इस प्रकार देखना अच्छा नहीं लग रहा है तो कहो बत्ती बुझा दूं?' पंकज ने अन्धकार करके लाभ उठाना चाहा। अन्धकार में पाप आसानी से जन्म लेता है।

'नहीं-नहीं, ऐसी बात नहीं।' सीमा ने कांपकर कहा, 'मैं यह चाहती हूं कि तुम अपने पलंग पर वापस चले...'

सीमा अपनी बात पूरी नहीं कर सकी कि तभी पंकज ने अपने होंठ उसके होंठों पर रख लिए। सीमा कसमसाकर स्वयं को अलग करती हुई उठ बैठी। आने वाले भय के कारण उसे पंकज पर क्रोध आ गया।

'क्यों? क्या हुआ?' पंकज ने पूछा।

'पंकज, पंकज, क्या तुम चाहते हो कि मैं आज के बाद अपना मुंह किसी को भी नहीं दिखा सकूं?'

'ओ सीमा, इसमें मुंह न दिखा सकने की क्या बात है?' पंकज ने उसी प्रकार लेटे-लेटे कोहनी को मोड़कर पलंग पर टेका और हथेली पर अपनी गर्दन रखी। बोला, 'ऐसी रातें जीवन में कभी-कभी ही प्राप्त होती हैं। आओ, आज हम इस रात को एक यादगार रात बना दें।' पंकज ने उसे दूसरे हाथ से पकड़ कर अपनी ओर खींचना चाहा।

'नहीं पंकज, नहीं, ऐसा कभी नहीं कर सकती।' सीमा ने अटल मन से नम्रता बरतकर कहा - 'विवाह के बाद ऐसी रातें बहुत आएंगी। नहीं आएंगी तो हम ले आएंगे।'

'सीमा, विवाह के बाद वह रात कैसे आ सकती हैं जो विवाह से पहले आती हैं। आओ, जिद मत करो।' पंकज मन ही मन तड़प रहा था, सीमा पर खिसिया रहा था, फिर भी नम्रता बरत कर उसने कुछ जबरदस्ती की और सीमा को अपनी ओर खींचा।

परन्तु सीमा मन की अटल थी - चरित्रवती! अपनी सुन्दरता के साथ वह अपने चरित्र की रक्षा भी करना जानती थी, तड़पकर अपने आपको छुड़ाते हुए वह पलंग से उठ खड़ी हुई। विनती करती हुई बोली - 'पंकज, मुझे विवश मत करो वरना मैं कमरे के बाहर निकल जाऊंगी।'

'प्यार करने की आज्ञा तो दे सकती हो न?' पंकज ने दिल पर पत्थर रखकर बैठते हुए दूसरा जाल फैलाया - प्यार का जाल।

सीमा खामोश रही। सोचती रही। प्यार के लिए उसने पंकज को कब मना किया है। पंकज ने तो उसे अनेक बार अपनी बांहों में समाकर छाती से लगाया है और प्यार किया है। प्यार ही तो उनके मिलन की नींव है। फिर वह आज इस बात से कैसे इन्कार कर सकती है, परन्तु रात का अन्धकार - खामोशी - एकान्त!

'आओ-' पंकज ने सीमा की खामोशी से लाभ उठाकर उसकी बांह पकड़ी और प्यार से कसते हुए उसे अपनी ओर हल्के से खींचना चाहा।

सीमा एक पल सकुचाई। प्यार उनके मिलन की नींव अवश्य है, परन्तु इस नींव से प्यार का जो पौधा उत्पन्न हुआ हे उसमें आज कहीं पाप का फल न उत्पन्न हो जाए। परन्तु फिर भी अपनी इच्छा-शक्ति पर विश्वास करके उसने स्वयं को पंकज के हवाले कर ही दिया - उसे केवल प्यार तक ही सीमित रखने के लिए। पंकज को आशा बंध गई।

उस सारी रात सीमा पंकज की बांहों में रही। पंकज ने सीमा के अंग-अंग को चूमा। कई बार चाहा कि अपने साथ सीमा को भी भटक जाने पर विवश करे, परन्तु सीमा शायद पत्थर की बनी हुई थी जो कभी भी नहीं पिघल सकी। पंकज तड़प-तड़पकर रह गया - मन ही मन खिसियाता रहा। चाहा कि सीमा के साथ जबरदस्ती करे परन्तु सीमा शोर मचा सकती थी। फिर बंगले का चौकीदार आ जाता। जाने क्या हो जाता? सीमा बदनाम अवश्य होती होती परन्तु उसके उस जाल से अवश्य निकल जाती जिसमें फंसाने के लिए उसने आरम्भ से अब तक इतना प्रयत्न किया था। फिर सीमा भविष्य में उसके हाथ कभी नहीं आती, वह पछताने लगा - क्यों नहीं वह अपने साथ ऐसी गोली ले आया जिसे सीमा को धोखे से देकर बहकाने में आसानी हो जाती? यदि ऐसी स्थिति में कोई और लड़की होती तो जाने कब का बहककर आत्मसमर्पण कर चुकी होती। बिमला तो स्वयं ही ऐसी स्थिति लाना चाहती थी ताकि वह उसके जाल से नहीं निकल सके। बिमला की वास्तविकता जानते हुए भी अनेक लड़कियों ने उसे प्यार का न्यौता दिया था, परन्तु वह सदा हर लड़की का उपहास बनने में ही आनन्द उठाता रहा था।

परन्तु यह लड़की - सीमा? उफ! इतना सब-कुछ होने के पश्चात् नहीं फिसली, यहां तक कि काफी रात बीत गई। परन्तु सुबह होने से पहले सीमा पर भी पंकज के प्यार का नशा छाने लगा। मन हुआ कि भटक जाए। आखिर पंकज से शर्म कैसी? एक न एक दिन तो उसे पंकज

की बनना ही है। यदि वह अपने आपको पंकज के हवाले कर देगी तो पंकज की बनने का दिन बहुत समीप आ जाएगा। फिर पंकज को उसकी विवशता देखने के बाद अपने प्यार के कारण अपने माता-पिता को उसके घर लाकर शीघ्र विवाह करने की बात करनी ही पड़ेगी। यही सब सोचकर सीमा ने आत्मसमर्पण कर देना चाहा तो उसकी सांसें तेज हो गईं। मुखड़े पर नन्हीं-नन्हीं बूंदें छाने लगीं। पंकज की इच्छाओं की पूर्ति हो गई। परन्तु तभी सीमा की अन्तरात्मा ने उसके बहकते विचारों से भरे मस्तिष्क को झिंझोड़ दिया, उसकी अंतरात्मा ने उसके कुमारीत्व को चुनौती दी तो सीमा ने एक ही झटके में पंकज को अलग किया और उठ बैठी। परन्तु पलंग से उतरकर वह सामने वाले सोफे पर बैठी और गहरी-गहरी सांस लेने लगी। उसे सन्तोष मिला। ठीक समय पर उसने स्वयं को संभाल लिया था। आखिर वह अपनी लाज की सुरक्षा करने में सफल हो ही गई।

पंकज को सीमा पर सख्त क्रोध आया। वह तड़पकर रह गया। उसने भी क्रोध प्रकट करके दूसरी ओर करवट बदल ली - कृत्रिम क्रोध। शायद सीमा उसे मनाने आए। परन्तु सीमा ने उसकी जरा भी परवाह नहीं की। वह अब अपने आपको संभाल चुकी थी। एक सच्ची भारतीय नारी के समान उसे अपनी लाज प्यारी थी। प्यार से भी बढ़कर उसे कोई वस्तु प्यारी नहीं थी - वह प्यार जो पवित्र होता है। प्यार पवित्र ही होता है। वह प्यार नहीं होता जिसमें वासना की भूख सम्मिलित हो। सीमा ने पंकज की परवाह नहीं की। पंकज का क्रोधित होना उसके लिए लाभदायक सिद्ध हुआ। अब दोनों सुबह तक एक-दूसरे से दूर रहेंगे। सीमा अब तक एक पल भी नहीं सो सकी थी। पलकें नींद बोझ बनने लगीं, फिर भी वह अपने को संभाले रही। फिर जाने कब और कैसे उसे सोफे पर ही नींद आ गई।

सुबह जब सीमा की आंखें खुलीं तो पंकज अपने पलंग पर नहीं था। वह उठकर बाहर निकली। सुबह की ठंडी-ठंडी हवा उसकी लटों से खेलने तथा कपोलों को चुम्बन देने लगी। उसने देखा, पंकज बोनट खोले मोटर ठीक कर रहा है। वह पंकज के पास पहुंची। पंकज ने उसे देखा तो मुंह फेर लिया। सीमा को उस पर दया आई। परन्तु वह कर भी क्या सकती थी? क्या रात में आत्मसमर्पण करके एक सच्ची भारतीय नारी के माथे पर कलंक लगा देती? अपने प्रयत्न तथा अपने इरादे में सफल होकर वह सन्तुष्ट थी - प्रसन्न थी। यदि वह अपनी लाज लुटा बैठी होती तो इस समय उसे अपने आपको क्षमा करना कठिन हो जाता। अभी वह शिक्षा प्राप्त कर रही है। यदि लाज लुट जाती तो मन और मस्तिष्क की शांति छिन्न-भिन्न हो जाती। जाने क्या हो जाता? उसने पंकज से पूछा, कुछ मुस्कराकर, 'क्या अभी तक नाराज हो?'

परन्तु पंकज ने उसकी ओर देखा भी नहीं। उसी प्रकार कार ठीक करता रहा।

'बोलो न?' सीमा ने बच्चों के समान मचलकर उसकी बांह पकड़ ली।

पंकज ने उसकी ओर देखा। वह अपने इरादों में अब भी असफल है सीमा को नाराज करना तथा स्वयं नाराज होना उचित नहीं होगा। वह नहीं के संकेत से सिर हिलाकर मुस्करा

दिया। फिर अपने काम में लग गया। परन्तु तभी पंकज के मन में एक प्रश्न उठा, क्या उसे अपने जीवन में सीमा से अच्छी लड़की कभी मिल सकती है? सीमा जो इतनी बड़ी परीक्षा में पड़ने के बाद भी सफल उतरी, सीमा, जो एक सच्ची भारतीय नारी सिद्ध हुई? जो भी लड़की उसकी जीवन-संगिनी बनेगी क्या उसके मस्तक पर लिखा रहेगा कि उसके एहसास कुंवारे हैं, जज़्बात कुंवारे हैं, दिल और शरीर कुंवारा है? सीमा के बारे में तो वह जानता है - सभी कुछ कि वह, उसके एहसास, जज़्बात दिल तथा शरीर उसके और केवल उसके लिए ही सुरक्षित हैं। फिर वह ऐसी लड़की को क्यों धोखा देकर उसके साथ से वंचित रह जाना चाहता है? परन्तु इन बातों का उत्तर देने से पहले ही कार ठीक हो चुकी थी। उन तारों को वह उन पुर्जों में लगा चुका था, जिनसे अलग किया था। उसने बोनट बन्द किया और जब कार की चाबी घुमाई तो कार स्टार्ट हो गई। सीमा का मुखड़ा खिल उठा।

□ □
□ □

उस दिन सीमा कॉलेज नहीं जा सकती थी। पिकनिक से देर में लौटने के कारण पंकज भी नहीं गया था। उस दिन सीमा लंच खाकर अपने कमरे में जा रही थी कि फोन की घंटी बज उठी। फोन उठाकर कान से सटाते हुए उसने कहा - 'हलो?'

'मैं सीमा से बात करना चाहती हूं।' आवाज आई - एक अपरिचित लड़की की।

'मैं सीमा ही बोल रही हूं।' सीमा ने उत्तर देकर पूछा - 'आपका शुभ नाम?'

'मेरा नाम बिमला है! शायद तुमने मेरे बारे में सुना हो।'

बिमला नाम साधारण था, फिर भी सीमा के कान ठिठक गए, दिल भी धड़क गया। एक पल खामोश रहने के बाद उसने कहा - 'क्षमा कीजिएगा, मैंने आपको पहचाना नहीं।'

'मैं भी उसी कॉलेज में छात्रा रह चुकी हूं जिसमें इस समय तुम पढ़ रही हो।'

'ओह!' सीमा ने इस प्रकार सांस रोककर कहा मानो कोई बम फटने वाला हो।

'मैं तुमसे पंकज के बारे में बातें करना चाहती हूं।' मानो बम फट गया।

पंकज का नाम सुनकर सीमा के कानों में मंजू की बातें याद आ गईं - वह बातें जो मंजू ने उसे सावधान करने के लिए कही थीं। यदि पंकज ने बिमला को वास्तव में धोखा दिया है तब क्या होगा? वह तो पंकज का उसके साथ यह दूसरा प्यार तो नहीं है? सीमा का मन हुआ वह पंकज के बारे में कुछ जानने से पहले फोन रख दे, परन्तु तभी उसके कानों में फिर बिमला का स्वर सुनाई पड़ा - 'हलो?'

'मैं सुन रही हूं।' सीमा ने मानो न चाहते हुए भी कहा।

बिमला ने सीमा को बहुत सारी बातें बताईं परन्तु सीमा को हर बात के पीछे एक भेद दिखाई पड़ा। शायद बिमला पंकज को अब भी चाहती है और इसीलिए उसके प्यार में आग

25

लगाकर पंकज को छीन लेने का प्रयत्न कर रही है। यद्यपि प्यार की नींव विश्वास पर ही डाली जाती है फिर भी जब बिमला की बातें सुनकर सीमा का नन्हा-सा दिल कांप गया तो उसने अपने प्यार की परीक्षा लेने में कोई बुराई नहीं समझी। परीक्षा में सफल उतरने के बाद प्यार की नींव और मजबूत हो जाती है। बिमला ने उसके साथ एक योजना बनाई और जब फोन रख दिया तो सीमा भी फोन रखकर सोच में पड़ गई। उसने सोच लिया वह पंकज की वास्तविकता जानने के लिए अपने साथ मंजू को भी ले जाएगी। ऐसा न हो कि दिल टूट जाए तो वह स्वयं को अकेला पाकर बेसहारा समझने लगे और कोई ऐसी बात कर बैठे जिससे जिससे खानदान की बदनामी हो।

योजना के अनुसार वह निश्चित समय पर मंजू के साथ एक बार में पहुंची। मंजू प्रसन्न थी कि सीमा अपने प्यार की परीक्षा ले रही है। उसे यह भी विश्वास था कि बिमला ने उससे जो कुछ कहा है वह सत्य ही है। पंकज बिमला को धोखा देने के बाद अब सीमा को भी धोखा दे रहा था परन्तु सीमा को अब भी बिमला की बातों पर विश्वास नहीं हो रहा था। शायद वह विश्वास करना नहीं चाहती थी। ऐसा न हो कि दिल टूट जाए। दिल टूट जाएगा तो वह जिएगी कैसे? कितने अरमानों से उसने अपने प्यार की नींव डाली थी। उन ढेर सारे सपनों का क्या होगा जो उसने देखे हैं? फिर भी वह धड़कते दिल के साथ अपने प्यार की परीक्षा लेने पर विवश थी। ऐसी स्थिति में उसके लिए प्यार की परीक्षा लेना आवश्यक हो गया था। वास्तविकता का जितनी जल्दी पता चल जाए उतना ही अच्छा है। बाद में पछताने से क्या लाभ?

भाग्यवश इस समय बार में एक भी ग्राहक नहीं था, फिर भी बार में अन्दर प्रवेश करते ही सीमा तथा मंजू को शराब की गंध से मतली-सी आ गई। मन हुआ वापस चली जाएं परन्तु सीमा के दिल पर सन्देह का बोझ था जिसे वह हर स्थिति में हल्का कर लेना चाहती थी, इसीलिए उसने अपने नथुनों पर रुमाल रख लिया। बार के वेटर ने उसे आश्चर्य से देखा परन्तु सीमा मंजू के साथ वेटर की चिंता न करती हुई सीधी केबिन नंबर दो में जा बैठी। बैठने के बाद सबसे पहले उसने केबिन का पर्दा सरकाकर अपने आपको छिपाया। तभी वहां पर वेटर आ गया तो मंजू ने उसे 'स्नैक्स' लाने का ऑर्डर देकर सीमा की घबराहट कम कर दी। कुछ न कुछ तो ऑर्डर देना ही था। सीमा धड़कते दिल के साथ एक निश्चित समय की प्रतीक्षा में बार-बार घड़ी देखने लगी।

कुछ देर बाद बार में पंकज ने प्रवेश किया। साथ में बिमला भी थी। बिमला पंकज का नाम लेकर कुछ अधिक ही तेज स्वर में बातें कर रही थी, इस प्रकार मानो अपने आने की सूचना दे रही हो। सीमा ने सुना तो दम साध लिया। तुरन्त दिल का सन्देह विश्वास में बदलने लगा। वास्तविकता जानने से पहले ही दिल डूबने लगा। आखिर पंकज बिमला के साथ इस

बार में क्यों आया? मन हुआ उठकर तुरन्त पंकज का सामना करे परन्तु अभी किसी बात की पुष्टि नहीं हुई थी। उसने धैर्य से काम लिया। ऐसा न हो कि जल्दबाजी में वह कोई अनुचित काम कर बैठे। अपनी योजना के अनुसार उसने मेज पर वेटर को बुलाने के ढंग में, तीन-चार थपकी देना चाहा, जैसा कि बिमला का फोन पर संकेत था परन्तु घबराहट और निराशा के कारण उसके हाथ शून्य पड़ गए, उसकी यह कमी उसकी प्रिय सहेली ने दूर कर दी, क्योंकि सीमा उसे सब-कुछ बता चुकी थी। बिमला पंकज को लिए केबिन नम्बर एक में जा बैठी। यदि केबिन नम्बर एक खाली नहीं होता तो वह निश्चय ही केबिन नम्बर तीन में जा बैठती। यदि केबिन नम्बर तीन भी खाली नहीं होता तो वह ऐसी जगह बैठती जहां बगल में सीमा चुपचाप आकर बैठ सके। अनेक केबिन थे वहां तथा समय आने पर ऐसा रखा गया था जब बार या रेस्टोरेन्ट में कम ही लोग दिखाई देते हैं, जबकि भाग्य से, बार में इस समय कोई भी नहीं था। बार ही ऐसे कम स्तर का था जहां बेवक्त उल्लू बोलते थे। केबिन पतली प्लाईवुड के थे इसलिए अगल-बगल के केबिन में बैठे ग्राहक एक-दूसरे की बातें बहुत आसानी से सुन सकते थे। पंकज ने वेटर को बुलाया, फिर बिमला से पूछा - 'तुम क्या लोगी?'

'कुछ भी। आज काफी दिनों बाद तुमसे भेंट हुई इसलिए कुछ भी चल जाएगा।' बिमला ने उत्तर दिया।

'यह बात हुई।' पंकज ने चहककर कहा। फिर वेटर को दो पैग व्हिस्की लाने को कहा। वेटर चला गया तो वह बिमला से सम्बोधित हुआ। बोला - 'आज कैसे मेरी याद आ गई?'

'यूं ही, बस पुराना प्यार जोश मारने लगा तो रहा नहीं गया। सोचा यह शहर छोड़ रही हूं इसलिए तुमसे मिल लूं। इसके बाद तुमसे भेंट हो या न हो कौन जानता हे?'

तभी वेटर ने मेज पर दो जाम रखे। पंकज ने उसे स्नैक्स लाने को कहा और फिर बिमला के जाम से जाम टकराकर बोला - 'चीयर्स।'

'चीयर्स!' बिमला ने भी कहा, परन्तु जाम होंठों से लगाने के बजाए मेज पर रख दिया।

पंकज ने एक ही झटके में सारी शराब हलक से नीचे उतार दी। फिर दुबारा वेटर को बुलाकर अपने लिए डबल पैग व्हिस्की मंगाई।

'आजकल बहुत अधिक पीने लगे हो?' बिमला ने भेद-भरे ढंग से पूछा।

'कल की कमी पूरी कर रहा हूं।' पंकज ने फिलासफरों के समान खोकर कहा।

बगल के केबिन में बैठी सीमा ने सुना तो मस्तक पर बल पड़ गए। बात समझ में कुछ आई और कुछ नहीं भी। पंकज कल सारे दिन तथा सारी रात उसके साथ था, फिर ऐसी कौन-सी कमी वहां रह गई थी जिसे शराब पीकर वह इस समय पूरा कर रहा है? मन हुआ पंकज से जाकर पूछे परन्तु वह बात अभी भी अधूरी थी जिसे जानने के लिए वह यहां आई थी। उसे मन मारकर चुपचाप बैठना पड़ा।

'कोई नई चिड़िया फांस ली है क्या?' बिमला पूछ रही थी।

'हां, बात कुछ ऐसी ही है।'

'और कुछ दिनों बाद मेरे तथा प्रभा के समान उसे भी छोड़ दोगे?' बिमला ने पंकज के मन की बात उगलवानी चाही।

सीमा के साथ मंजू के कान भी खड़े हो गए।

'प्रभा को तो मैंने नहीं छोड़ा। वह स्वयं ही मुझे छोड़कर चली गई, जब उसने मुझे चन्द्रा की संगति में देख लिया।'

सीमा अपने बारे में पंकज के विचार नहीं जान सकी। फिर भी चन्द्रा का नाम सुनकर उसके दिल में पंकज के प्रति घृणा की वृद्धि अवश्य हो गई। तभी वेटर पंकज के लिए डबल व्हिस्की का जाम ला चुका था। साथ में स्नैक्स की प्लेट भी थी। पंकज को मानो शराब की प्यास सता रही थी। उसने वेटर के जाम मेज रखने से पहले ही अपने हाथ में ले लिया और एक ही झटके में दुबारा पूरी शराब हलक से नीचे उतार दी। फिर कड़ुवा-सा मुंह बनाया। स्नैक द्वारा मुंह का स्वाद बदला। शराब उसके मस्तिष्क में प्रवेश करने लगी, जिसका आभास बिमला ने किया तो मन ही मन मुस्करा दी। उसने पूछा - 'चन्द्रा! कौन चन्द्रा! तुम उसकी बात तो नहीं कर रहे हो जो मुझसे एक वर्ष जूनियर थी?'

'नहीं, वह चन्द्रा नहीं। यह चन्द्रा दूसरी है, शीला की सहेली।' पंकज ने झूमकर गर्व प्रकट किया।

बिमला को प्रसन्नता हुई कि पंकज नशे की स्थिति में अपने दिल का वह भेद भी प्रकट किए जा रहा है जो वह स्वयं नहीं जानती थी। उसने पंकज का जाम खाली देखा तो इस बार स्वयं वेटर को शराब का डबल पैग एक ही गिलास में फिर लाने को कहा। पंकज ने अधिक से अधिक शराब पीने में अपनी शेखी समझी तो बिमला को मना नहीं कर सका। बिमला ने ऑर्डर देने के बाद पूछा - 'यह शीला किस चिड़िया का नाम है?'

'तुम नहीं जानतीं। वह लीला की बहन है।' पंकज की जबान कुछ बहकी तो उसने अपने होंठ गोल बनाए।

'लीला!' बिमला को बड़ा आश्चर्य हुआ कि इतनी सारी लड़कियां इतने कम समय में पंकज के जीवन में किस प्रकार चली आईं?

'हां, वह मुझसे बहुत अधिक प्यार करती थी - अपनी बहन से भी अधिक।'

'लगता है मेरे बाद तुमने काफी तरक्की की है।' बिमला ने उसकी प्रशंसा करके उसका विश्वास करना चाहा।

कोई विशेष नहीं, पंकज मानो इतने पर भी सन्तुष्ट नहीं था।

सीमा अपने केबिन में पंकज की एक-एक बात बहुत ध्यान से सुन रही थी। उसका मन हुआ वह उठकर पंकज का मुंह नोच ले। शायद वह ऐसा कर भी देती परन्तु तभी मंजू ने उसका हाथ पकड़ कर दबा दिया। पंकज ने सीमा के प्रति अब तक अपने विचार प्रकट नहीं किए थे।

सीमा क्रोध में बल खाकर रह गई। तभी पंकज के केबिन में वेटर व्हिस्की से भरा जाम लेकर फिर आ गया। पंकज ने एक घूंट लिया और जब सरूर बढ़ा तो बिमला ने भेद भरे ढंग से पूछा - 'यह...सीमा नाम की लड़की से तुम्हारा क्या सम्बन्ध है?'

सीमा ने अपना नाम सुना तो उसकी सांस जहां की तहां रुक गई। मंजू के दिल की धड़कनें भी तेज हो गईं। दोनों ने अपने कान केबिन के बीच प्लाइवुड की दीवार से सटा दिए।

'कौन? सीमा? ओह!' पंकज ने सीमा के नाम पर बची हुई शराब समाप्त की और जाम मेज पर कुछ जोर से पटका, इस प्रकार मानो पिछली रात व्यर्थ चले जाने पर खिसिया रहा हो।

'आखिर कॉलेज की सबसे सुन्दर लड़की तुम्हारे चंगुल में फंस कैसे गई?' बिमला ने जानबूझकर सस्ते शब्दों का उपयोग किया।

'बस, फंस गई।' पंकज ने अपनी विजय पर मुस्कराकर गर्व प्रकट किया। बोला - 'अपने एक मित्र से कह दिया था कि उसे पानी में धक्का दे दे। वह गिरी तो मैंने उसे बचाकर उसके दिल में अपना स्थान प्राप्त कर लिया।'

सीमा ने सुना तो कलेजा मुंह को आ गया। उसने दुबारा उठकर पंकज का मुंह नोंच लेना चाहा परन्तु एक बार फिर मंजू ने उसका हाथ पकड़कर उसे चुप रहने का संकेत कर दिया। सीमा मन ही मन पंकज को कोसने लगी। यदि इस कमीने के कारण पानी में उसकी जान चली गई होती तब क्या होता?

'वाह!' बिमला ने पंकज की प्रशंसा की। बोली, 'लड़कियों को अपने जाल में फंसाना तो कोई तुमसे सीखे। परन्तु ऐसा तो नहीं कि तुम स्वयं भी उसके प्यार के जाल में फंस चुके हो।' बिमला ने सारी बातें स्पष्ट कर देना चाहा।

पंकज ने एक बार सच्चे मन से सोचा। क्या वास्तव में सीमा एक चरित्रवती होने के कारण उसके दिल में प्यार का स्थान तो नहीं बना चुकी है? क्या ऐसी अच्छी लड़की कभी उसे मिल सकती है? परन्तु दूसरी ओर शराब भी उसके मस्तिष्क में फैलकर उसके दिल के अन्दर बदले की आग इस प्रकार भड़का रही थी कि उसके अन्दर आए नेक विचार इसमें जलकर राख हो गए। इसके अतिरिक्त इस समय बिमला के सामने किसी के प्यार के आगे झुकना उसने अपने स्वाभिमान के विरुद्ध समझा तो छाती फुलाकर कुछ अधिक हेकड़ी से बोला - 'पंकज को अपने जाल में फंसाने वाली कोई लड़की आज तक उत्पन्न ही नहीं हुई। दरअसल मुझे उससे अपने एक अपमान का हिसाब चुकाना है। कल रात को कमबख्त बच गई लेकिन देखता हूं अगली बार कैसे बचेगी? एक बार फिर उसकी कार खराब करनी पड़ेगी और फिर इस बार किसी नशीली वस्तु द्वारा ऐसा लूटुंगा कि वह किसी को कभी अपना मुंह दिखाने योग्य ही नहीं रहेगी।'

सीमा ने सुना तो दिल कांप गया, इस प्रकार मानो यमदूत के दर्शन हो गए हों। उसने तो सपने में भी नहीं सोचा था कि पंकज इतना नीच व्यक्ति होगा। उसके निःस्वार्थ प्यार का यह

परिणाम? उसके सपनों की यह दुर्दशा। सीमा का दिल घृणा की अधिकता से तड़प उठा, इस प्रकार कि आंखों में आंसू छलक आए। छाती में बहुत जोर के साथ दर्द उठा, इस प्रकार मानो दिल छाती फाड़कर बाहर निकल आएगा। नफरत की आग से शरीर तप गया। क्या पुरुष इतना नीच भी हो सकता है? वह अधिक और सहन नहीं कर सकी। ऐसा न हो कि कुछ और सुनकर उसके कान फट जाएं। वह तड़पकर उठी तो इस बार मंजू ने उसे रोकने का जरा भी प्रयत्न नहीं किया। सीमा ने आगे बढ़कर एक झटके से पंकज के केबिन का पर्दा खोल दिया।

'सीमा...सीमा...तुम?' पंकज चौंककर खड़ा हो गया। अपनी आंखों पर उसे विश्वास ही नहीं हुआ। सारा नशा एक झटके में उतर गया। फिर भी कुछ समझ में नहीं आया कि अपनी सफाई में क्या कहे? सीमा के पीछे मंजू खड़ी थी।

'नीच...पापी...कमीने...।' सीमा ने दांत पीसते हुए घृणा से कहा। क्रोध के कारण उसका स्वर ही नहीं शरीर भी कांप रहा थी। आंखें छलकी हुई थीं। बात उसने उसी प्रकार जारी रखी - 'तू कभी सुखी नहीं रहेगा - कभी नहीं।' सीमा ने कहा और फिर पलटकर तेजी से बाहर निकल गई।

मंजू ने भी घृणा भरी दृष्टि से पंकज को देखा और सीमा के पीछे-पीछे निकल गई। इतना बड़ा धोखा खाने के बाद सीमा कहीं कुछ कर न बैठे। दिल एक झटके से टूट जाए तो जीना आसान नहीं होता।

'अब मैं भी चलूं।' बिमला तिरस्कृत ढंग से मुस्कराकर, उठ खड़ी हुई। बोली - 'मेरा काम हो गया।'

'तो...तो...तो यह तुम्हारा काम था?' पंकज ने बिमला का हाथ सख्ती से पकड़कर क्रोध में पूछा।

'हां!' बिमला ने हाथ छुड़ाते हुए कहा - 'तुमने मुझे ही नहीं अगणित लड़कियों को धोखा दिया है। जब तक मेरे बस में होगा मैं किसी भी लड़की को तुमसे प्यार नहीं करने दूंगी। तुमसे केवल घृणा करनी चाहिए - केवल घृणा। तुम इसी योग्य हो।' बिमला ने एक झटके से हाथ छुड़ाया - गर्दन झटकी और फिर बार से बाहर निकल गई। बार के बैरे देखते ही रह गए।

पंकज दांत पीसता रह गया। उसने तो अभी सच्चे मन से सीमा के लिए कुछ सोचा भी नहीं था, यह भी निर्णय नहीं किया था कि सीमा जैसी चरित्रवती लड़की उसे मिलेगी भी या नहीं? और सीमा अपने दिल में उसके प्रति घृणा की चट्टान लिए सदा के लिए चली गई - उसके जीवन से बहुत दूर - कभी न आने के लिए। अब वह उसे कभी प्राप्त न कर सकेगा - उसके पक्ष में सोचकर भी अपनी सफाई नहीं दे सका। सीमा का जाना पंकज को बुरी तरह खलने लगा। इस समय उसने सीमा की कमी बुरी तरह महसूस की तो वहीं बैठकर क्रोध में शराब के जाम पर जाम खाली करने लगा, इस प्रकार मानो अपने ही ऊपर क्रोध उतार रहा हो।

□ □

□ □

सीमा अपने बंगले जाने के बजाए अपनी सखी मंजू के साथ उसके घर पहुंची और उसके कमरे को अन्दर से बन्द करके फूट-फूटकर रो पड़ी। मंजू ने उसे तसल्ली देनी चाही परन्तु सीमा के आंसू थमने का नाम ही नहीं लेते थे। हिचकियों से शरीर कांप-कांप जाता था। कितने अरमानों से उसने अपने सपनों का महल बनाया था। परन्तु अच्छा ही हुआ यह सपना टूट गया वरना इस महल के अन्दर प्रविष्ट होने से पहले ही उसका जीवन नर्क बन जाता। अच्छा ही हुआ जो पानी सिर से ऊंचा होने से पहले गहराई का पता चल गया वरना वह वास्तव में प्यार के सागर में डूब जाती। अच्छा ही हुआ जो समय से पहले पंकज के चरित्र का पता चल गया वरना उसके धोखे में पड़कर वह सदा के लिए बर्बादी तथा बदनामी की खाई में गिर पड़ती। अच्छा ही हुआ जो पिछली रात वह नहीं बहकी वरना पंकज उसे लूटकर कहीं का नहीं रखता। पिछली रात की बातें सोच-सोच कर सीमा का दिल कांप जाता था। सीमा रोने तथा आंसू बहाने के साथ-साथ पंकज को कोसती भी रही - पापी, नीच, कुत्ता, कमीना! भगवान उसे ऐसे स्थान पर मारे जहां वह एक बूंद पानी को भी तरस जाए।

सीमा दिल की गहराई से पंकज को जितना कोस सकती थी, कोसती रही। उसे अब इसका बहुत दुःख हो रहा था कि उसने पंकज को क्यों अपने शरीर से हाथ लगाने दिया? क्यों उसे प्यार करने की आज्ञा दे दी? उसे तो पंकज की छाया से भी दूर रहना चाहिए था। फिर भी उसके दिल को बहुत बड़ा संतोष था। अपनी इच्छा-शक्ति मजबूत होने के कारण वह ऐसी स्थिति को नहीं पहुंची थी कि किसी को मुंह न दिखा सके। ऐसी मंजिल पर नहीं पहुंची थी जहां से वापस न आ सके। उसने तो प्यार किया था - अनजाने में, ऐसा प्यार जिसकी नींव केवल विश्वास पर ही डाली जाती है। उसे क्या मालूम था कि यह नींव खोखली निकलेगी। प्यार का महल हवा के एक हल्के झोंके से ही गिरकर चूर-चूर हो जाएगा। काफी देर रो लेने के बाद सीमा के दिल का बोझ उतर गया तो उसने अपने अन्दर एक परिवर्तन पाया - नए जीवन का एहसास। अब वह एक नया जीवन व्यतीत करेगी - सपनों की नई नींव डालेगी - परन्तु अपने विवाह के बाद। अपने डैडी-मम्मी को वह सब कुछ बता देगी। उसकी पसन्द कितनी गलत थी। जिस पर उसने विश्वास किया वह कितना बड़ा धोखेबाज निकला। अब उसके मम्मी-डैडी उसका विवाह जिस किसी से भी कराएंगे वह उसे सच्चे मन से देवता मानकर जीवन भर उसके चरणों में प्यार के फूल चढ़ाती रहेगी। उसी में उसका स्वर्ग होगा।

परन्तु अपनी स्थिति संभालकर जब सीमा अपने बंगले पहुंची और अपने डैडी-मम्मी को सारी बातें बताईं तो क्रोध के साथ उसका गला भी भर आया। मंजू के यहां रो लेने से उसकी आंखें यूं भी लाल हो चुकी थीं। भटनागर जी ने अपनी बेटी की स्थिति देखी तो क्रोध से भड़क उठे। पंकज जैसे व्यक्ति की यह मजाल कि उनके घर की लाज से खेले? मां ने सुना तो घण्टों पंकज को कोसती रही। मां को सन्तोष था कि बेटी की लाज सुरक्षित थी परन्तु भटनागर जी जरा भी सन्तुष्ट नहीं थे। यदि उनकी बेटी को कुछ हो गया होता तो वह निश्चय ही पंकज को

गोली मार देते। फिर भी उनकी बेटी के साथ विश्वासघात हो चुका था। उन्होंने तय कर लिया कि पंकज को ही नहीं सारे खानदान को ऐसा मजा चखाएंगे कि सब जीवन भर याद रखें। उनकी इज्जत से खेलना आसान बात नहीं थी।

इस घटना के बाद सीमा ने कॉलेज जाना बन्द कर दिया। वह जाती भी कैसे? कॉलेज में सभी तो उसके प्रेम के बारे में जानते थे। उसे कितने ही विद्यार्थियों ने पंकज से प्रेम न करने के लिए समझाया भी था। इसके अतिरिक्त अब वह उस आवारा तथा नीच व्यक्ति से किस प्रकार आंखें मिला सकती थी जिसकी बांहों में रात भर रही थी तथा जिसने उसके अंग-अंग को चूमा था? उसके माता-पिता बेटी की स्थिति समझते थे। उन्होंने बेटी को शिक्षा जारी रखने के लिए बाध्य नहीं किया। आखिर उन्हें कमी ही किस बात की थी? दहेज में एक अच्छी-भली राशि देकर वह अपनी बेटी का विवाह किसी भी उच्च कुटुम्ब के अच्छे वर से कर सकते थे।

सीमा ने अपने माता-पिता के ऐसे विचार सुने तो चुप रह गई। दहेज कभी न देने का उसका आदर्श धरा-का-धरा रह गया। जो लड़की किसी के साथ इस प्रकार बदनाम रह चुकी हो उससे बिना दहेज के विवाह करेगा भी कौन? यह पुरुष जाति नारी की विवशता क्या समझे? पुरुष को तो किसी भी बहाने दहेज चाहिए। यदि किसी बहाने बिना दहेज दिए उसका विवाह किसी से हो भी गया तो एक दिन उसके पिछले प्यार की वास्तविकता जान कर उसका पति उस पर अत्याचार करना अपना अधिकार समझने लगेगा। यह पुरुष जाति किसी वास्तविकता की गहराई को समझने का भला प्रयत्न भी कहां करे? पंकज से धोखा खाने के बाद सीमा के लिए अपने दिल में ऐसे विचार लाना स्वाभाविक ही था।

सीमा की सहेली मंजू उसके पास बराबर आती रहती थी परन्तु सीमा के सामने अब उसे पंकज का नाम लेने की आज्ञा जरा भी नहीं थी। मंजू सीमा के दिल का घाव, घाव का दर्द, दर्द की टीस समझती थी। वह उसका मन बहलाने के लिए उसे बाहर ले जाना चाहती थी परन्तु सीमा ने अपने बंगले से निकलने से स्पष्ट इन्कार कर दिया। उसे तो पंकज के एहसास से भी डर लगने लगा था। कहीं वह भूले-भटके उसे रास्ते में न मिल जाए। उसके होंठों पर जैसे खामोशी का ताला लग चुका था। बातें बहुत कम करती। खामोशी में पंकज को कोसना उसके लिए एक आदत-सी बन गई थी। परन्तु फिर माता-पिता तथा मंजू के जोर देने पर वह शाम को बाहर निकलने लगी - बहुत कम। फिर भी उसके दिल ढाढस मिला। दिल बहलने लगा तो उसने महसूस किया कि वह शीघ्र ही अपनी पिछली घटना को एक भयानक स्वप्न समझकर भूलने में समर्थ हो सकेगी।

उन्हीं दिनों सीमा के पिता भटनागर जी का वास्ता एक व्यापारिक कार्य से एक सरकारी अधिकारी से पड़ा। वकील ने बताया कि इस सरकारी अधिकारी का नाम श्री टी.पी. श्रीवास्तव है। टी.पी. श्रीवास्तव! भटनागर जी ने नाता सुना तो चौंक गए। कभी सीमा ने उन्हें बताया था कि टी.पी. श्रीवास्तव पंकज के पिता का नाम है। यह भी बताया था कि वह किस

विभाग के अधिकारी हैं तो भटनागर जी ने अपनी बेटी के लिए पंकज के साथ पंकज के पिता से भी मिलने की इच्छा प्रकट की थी। भटनागर जी को उनके वकील ने यह भी बताया कि यह सरकारी अधिकारी बहुत अय्याश और आवारा है। अपने अनुचित खर्च पूरा करने के लिए घूस में अच्छी-भली राशि लेना यह अपना अधिकार समझता है। तभी जाकर वह जनता का काम पूरा करता है। भटनागर जी ने सुना तो मन के अन्दर एक विचार दौड़ गया। वह व्यक्ति जनता का ही नौकर है - सेवक है। फिर उसे जनता को धोखा देने का क्या अधिकार पहुंचता है? ऐसे ही बेईमान व्यक्तियों के कारण सरकार बदनाम होती है। इस विचार ने उन्हें पंकज तथा उसके खानदान से उस घटना के लिए बदला लेने में बहुत सहायता दी जिसके कारण उनकी लड़की का दिल टूटा था, वह बदनाम हुई थी तथा जिस बदनामी के कारण उनकी लाडली की शिक्षा बन्द हो गई थी। बदला लेकर स्वयं को संतोष देने के लिए कोई तो बहाना चाहिए ही था। भटनागर जी ने अपने दिल की आग बुझाने के लिए भी इसे सुनहरा अवसर समझा। केन्द्रीय गुप्तचर विभाग से उन्होंने सहारा लिया और फिर इस विभाग की योजना पर चलते हुए टी.पी. श्रीवास्तव को बहुत आसानी के साथ घूस लेते हुए रंगे हाथों पकड़ लिया गया। बन्दी बनाने के बाद जब कुछ और बातें हाथ लगीं तो सरकारी अधिकारियों ने पंकज के घर पर छापा भी मारा।

छापे में ऐसी-ऐसी बहुमूल्य वस्तुएं तथा ऐसी धनराशि प्राप्त हुई जिसका कोई हिसाब नहीं था। फलस्वरूप टी.पी. श्रीवास्तव की नौकरी ही नहीं गई, ऐश-आराम की वस्तुएं ही नहीं जब्त हुईं वरन् उन पर कानूनी कार्यवाही भी आरम्भ हो गई। बड़ी बदनामी हुई पूरे कुटुम्ब की। बुरे कर्मों का फल कब अच्छा हुआ है? जमानत पर रिहा होने के बाद किसी को मुंह न दिखने के लिए टी.पी. श्रीवास्तव अपनी पत्नी सहित शहर से दूर एक गांव में अपने सास-ससुर के यहां जा बसे। पंकज भी कॉलेज में मुंह दिखाने योग्य नहीं रहा। सारी हेकड़ी धरी रह गई। उसने कॉलेज छोड़ दिया। जब उसे ज्ञात हुआ कि उसकी तथा उसके कुटुम्ब की बर्बादी के पीछे किसका हाथ है तो क्रोध में उसका रक्त उबलकर रह गया। उसका बस चलता तो वह भी सीमा तथा उसके कुटुम्ब को किसी के आगे मुंह दिखाने योग्य नहीं रखता।

उसने सीमा को अवश्य धोखा देना चाहा था, बर्बाद करना चाहा था परन्तु बाद में सीमा के चरित्र-बल ने उसे सीमा के पक्ष में सोचने पर भी अवश्य विवश कर दिया था। शायद वह सीमा को सच्चे मन से प्यार भी करने लगता, उसके एक इशारे पर जी-जान से निछावर भी हो जाता, परन्तु उसके निर्णय करने से पहले ही बिमला के कारण ऐसी परिस्थिति उत्पन्न हो गई जिसने सीमा को उससे सदा के लिए दूर ही नहीं किया वरन् उसके अपने कुटुम्ब को बर्बाद भी कर दिया। अब जब पंकज भी सीमा के कारण लज्जित तथा बर्बाद हुआ तो उसके अन्दर एक बार फिर सीमा के साथ उसके खानदान से भी बदला लेने की भावना जाग उठी। परन्तु बदला लेना अब उसके वश में नहीं रह गया था। कॉलेज छोड़ने के बाद अब उसे अपने पैरों पर खड़ा

होने के लिए एक नौकरी की तलाश थी। लाज के कारण वह इस शहर में भी नहीं रहना चाहता था इसलिए वह किसी को मुंह न दिखाने के कारण यहां से बहुत दूर चला गया।

दो

दिन बीतने लगे।

पंकज की बर्बादी से सीमा को सन्तोष मिल गया। परन्तु वह उन दिनों को चाहकर भी नहीं भुला सकी, जो उसने पंकज के साथ बिताए थे। तब वह बहुत घृणा से पंकज को कोसती। जब रात की खामोशी में वह अपने बिस्तर पर लेटती तो अनिच्छुक होते हुए भी उसकी आंखों के सामने पिकनिक की वह रात थिरक आती जो उसने पंकज की बांहों में लेकर छाती में व्यतीत की थी। तब पंकज किस प्रकार उसे अपनी बांहों में लेकर छाती में समाए रात-भर प्यार करता रहा था। उसके अंग-अंग को पंकज ने जिस ढंग से प्यार किया था उससे उसे अपनी इच्छा-शक्ति को स्थिर रखना कितना कठिन हो गया था। यदि वह उस रात भटक गई होती तब क्या होता? हां, तब क्या होता? सीमा जब भी उस घड़ी पर ध्यान करती जब उसने अपने आपको पंकज के सुपुर्द कर देना चाहा था तब उसका दिल कांप उठता। तब वह शरीर के अंग-अंग से घृणा की, कैसा अभिशाप था जो दिल से निकाले नहीं निकल रही थी ताकि उस भयानक रात को वह भूल सके?

परन्तु यह वास्तविक घृणा थी, अपार, असीम, जिसके पीछे किसी को याद करने का और कोई लगाव नहीं होता है। अतीत पीछा नहीं छोड़े तो कोई क्या करे? प्रायः जब सीमा के न चाहते हुए भी पंकज उसके मन और मस्तिष्क की खिड़की खोलकर झांक लेता, और उस समय जब सीमा का रोम-रोम उसे कोस उठता तो पंकज विचारों ही विचारों में उसकी मूर्खता पर हंस पड़ता। सीमा को ऐसा लगता मानो वह उसका उपहास कर रहा हो। कह रहा हो - 'तुम मुझे नहीं भूल सकती - कभी नहीं! तुम मुझसे जितनी घृणा करोगी मैं तुम्हारे उतना ही समीप आता जाऊंगा। अतीत कितना ही घृणात्मक हो, उससे पीछा नहीं छुड़ाया जा सकता। मैं तुम्हारा पहला प्यार हूं - पहला प्यार। तुम घृणा के पश्चात् मुझे याद करोगी। हा-हा-हा-हा-हा - हा-हा-हा-हा-हा - हा-हा-हा-हा-हा-'

पंकज सीमा की विवशता पर ठहाके लगाने लगता। तब सीमा उठकर बैठ जाती। अपने कानों पर हथेलियां रख लेती। पल भर के लिए ठहाके बन्द हो जाते। फिर गई रात तक उसे करवटें बदल-बदलकर पंकज को कोसते हुए समय बिताना पड़ता। और जब सुबह होने से पहले उसे नींद आती तो प्रायः स्वप्न में भी वही बातें होतीं जो मन और मस्तिष्क में थीं। प्रायः वह बिल्कुल वही दृश्य देखती जो उसने पंकज के साथ पिकनिक की रात डाक बंगले में एक ही कमरे में बिताई थी। वह पंकज की बांहों में है, पंकज उसे अपनी बांहों में समाए तथा समाए छाती से लगाए प्यार कर रहा है, वह भटक जाना चाहती है - भटक रही है। परन्तु अभी अपनी

34

इच्छा-शक्ति मजबूत होने के कारण उसकी आंखें खुल जाती हैं। उसके बाद पंकज को कोसते हुए करवटें बदल-बदलकर वह रात का शेष भाग बिता देती। कमबख्त, पापी, उसका पीछा स्वप्न में भी नहीं छोड़ रहा है। स्वप्न में भी वह उसे धोखा दे रहा है। सीमा इसी प्रकार कोसकर अपने दिल का संतोष ढूंढने लगती।'

इन्हीं सब कारणों तथा सोच-विचार से सीमा का स्वास्थ्य बिगड़ने लगा। वह उस सारे दिन तो बिल्कुल ही गुम-सुम रहती जब कभी पंकज का स्वप्न देख लेती थी। आखिर घृणा की क्या सीमा हो सकती है? फिर भी सीमा अपने रोम-रोम द्वारा पंकज से दिन-रात घृणा करती हुई इस सीमा को पार कर गई थी। इसके पश्चात् उसके भयानक अतीत ने उसका पीछा नहीं छोड़ा, उसे घुन के समान खाता रहा तो वह एक दिन घबराकर लंदन चली गई - अपने डॉक्टर भाई के पास। शायद वहां की रंगीनी में डूबकर वह अपने इस भयानक अतीत से पीछा छुड़ाने में सफल हो सके। उसका भैया अपनी बहन का भयानक अतीत तथा दुख-भरी कहानी जानता था। भटनागरजी ने सीमा की सारी बातें उसे पहले ही लिख भेजी थीं। इसलिए उसके भैया को जब भी समय मिलता वह अपनी धर्मपत्नी तथा सीमा को लेकर कहीं न कहीं अवश्य लंदन की ही किसी रंगीन शाम में सम्मिलित होने चला जाता। लंदन की रंगीन शाम यूं भी सारे संसार में विख्यात है। परन्तु जब कभी अपने भाई की व्यस्तता के कारण सीमा कहीं बाहर नहीं जा पाती तो उस समय उसके एकांत का सहारा लेकर पंकज एक बार फिर उसके मन में अवश्य आ धमकता था। तब सीमा पंकज को दिल की गहराई से कोसते हुए बेचैन हो उठती।

रात के एकांत में जब वह लिहाफ ओढ़कर पलंग पर लेटती तथा पंकज के बारे में घृणा से सोचती तो उत्तर में ऐसा प्रतीत होता मानो वह उसके यहां चले आने पर उपहास कर रहा हो। उसकी मूर्खता का उपहास बना रहा हो। कह रहा हो कि सीमा तुम मुझसे जितना दूर जाओगी मैं तुम्हारे उतना ही समीप आता जाऊंगा। अतीत से पीछा कभी नहीं छुड़ाया जा सकता। कहां-कहां भागोगी तुम मुझसे? भागो। जीवन की अंतिम सांसों तक मैं तुम्हारा पीछा नहीं छोड़ूंगा। हा-हा-हा-हा-हा - हा-हा-हा-हा-हा-हा - हा-हा-हा-हा-हा-हा - हा-हा-हा-हा-हा-हा - हा-हा-हा-हा-हा-हा-। तब सीमा को लंदन में भी उठकर बैठते हुए अपने कानों पर हथेलियां रख लेनी पड़तीं। आखिर उसका अतीत उससे चाहता क्या है? क्यों नहीं उसका पीछा छोड़ता? क्या इस संसार में कोई उपाय नहीं है अपने घृणात्मक तथा भयानक अतीत से पीछा छुड़ाने का? कोई न कोई उपाय तो होना ही चाहिए। और एक दिन सीमा को अपने अतीत से पीछा छुड़ाने का साधन मिल ही गया।

यूं तो लंदन के होटलों में अधिकतर रविवार को छोड़कर सभी शामें रंगीन होती है, परन्तु सीमा के लिए यह शाम तथा वह रात अत्यधिक रंगीन तथा महत्त्वपूर्ण सिद्ध हुई। शनिवार का दिन था। सीमा अपने भैया-भाभी के साथ सवाय होटल में बैठी शाम की रंगीनी का आनन्द ले रही थी। हाल रंग-बिरंगे प्रकाश से जगमगा रहा था, आर्केस्ट्रा की मधुर धुन तैर रही थी। जवान

जोड़े रंग-बिरंगे वस्त्र पहने तथा एक-दूसरे की बांहों में बांहें डाले नृत्य का आनन्द उठा रहे थे। नृत्य करने का मन सीमा के भैया तथा भाभी का भी था, परन्तु सीमा अकेली पड़ जाती इसलिए दोनों सीमा के साथ अपने स्थान पर ही बैठे रहे। सीमा का भैया व्हिस्की की चुस्की बहुत हल्के-हल्के ले रहा था। भाभी के सामने शेम्पेन का जाम था। शेम्पेन फ्रांस की ऐसी मदिरा है जिसमें बहुत कम नशे का अंश होता है। सीमा सॉफ्ट ड्रिंक पर ही सान्द्रित किए हुए थी। उसकी दृष्टि स्टेज की ओर उस नीग्रो लड़की पर थी जो आर्केस्ट्रा की धुन पर आंखें बन्द किए हल्के-हल्के झूमकर इस प्रकार गुनगुना रही थी, मानो सेक्सोफोन का सुरीला स्वर बज रहा हो। तभी अचानक अपने समीप एक अपरिचित स्वर सुनकर वह चौंक पड़ी।

'हाय! किशोर?' एक नवयुवक उसके भाई से सम्बोधित था।

'हाई!' सहसा सीमा के भाई ने भी उसे चौंककर देखा और फिर मुस्कराते हुए उसका स्वागत किया।

'हलो भाभी?' उस नवयुवक ने सीमा की भाभी से भी कहा।

'हलो रंजन! तुम कब आए?' सीमा की भाभी ने भी उसका स्वगत किया। बोली - 'आओ बैठो।' उन्होंने सीमा के बगल वाली कुर्सी की ओर इशारा किया जो खाली थी।

रंजन ने सीमा को प्रशंसात्मक दृष्टि से देखा और फिर एक भेद भरी मुस्कान लिए वहीं बैठ गया।

'यह मेरी ननद है - सीमा।' भाभी ने सीमा की भेंट कराई।

'बड़ी प्रसन्नता हुई आपसे मिलकर। रंजन ने सीमा से हाथ मिलाने को हाथ आगे बढ़ाया।'

सीमा ने उससे भेंट करते हुए प्रशंसा प्रकट की और हाथ मिलाया। फिर उसे ध्यान से देखा। नवयुवक भारतीय था - रंजन नाम से ही प्रकट था। सुन्दर खिला हुआ रंग। कुछ लम्बे बालों से उसका व्यक्तित्व प्रभावशाली था। आंखों में चमक तथा होंठों पर मानो कभी न मिटने वाली मुस्कान। अंगुलियों में एक मोटा सिगार। रंगीन वस्त्रों में वह किसी राजकुमार से कम नहीं लग रहा था।

'आप शायद अभी-अभी ही लंदन आई हैं?' रंजन ने सिगार का एक कश लेने के बाद पूछा।

'जी हां।' सीमा ने छोटा-सा उत्तर दिया।

लंदन पसंद आया आपको?'

'उतना नहीं, जितना यहां का रंगीन वातावरण।'

'अजी साहब, जहां रंगीन वातावरण न हो वह शहर ही क्या? वह तो एक सुन्दर कब्रिस्तान कहलाता है।' रंजन ने फिलासफरों के समान कहा।

सीमा को रंजन बातूनी लगा - दिलचस्प भी। रंजन इधर-उधर की बातें खूब करता रहा। बातें कर-करके खूब हंसाता भी रहा। उसकी बातें सुनकर सीमा ही नहीं उसके भैया तथा भाभी भी ठहाके लगा उठते थे। सीमा को ऐसा लगा मानो उसके खोए ठहाके वापस आ रहे हों। फिर जब आर्केस्ट्रा की धुन अपने यौवन पर आ गई और रंजन ने सीमा का साथ नृत्य के लिए मांगा तो सीमा इंकार नहीं कर सकी। मुस्कराती हुई वह उसकी बांहों में चली गई और थिरकते हुए जीवन के नए संसार में प्रवेश करने लगी।

डॉ. किशोर के पास एक दिन रंजन अपने इलाज के लिए आया था। फिर जब उनका आना-जाना बढ़ा तो दोनों में परिचय हो गया था। इसके बाद जब दोनों की भेंट कभी किसी क्लब में तथा होटल में हुई तो परिचय और बढ़ गया। रंजन ने किशोर को बताया था कि वह एक व्यापारी है। भारत में भी उसके माता-पिता का एक बड़ा व्यापार है - इन्दौर शहर में। रंजन ने यह भी बताया कि व्यापार के सिलसिले में उसका भारत जाना लगा ही रहता है, परन्तु इस समय अपना भविष्य लंदन में ही सुरक्षित रखना चाहता है। बाद में भारत में बसेगा या नहीं, कुछ कहा नहीं जा सकता। किशोर का अपना विचार भारत में कभी न कभी बसने का अवश्य था। अपना देश किसे प्यारा नहीं होता! किशोर को रंजन के भारत में बसने की आशा बंधी तो उसकी आंखों के सामने अपनी बहन सीमा का मुखड़ा एक बार अवश्य घूम गया था। सीमा के लिए रंजन से अच्छा वर और क्या मिल सकता था? यही कारण था कि सीमा तथा रंजन जब एक-दूसरे से घुल-मिलकर बातें करते हुए नृत्य करने लगे तो किशोर का प्रसन्न होना स्वाभाविक ही था। वह भी अपनी पत्नी को लेकर नृत्य के लिए उठ खड़ा हुआ। वह प्रसन्न था कि उसकी बहन को एक बार फिर प्यार भरा जीवन प्राप्त हो जाएगा। वह अपना गम भूलने में सफल हो सकेगी।

उस दिन सीमा नृत्य करते समय रंजन के और समीप होती गई। कुछ पल के लिए सीमा रात की रंगीनी में ऐसी खोई कि उसे याद भी न रहा कि उसके जीवन में कभी कोई भयानक तूफान आया था।

उस दिन चारों ने उसी होटल में खाना खाया। खाने का बिल किशोर ने अदा करना चाहा परन्तु रंजन ने इसका अवसर ही नहीं दिया। मेज पर सभी धनवान थे इसलिए इस छोटी-सी बात पर किसी ने भी आपत्ति नहीं की।

उस दिन के बाद से सीमा का रंजन से प्रतिदिन मिलना एक आदत-सी बन गई। रंजन जब कभी डॉक्टर किशोर के घर कार लिए पहुंचता, सीमा बिना किसी संकोच के मुस्कराती उसके साथ चली जाती। रंजन उसे लंदन के अच्छे से अच्छे नाइट क्लब तथा रेस्तरां में ले जाता। वहां रंगीन शामों की कमी नहीं थी। अर्द्धनग्न नृत्य देखकर सीमा आरम्भ में तो रंजन के सामने लजाई, फिर यह सब देखना उसकी आदत-सी बन गई। रंगीन शामों का अर्थ ही यह सब देखना है। यही नहीं, कुछेक होटलों में तो उसने इस सीमा तक नग्न नृत्य देखा कि आंखें बन्द

कर लीं। फिर भी अब वह सब-कुछ रंजन के लिए सहन करने को तैयार थी। रंजन की प्रसन्नता पर न्यौछावर होने को तैयार थी। सीमा पंकज को इस प्रकार भूल जाना चाहती थी मानो उसकी संगति में व्यतीत की हुई घटनाएं उसके जीवन में कभी घटी ही न हों। वह चाहती थी कि रंजन उसे जीत ले। उसके मन तथा मस्तिष्क पर छा जाए। उसके रोम-रोम में बस जाए। उसके दिल का करार तथा रातों का सपना बन जाए और उसके लिए उसने रंजन को पूरा-पूरा अवसर भी दिया, परन्तु अपनी लाज की पूरी रक्षा करते हुए। वह विदेश में जाकर विदेशी वातावरण को अवश्य अपना चुकी थी परन्तु रक्त उसके शरीर के अन्दर भारतीय ही था। यही कारण था कि एक सच्ची भारतीय नारी के समान वह अपने आपको हर आड़े समय पर संभालने में सफल थी।

रंजन ने भी कभी कोई ऐसी बात नहीं उत्पन्न की जिसके कारण सीमा उसे पंकज के समान गिरा हुआ समझती। रंजन से पंकज की तुलना भी सीमा के लिए पंकज की याद बनकर सिद्ध होती। भले ही वह पंकज के प्रति घृणा से सोचती, फिर भी उसे याद करने का एक ढंग तो यह था ही। फिर भी पंकज की कटु याद का बोझ सीमा के मन पर अवश्य हल्का हो गया था। वह रंजन के बिना अब सूना-सूना महसूस करने लगी थी, इसलिए जब रंजन उससे मिलता तो वह उसमें पूरी-पूरी रुचि लेती। ऐसा करते हुए कई दिन बीत गए तो एक दिन सीमा ने महसूस किया कि वह रंजन की संगति में घण्टों फूल समान अवश्य खिली रहती है, परन्तु उसके मुखड़े पर वह रौनक नहीं रहती जो कभी पंकज को देखते ही आ जाती थी। यद्यपि उसे असीमित तौर पर पंकज से घृणा थी, फिर भी रंजन की बांहों में घण्टों रहकर नृत्य करते हुए वह ऐसी गर्मी, ऐसा आनन्द तथा ऐसी लज्जत नहीं प्राप्त कर सकी जो उसने पंकज की बांहों में केवल पल भर ही समाकर प्राप्त कर ली थी। यद्यपि वह रंजन के बिना सूना-सूना महसूस करने लगी थी, परन्तु रंजन के प्रति इस प्रकार कभी तड़प नहीं सकी जिस प्रकार वह कभी पंकज की पल भर की अनुपस्थिति ही महसूस करके तड़पा करती थी।

पंकज के लिए तो कभी उसकी रातों की नींदें भी हराम थीं परन्तु रंजन के प्रति उसके अन्दर अब तक अनथक प्रयत्न करने के बाद भी कोई ऐसी बात उत्पन्न नहीं हुई थी। यह एक वास्तविकता थी जिस पर सीमा विश्वास नहीं करना चाहती थी परन्तु विश्वास करने पर विवश थी, क्योंकि रंजन को वह जितना अधिक प्यार करती उतना ही अपने पहले प्यार से दूसरे प्यार की तुलना किए बिना भी नहीं रह पाती थी। प्यार और वह भी दूसरा प्यार? फिर भी मानव पहले प्यार से घृणा करने के पश्चात् अपने अन्दर अपने दूसरे प्यार के प्रति वह दीवानगी कभी महसूस नहीं करता है जो उसके पहले प्यार में होती है। वह एक ठोस वास्तविकता है - सत्य है और इसीलिए पहला प्यार पहला प्यार ही होता है - ताजा - कुंवारा - बिल्कुल कोरे दिल से उत्पन्न हुआ। भले ही इससे घृणा हो जाए और भले ही दूसरा प्यार प्रिय हो जाए, परन्तु मानव

के जीवन में दूसरे प्यार में वह अछूते एहसास, वह विचार, प्यार के सपने, बेचैनी तथा वह दीवानगी कभी उत्पन्न नहीं होती जो पहले प्यार में होती हे।

सीमा के लिए वह बात कितनी कष्टमय थी, कितनी दुखदायी तथा कटु थी यह वही जानती थी। उसने जब भी इस वास्तविकता को झुठलाकर अपने पहले प्यार पर दूसरे प्यार को श्रेय देना चाहा, वह कभी सफल न हो सकी। परन्तु यह सत्य था कि सीमा को पंकज से घृणा थी - दिल की गहराई से घृणा थी। इसलिए उसने अपने पहले प्यार पर दूसरे प्यार को विजय देने का प्रण कर लिया। वह जानती थी कि विवाह के बाद वह अपने इस मकसद में अवश्य सफल हो जाएगी। विवाह के बाद एक भारतीय नारी का अपने पति से सच्चे प्यार का हो जाना स्वाभाविक है, क्योंकि यह उसका अन्तिम प्यार होता है। सीमा सत्य को झूठ तथा झूठ को सत्य सिद्ध करने के लिए उस समय तक प्रतीक्षा करेगी जब तक कि उसका विवाह रंजन से नहीं हो जाता और तब वह निश्चित रूप से रंजन को इतना प्यार दिल की गहराई से करेगी जितना उसने कभी पंकज को भी नहीं किया था। ऐसा ही विश्वास था सीमा का।

एक दिन सीमा सोफे पर बैठी बहुत बेचैनी के साथ रंजन की प्रतीक्षा कर रही थी। बेचैनी का वातावरण था वह पत्र जो अभी-अभी आया था जिसे पढ़ने के बाद वह इस समय अपने हाथ में लिए हुए थी। पत्र उसके पिता का आया था - भारत से। उसके डैडी ने रंजन को देखने तथा भारत में उसके माता-पिता से मिलने की इच्छा भी प्रकट की थी। निश्चय ही उसके भैया ने रंजन को सीमा के लिए पसन्द करते हुए अपने डैडी को लिख दिया था। इस समय सीमा घर पर अकेली थी। डॉक्टर किशोर क्लीनिक गया हुआ था। भाभी बाजार गई हुई थी। सीमा को भी ले जाना चाहती थी, परन्तु सीमा को रंजन ने समय दिया हुआ था इसलिए वह नहीं जा सकी थी। आज उसके घूमने का प्रोग्राम काफी लम्बा था।

जब से सीमा को पत्र प्राप्त हुआ था वह उसे कई बार पढ़ चुकी थी। पढ़कर जाने कितने ऊंचे सपनों के झूले झूल गई थी। अनेक विचार उसके मन में आ और जा रहे थे, परन्तु तभी अचानक वह चौंक गई। जाने कैसे इस प्रसन्नता के अवसर पर ही पंकज का विचार उसकी छाती पर घूंसे समान आ लगा। वह चौंक गई। चौंककर सोचने पर विवश हो गई - कभी पंकज को भी तो उसके डैडी देखना चाहते थे, उसके डैडी-मम्मी से मिलना चाहते थे। फिर वही पंकज का विचार - घृणात्मक विचार! पंकज - पंकज - पंकज! क्या यह पापी कभी उसका पीछा नहीं छोड़ेगा? पंकज की याद पर सीमा ने घृणा से थूक देना चाहा, परन्तु तभी उसके सामने एक कार का हॉर्न बज उठा - जाना-पहचाना हॉर्न। रंजन आ चुका था। सब-कुछ भूलकर वह उसकी ओर लपक गई। उसके मुखड़े पर प्रसन्नता की चमक फिर लौट आई थी। रंजन कार से निकलकर लॉन में प्रवेश कर चुका था। सीमा उससे लॉन में ही जा मिली।

'आज बहुत प्रसन्न हो, आखिर क्या बात है?' रंजन ने पूछा।

'है कोई बात-।' सीमा ने बच्चों समान मचलकर कहा, 'पहले चलकर कार स्टार्ट करो। फिर रास्ते में बताऊंगी कि क्या बात है।'

दोनों ही तुरन्त कार में जा बैठे। घर की देख-रेख सदा नौकरों पर निर्भर करती थी। इसलिए सीमा को पलटकर घर बन्द करने की आवश्यकता नहीं पड़ी।

'हां-।' रंजन ने कार को गति में लाकर कहा - 'अब बताओ क्या बात है?'

'डैडी तुम्हें देखना चाहते हैं।' सीमा ने चहककर कहा।

'क्यों? क्या मैं किसी चिड़ियाघर से निकला हुआ जानवर हूं?' रंजन ने मजाक किया।

'नहीं - बल्कि...।' सीमा लजाई, सकुचाई भी, फिर बोली, वह तुम्हें मेरे लिए देखना चाहते हैं।'

सहसा एक गहरा मोड़ आ गया। मोड़ खतरनाक नहीं था। सड़क पर ट्रेक्स बने हुए थे। फिर भी कार दूसरे ट्रैक की कार से लड़ते-लड़ते बची। लड़ जातीं, यदि रंजन तुरन्त सावधानी से काम नहीं लेता। आगे ट्रैफिक जाम था। रंजन ने कार रोक दी। फिर सीमा को कनखियों से देखा, मस्तक पर बल डालकर, फिर शरारती ढंग से मुस्करा दिया। आगे जाने को रास्ता मिला तो कार बढ़ाता हुआ बोला - 'अर्थात् अब मेरे जीवन के दिन पूरे होने वाले हैं।' रंजन ने मजाक किया।

'जीवन के दिन! क्या मतलब?' सीमा कुछ समझी नहीं। दिल में सोचा, जीवन के दिन पूरे हों शत्रुओं के। शत्रु? पंकज? फिर वही पंकज? सीमा ने इस सुन्दर अवसर पर पंकज का विचार झटक दिया।

'मेरा मतलब जीवन के उन दिनों से है जो स्वतन्त्रता पूर्वक व्यतीत होते हैं।' रंजन ने बात स्पष्ट की।

'अच्छा जनाब!' सीमा ने कहा - 'तो गोया हमारे साथ बंधकर आपकी स्वतन्त्रता समाप्त हो जाएगी?' सीमा ने कृत्रिम क्रोध प्रकट किया।

'बिल्कुल समाप्त हो जाएगी।' रंजन ने कहा - 'आखिर विवाह के बाद मुझे तुम्हारे नन्हें-नन्हें पंजों को हर समय चूमना जो पड़ेगा। तुम्हारी पिंडलियों में सदा दांत काटते जो रहना पड़ेगा। फिर स्वतन्त्रता बचेगी कहां?' रंजन ने दांत काटने के ढंग से अपने दांतों पर दांत रखकर दबाया।

सीमा आकाश में प्यार के झूले झूल गई। रंजन की बातों में कितना प्यार है - कितनी मिठास!

'एक बात बताऊं?' सहसा रंजन ने फिर कहा।

'क्या?'

'तुम विश्वास नहीं करोगी, परन्तु सच मानो, आज ही मुझे भी अपने डैडी से एक पत्र मिला है। उन्होंने लिखा है कि वह और मम्मी तुम्हें देखना चाहते हैं।'

'रियली?' सीमा चहक उठी।

'बिल्कुल सच।'

'फिर क्यों न हम दोनों एक ही साथ भारत चलें।'

'वह तो चलना ही पड़ेगा।' रंजन ने कहा - 'परन्तु एक शर्त पर।'

'क्या?' सीमा ने उत्सुक होकर पूछा।

'हम अपने घर वालों को सूचित किए बिना अपने देश चलेंगे।'

'वह क्यों?' सीमा का बड़ा आश्चर्य हुआ।

'मैं इस सम्बन्ध की नींव 'सरप्राइज' देकर ही डालना चाहता हूं।'

'ओ रंजन, व्हाट ए वण्डरफुल आइडिया!' सीमा ने रंजन की एक-एक बात पर न्यौछावर होने का प्रयत्न आरम्भ से ही किया था, इसलिए वह रंजन की बातों से तुरन्त ही सहमत हो गई। रंजन की मीठी बातों से वह यूं भी प्रभावित थी।

'मैं अपने साथ तुम्हारा भी टिकट रविवार के लिए बुक करा लूंगा।' रंजन ने गहराई के साथ सोचते हुए कहा और फिर पॉकेट से एक सिगार निकालने लगा।

'रविवार के लिए?' सीमा ने आश्चर्य से पूछा - 'रविवार को तो अभी पूरे तीन दिन हैं। हम कल या परसों क्यों नहीं चले चलते हैं। आखिर नेक काम में देर कैसी।'

रंजन ने उत्तर देने के बजाए सिगार मुंह से लगा लिया। फिर उसी हाथ द्वारा पॉकेट से लाइटर निकाला और सिगार जलाकर गहरे-गहरे कश लेते हुए बहुत गम्भीरता के साथ कुछ सोचने लगा।

'तुमने मेरे प्रश्न का उत्तर नहीं दिया?' सीमा ने उसे खामोश देखकर कहा।

'मैं अपने पासपोर्ट के सम्बन्ध में सोच रहा हूं।' रंजन ने कहा - 'आखिर इसमें कुछ तो समय लगेगा ही।'

'ओह!' सीमा सन्तुष्ट हो गई। उसे अपने लिए चिन्ता नहीं थी। उसके पास तो अपना पासपोर्ट पहले ही था। केवल टिकट ही लेना था। वीसा उसे छः मास के लिए मिला था, परन्तु यहां आए उसे अभी केवल दो ही मास हुए थे। वह रंजन की परेशानी में सम्मिलित होने का प्रयत्न करने लगी।

उस दिन रंजन ने सीमा को कुछ जल्दी ही उसके घर पर छोड़ दिया। छोड़ने से पहले फिर याद दिला दिया कि वह भारत में किसी को भी लौटने की सूचना न दे। अपने भैया-भाभी को भी समझा दे कि वह 'सरप्राइज' में अधिक विश्वास करता है। सीमा ने उसके विश्वास में स्वयं को सम्मिलित करते हुए प्रसन्नता प्राप्त करने का प्रयत्न किया और किसी सीमा तक वह सफल भी हो गई तो चहककर उसकी बात रखने का वचन दे दिया।

उस रात सीमा पलंग पर लेटी तो बहुत देर तक रंजन की बातें सोच-सोचकर मुस्कराती रही। उसकी बातों में कितनी मिठास है! पंकज ने तो कभी उससे ऐसी बात ही नहीं की। फिर

वही पंकज? घृणा करने के पश्चात् पंकज रंजन के प्यार की तुलना में एक याद बनकर आ खड़ा होता था। इसके पश्चात् सीमा ने महसूस किया वह पंकज को जितना प्यार दे चुकी है, रंजन को अभी उसका एक अंश भी नहीं दे सकी है। पंकज की अनुपस्थिति में वह उसे याद करके उसके लिए तड़पती थी - रंजन की अनुपस्थिति में वह उसकी बातें याद करके मुस्कराती है। तड़प में बेचैनी होती है, मिलन की पुकार होती है, परन्तु मुस्कान में सन्तोष होता है, प्रसन्नता होती है। प्यार के विषय में यह अन्तर बहुत बड़ा होता है। सीमा के लिए वास्तव में यह खिसियाने का विषय था। क्यों नहीं वह अब तक रंजन को पंकज से अधिक प्यार कर सकी है जबकि रंजन पंकज की तुलना में देवता है, भगवान है और जिसे हालांकि पंकज से सख्त घृणा करती है? यह प्रश्न ऐसा था कि जिसे सीमा ने जितना सुलझाने का प्रयत्न किया उतना ही उलझता गया।

दूसरी शाम रंजन सदा के समान सीमा को लेकर फिर लंदन के रंगीन वातावरण में प्रविष्ट हुआ, परन्तु बातें जितनी भी हुई उनमें केवल विवाह के बाद का ही सपना था। विवाह के बाद वह अपने प्यार के महल को कैसा रंग देंगे और कैसा नहीं। सीमा रंजन की बातें सुनती तो प्यार के झूले झूल जाती। परन्तु तभी उसके मस्तिष्क का परदा उठाकर पंकज भी धीरे से झांक लेता था। तब सीमा उसे कोसते हुए पल भर के लिए अवश्य गम्भीर हो जाती। पंकज मानो उसके विचारों के साथ जोंक समान चिपका हुआ था। आखिर क्यों? सीमा कोई कारण नहीं ढूंढना चाहती थी। ढूंढती तो उसका दूसरा प्यार एक बार फिर पहले प्यार से मात खा जाता।

अन्तिम शाम जब रंजन सीमा से उसके घर पर मिला तो कुछ अधिक ही चहका हुआ था। तब सीमा के भैया घर पर नहीं थे। केवल भाभी ही थी।

'सीमा-।' रंजन ने कहा - 'आज मैं तुम्हें ही नहीं तुम्हारे भैया तथा भाभीजी को भी साथ ले चलने आया हूं।' रंजन ने भाभीजी की ओर देखा।

'हमें भी! क्यों?' भाभीजी ने आश्चर्य से पूछा।

'आज, बल्कि अभी, डेढ़ घण्टे बाद मेरे मित्रों ने मुझे ही नहीं सीमा तथा आप सबको एक पार्टी दी है - मेरे एक मित्र के बंगले में।'

'पार्टी! और वह भी हमें?' किस खुशी में?' भाभीजी ने आश्चर्य से पूछा।

'ओ भाभी-।' रंजन ने इठलाकर कहा - 'जब मेरे मित्रों को ज्ञात हुआ कि मैं भारत जा रहा हूं तो उन्होंने तुरन्त 'फेयरवेल' देना आवश्यक समझ लिया। ऐसा न हो कि मेरा वहां विवाह हो जाए और मैं वापस ही न आऊं।' रंजन ने भेद भरी दृष्टि से मुस्कराकर सीमा को देखा।

सीमा मुस्कराए बिना नहीं रह सकी।

'ओह! तो यह बात है।' भाभी ने प्रसन्नता प्रकट की। उन्होंने एक पल सोचा। फिर तुरन्त सीमा के भैया को फोन किया। कुछ बातें कीं। फिर निराश होकर रंजन से बोली - 'सीमा के भैया तो नहीं जा सकते। मरीजों में बहुत व्यस्त हैं वह।'

'ओह!' रंजन ने खेद प्रकट किया। फिर बोला - 'आप तो चल सकती हैं न?'

'हां, मैं चल सकती हूं - अवश्य।' भाभी ने कहा ओर फिर बनाव-श्रृंगार के लिए दूसरे कमरे में प्रविष्ट हो गई।

उस दिन जब रंजन ने एक बंगले के सामने कार रोकी तो उसे बाहर से देखते ही रंजन के मित्रों के स्तर का पता चल गया। सुन्दर इमारत - बाहर से कम तथा अन्दर से अधिक जगमगाती हुई। इमारत के अन्दर प्रवेश करते ही आंखें चकाचौंध हो गई। बहुमूल्य सोफे, सजाने की अत्यन्त सुन्दर वस्तुएं। सीमा इतने बड़े घर की संतान थी फिर भी देखती ही रह गई। हॉल के अन्दर आर्केस्ट्रा की धुन हल्के-हल्के तैर रही थी। एक किनारे मेज पर खाने तथा अनेक प्रकार की पीने की वस्तुएं भरी पड़ी थीं। वातावरण महका-महका था।

उस दिन जश्न शानदार रहा। पहले सीमा तथा रंजन की विदाई पर दुःख प्रकट किया गया, फिर इनकी यात्रा तथा विवाह के लिए शुभकामना की गई। फिर इन्हें रंजन के मित्रों ने निशानी के साथ यादगार के तौर पर एक-एक उपहार भेंट किया। रंजन को एक अत्यन्त सुन्दर स्त्री की मूर्ति दी गई - अर्द्धनग्न - अंगड़ाई लेती हुई, तथा सीमा को एक नवयुवक की मूर्ति दी गई। चड्डी में वह अपने कसरती शरीर का प्रदर्शन इस प्रकार कर रहा था कि नवयुवती देखे तो रीझ जाए। दोनों ही मूर्तियां पीतल की थीं, चमकदार, लम्बाई में लगभग 9 इंच। नवयुवक की मूर्ति पर रंजन लिखा था - नवयुवती की मूर्ति पर सीमा - भेंटकर्त्ता मित्रगण। सीमा ने इतनी सुन्दर यादगार को जीवन भर अपने पास सुरक्षित रखने का निश्चय कर लिया।

फिर नृत्य का दौर चला - शराब और सॉफ्ट ड्रिंक का दौर चला और फिर जब अन्त में रंजन ने सीमा तथा भाभी को घर छोड़ा तो रात के दो बज चुके थे।

उस दिन सीमा जब अपने पलंग पर लेटी तो बहुत प्रसन्न थी, बहुत अधिक। विवाह के बाद वह अपने प्यार के महल को इस प्रकार सजाएगी कि...कि...परन्तु...परन्तु ऐसे स्वप्न तो उसने पंकज के साथ भी देखे थे। फिर वही पंकज? पंकज - पंकज - पंकज! आखिर क्यों नहीं वह उस पापी की याद से छुटकारा प्राप्त कर रही है? क्या बिगाड़ा है उसने उसका? स्वयं पंकज ही तो उसका जीवन नर्क बना देना चाहता था। फिर वही पंकज के विचार! घृणा के सहारे उसकी याद आना! ऐसे शुभ अवसर पर पंकज को याद करके सीमा उसे दांत पीसती हुई कोसते-कोसते स्वयं पर झुंझला गई - झुंझलाकर सिसक पड़ी - सिसककर रो पड़ी। आखिर यह पापी कब उसका पीछा छोड़ेगा? छोड़ेगा भी या नहीं? जाने कब आंसू बहाते-बहाते सीमा को नींद आ गई। शायद नृत्य की थकावट ने उसे पंकज की याद से छुटकारा दिलाने में उसकी सहायता कर दी थी, वरना शायद जितनी देर तक वह रंजन के प्यार में डूबी रहती उतनी देर तक वह पंकज की घृणा में डूबी रहती।

□ □
□ □

लन्दन से हवाई जहाज चला तो कुछ देर बाद एअर होस्टेस जूस की ट्रे लिए यात्रियों की सेवा के लिए आगे बढ़ी। रंजन न एक गिलास अपने लिए तथा दूसरा गिलास सीमा के लिए ले लिया और फिर एक-दूसरे से सटकर बैठते हुए प्यार के सपनों में खो गए। प्यार भरी बातों से दिल ही नहीं भरता था। प्यार का विषय ही असीमित है। सहसा रंजन ने पूछा - 'सीमा, तुमने वह विदाई यादगार तो संभालकर रखी है न जो मेरे मित्रों ने भेंट की थी?'

'बहुत संभालकर रखी है। भला उसे भी कभी भूल सकती हूं?'

'मैं भी साथ लाया हूं।' रंजन ने कहा - 'हम जीवन भर इस यादगार को अपने साथ रखेंगे। यह मूर्तियां हमारे शयन-कक्ष की शोभा होंगी। मैं अपने उपहार को देखूंगा तो तुम्हें छाती से लगा कर प्यार करने पर उत्तेजित हो जाऊंगा और तुम अपने उपहार को देखना तो मुझे-।'

'धत्!' सीमा ने प्यार से कहा और लजाकर अपना मुखड़ा खिड़की की ओर कर लिया जहां वह बैठी हुई थी।

'यह बातें विवाह के बाद अच्छी लगती हैं।' सीमा ने बड़ी सुन्दरता से अपना हाथ छुड़ाकर कहा, रंजन पर अपनी जादूभरी मुस्कान की वर्षा करते हुए।

फिर वही बातें - प्यार और आने वाले सुन्दर दिनों की बातें। सीमा खिड़की के समीप बैठी हुई थी। हवाई जहाज बर्फीली चट्टानों के ऊपर से जा रहा था। सूर्य के प्रतिबिम्ब में बर्फ दूर तक फैली यूं चमक रही मानो धुली हुई चांदनी बिछी हो। आंखें ठहरना कठिन हो जाता था। नीचे टापू पर बसे शहर यूं दिखाई पड़ रहे थे मानो किसी बच्चे ने लकड़ी के खिलौने से छोटे-छोटे मकान बना दिए हों। बल खाई सड़कें सर्प से भी पतली दिखाई दे रही थीं, जिन पर चलती-फिरती कारें चींटियों समान रेंग रही थीं। सहसा बर्फ़ से बिछी एक चट्टान ऊंचाई से ऐसी दिखाई पड़ी मानो किसी मानव का सिर हो। सूर्य का प्रकाश ही चट्टान पर कुछ इस प्रकार पड़ रहा था कि बिछी बर्फ देव समान झलक पड़ी। उस देव छाया को देखते ही सीमा अचानक कांप गई। पंकज? पापी उसका पीछा इस यात्रा में भी नहीं छोड़ रहा है? नीच - कमीना - अब तो उसका विवाह होने जा रहा है। फिर वह अपनी घृणास्पद याद द्वारा उससे क्या प्राप्त करेगा?

सीमा का यह भ्रम था या दिल में बसा पहले प्यार का चोर, वह कोई अनुमान नहीं लगा सकी - लगाना भी चाहा और तुरन्त पलटकर अन्दर देखने लगी। वह कुछ चिंतित-सी हो गई। एक अज्ञात मानसिक परेशानी ने उसे आ घेरा तो इससे मुक्ति प्राप्त करने के लिए उसने तुरन्त सिर पीछे टेक दिया और आंखें बन्द कर लीं। परन्तु उसके मस्तिष्क के परदे पर भी पंकज बहुत देर तक जोंक के समान चिपका रहा और सीमा मन ही मन घृणा की जाग में जलती पंकज को अपनी एक-एक सांस द्वारा कोसती रही। अतीत का यह कैसा गन्दा जाल था जिससे वह आज तक बाहर नहीं निकल सकी थी।

भारत में जब हवाई जहाज अपने निश्चित समय पर उतरा तो सुबह भोर होते हुए भी वातावरण में बहुत अन्तर था। वहां ठण्ड नहीं गरमी थी। कस्टम अधिकारियों की जांच से

पहले रंजन ने अपना तथा सीमा का सामान एकत्र किया। रंजन के पास एक बड़ा सूटकेस था, एक एयर बैग तथा सीमा के पास दो सूटकेस तथा एक एयर बैग था। रंजन ने सीमा का बड़ा सूटकेस उठाकर भार का अनुमान किया। फिर बोला - 'यह तो बहुत भारी है। अपना उपहार क्या तुमने इसी में रखा है?'

'नहीं तो।' सीमा ने अपना हैण्डबैग संभालते हुए कहा - 'वह तो उस लाल सूटकेस में है।'

रंजन ने एक सांस ली। फिर मजाक में पूछा, 'फिर यह इतना भारी क्यों है?' क्या मेरा सारा प्यार इसी में भर लाई हो?'

सीमा मुस्करा दी। बोली - 'हर जगह मजाक नहीं करते।'

'खैर!' रंजन ने कहा - 'मैं वजनदार सूटकेस उठा लेता हूं। तुम वह लाल सूटकेस संभाल लो तथा कंधे पर एयर बैग लटका लो।' रंजन ने कहा और फिर सीमा की बात की प्रतीक्षा किए बिना उसने सीमा को लाल सूटकेस उठाने को छोड़ दिया तथा अपने कंधे पर एयर बैग लटकाया और फिर दूसरे हाथ में अपना सूटकेस उठाकर पंक्ति में बहुत आगे जा खड़ा हुआ। सीमा को रंजन की यह बात बहुत विचित्र लगी। परन्तु उसमें सभ्यता तोड़ कर पंक्ति में आगे खड़े होने का साहस नहीं उत्पन्न हुआ। वह पीछे ही खड़ी हो गई। कस्टम अधिकारियों ने उन गिने-चुने यात्रियों की पूरी जांच की जिन पर उन्हें जरा भी संदेह हुआ। कस्टम अधिकारी यूं भी इतने अनुभवी होते हैं कि सूरत देखते ही नाजायज वस्तु ले जाने वाले को तुरन्त पहचान लेते हैं। उन्होंने रंजन की वस्तुओं की भली-भांति जांच की। फिर आपत्तिजनक वस्तु न पाकर उसे जाने दिया। रंजन बाहर जाकर धड़कते दिल से टहलने लगा। सीमा आ जाए तो उसे चैन मिले। यह कस्टम अधिकारी किसी के पीछे पड़ जाएं तो जान छुड़ाना कठिन हो जाता है।

सीमा भी कुछ देर बाद आई। कस्टम अधिकारियों ने उसकी साधारण-सी जांच करके उसे छोड़ दिया था। सीमा ने बाहर आकर सूटकेस नीचे पटकते हुए लगभग हांफकर पूछा - 'तुम लाइन में पीछे साथ खड़े होने के बजाए आगे जाकर क्यों खड़े हो गए?'

'अरे मेम साहब-' रंजन ने कहा, 'इन कस्टम अधिकारियों का क्या ठिकाना? इनसे जितनी जल्दी छुटकारा मिल जाए उतना ही अच्छा है। तुम तो लड़की हो, तुम्हें वह अधिक परेशान नहीं करेंगे। परन्तु हम पुरुषों से यह बेबात की बात पर उलझ जाएं तो पीछा छुड़ाना कठिन हो जाता है।'

'अब?' सीमा ने रंजन की बात अनसुनी करके मुस्कराते हुए पूछा।

'हम पहले किसी होटल में चलेंगे। उसके बाद प्रोग्राम बनाएंगे।'

'बिल्कुल ठीक।' सीमा ने सहमत होकर कहा और फिर चलने को तैयार हो गई।

टैक्सी द्वारा दोनों बम्बई के एक होटल में पहुंचे - अच्छा-बड़ा होटल - शानदार - शहर में ही नहीं पूरे देश में एक ऊंचा स्थान रखता था। सीमा बड़े-बड़े होटलों में अनेक बार ठहर चुकी थी। गर्मियों में अपने डैडी-मम्मी के साथ पहाड़ों पर वह सबसे अच्छे होटलों में ठहरती थी,

परन्तु अकेले उसका यह पहला अवसर था। अकेले? अपने होने वाले पति के साथ होते हुए भी अकेले? फिर भी, जाने क्यों स्वयं को अकेला महसूस करते हुए उसके ऊपर एक अज्ञात भय छाता जा रहा था। फिर भी वह उसे दिल का भ्रम समझकर मिटाते हुए मुस्कराने लगी।

'हम एक ही कमरा लें या अलग-अलग दो?' रंजन ने रिसेप्शन काउण्टर पर पहुंचने से पहले सीमा से पूछा।

सीमा सोच में पड़ गई। अभी वह कुंवारी है। उसका विवाह नहीं हुआ है। जब विवाह नहीं हुआ है तो उसके लिए हर पुरुष पराया है। फिर क्या एक ही कमरे में किसी पराए पुरुष के साथ ठहरना उसे शोभा देता? अपने देश में तो किसी पराए पुरुष के साथ एक लड़की का खुले तौर पर घूमना-फिरना भी पाप समझा जाता है। पंकज के साथ एक रात वह समाज से दूर रहकर बिता चुकी है। देख चुकी है कि उस पर क्या बीता है। फिर यहां पर किस प्रकार रंजन के साथ एक ही कमरे में हरने की अनुमति दे दे? सीमा रंजन पर विश्वास करना चाहती थी, उसे दुखी या निराश न करने के लिए उसके साथ एक ही कमरे में रहना चाहती थी, क्योंकि वह उसका होने वाला पति था - नहीं होता तो इतनी दूर से आता क्यों? इसके पश्चात् वह रंजन पर विश्वास करते हुए कांप गई। पुरुष, पुरुष ही तो है। जाने कब फिसल जाए। सीमा ने रंजन के प्रति ऐसी बातें सोचते हुए स्वयं को धिक्कारा। परन्तु वह करती क्या क्या? दिल के अन्दर उठते विचार अपने वश में तो होते नहीं। उसे कोई उत्तर नहीं बन पड़ा।

'ऐसा करते हैं कि हम दो कमरे ले लें - अलग-अलग। अगल-बगल मिल गए तो और अच्छा रहेगा। क्यों?' रंजन ने सीमा की उलझन दूर की।

सीमा फूल समान खिल उठी। रंजन को उसकी इज्जत का कितना अधिक ध्यान है। उसके मुखड़े पर खिली मुस्कान ने ही रंजन को उसका उत्तर दे दिया। वह सीमा को लेकर आगे बढ़ गया। रंजन ने दो कमरे बुक किए। कमरे अगल-बगल नहीं मिल सके परन्तु अधिक दूर भी नहीं मिले। पांचवीं मंजिल में एक ही कतार में अवश्य मिल गए - कमरा नम्बर 85 तथा 90। रंजन और सीमा दोनों को ही सन्तोष मिल गया। दोनों अपने-अपने कमरे में प्रविष्ट हो गए। ताजा दम होने के बाद दोनों ने एक साथ ही डाइनिंग रूम में नाश्ता किया, फिर सीमा के कमरे में बैठकर दोनों कुछ देर बातें करते रहे - वही प्यार भरी बातें - विवाह के बाद आने वाले सुन्दर दिनों की बातें।

कुछ देर बाद रंजन सीमा को छोड़कर चला गया। उसे सीमा तथा अपने लिए ट्रेन टिकट बुक कराना था। परन्तु जब वह वापस आया और सीमा को उसका टिकट देते हुए बताया कि उसका टिकट दूसरे दिन नौ बजे सुबह का बुक हो सका है तो सीमा चौंक गई। जल्द से जल्द घर पहुंचने की सारी प्रसन्नताओं पर पानी पड़ गया।

'क्यों? कल का टिकट क्यों बुक किया?' उसने आश्चर्य से पूछा।

'आज का रिजर्वेशन नहीं मिल सका।' रंजन ने लाचारी प्रकट की।

सीमा एक पल सोचती रही। फिर पूछा - 'और तुम कब इन्दौर जा रहे हो?'

'बिना तुम्हें छोड़कर कैसे जा सकता हूं?' रंजन ने कहा - 'मुझे तो जाने को आज ही मिल रहा था परन्तु मैं क्या करता? तुम्हारे कारण मुझे कल का रिजरवेशन करना पड़ गया। यहां तुम अकेली रहतीं भी कैसे?'

'रहने को तो मैं रह लेती। इतने बड़े होटल में डरने की क्या बात है?' सीमा ने कहा, 'परन्तु अच्छा हुआ कि तुम रुक गए, साथ हो जाएगा।' सीमा रंजन की उदारता पर दिल ही दिल में कृतज्ञ हुई। रंजन उसको एक पल भी अकेले में छोड़कर कोई भय नहीं मोल लेना चाहता। रंजन ही तो उसका रक्षक था - जीवन रक्षक।

उस दिन लंच के लिए दोनों डाइनिंग रूम में पहुंचे। वेटर को ऑर्डर देने के बाद दोनों चहककर आपस में बातें करने लगे। तभी कुछ दूर से एक नवयुवक कर्मचारी निकला। हिप्पी समान गरदन तक झूलते काले घने बाल - घनी चौड़ी मूंछें - फ्रेंच कट दाढ़ी - आंखों पर चौड़ा परन्तु हल्के शीशे का चश्मा - होंठों के मध्य एक सिगरेट। लम्बा कद - चुस्त शरीर - चाल में अकड़ के साथ प्रभावशाली झूम थी। सूट में उसका व्यक्तित्व अत्यन्त प्रभावशाली लगता था। यही कारण था कि यात्रियों में अनेक देशी-विदेशी लड़कियों को जब उसने अपनी जिम्मेदारी की सेवा अर्पित करनी चाही, तो वह उस पर रीझ-सी गई। परन्तु उसने आज तक किसी की परवाह न की। केवल अपने काम से काम रखना वह जानता है। अपनी जिम्मेदारी निभाना वह खूब जानता है। मन का अत्यन्त गम्भीर है वह। परन्तु जब एकान्त में होता है तो कभी-कभी क्रोध में मेज पर घूंसा मारकर जाने क्या बड़बड़ा उठता है।

लोग उसे प्रभात के नाम से पुकारते हैं।

प्रभात जब उधर से निकला तो इस जोड़े को देखते ही चौंक गया - सीमा तथा रंजन की जोड़ी को। प्रभात के चलते पग धीमें पड़ गए - फिर रुक गए। मस्तक पर बल डालकर उसने कुछ सोचा, फिर पलटकर कनखियों से चश्मे के अन्दर से देखा - सीमा को तथा रंजन को भी - बहुत ध्यान से। आंखों पर विश्वास नहीं हुआ। परन्तु आंखों की पुष्टि हो गई। वह तेजी के साथ आगे बढ़ता हुआ कुछ सोचने लगा - बहुत भेद भरे ढंग में। यहां रुकना उचित नहीं था। वह एक खम्भे की आड़ में खड़ा हो गया जहां पर रंजन और सीमा उसे नहीं देख सकते थे - केवल वह उन दोनों को देख सकता था। वहीं खड़े-खड़े उन्हें देखते हुए प्रभात विचारों में गुम हो गया।

तभी सीमा तथा रंजन की मेज पर वेटर ने खाना लगा दिया। रंजन तथा सीमा ने गोद में नैपकिन बिछाया और खाना भी आरम्भ कर दिया। अभी उन्होंने दो-चार कौर ही खाए होंगे कि तभी वहां एक वेटर आ गया। उसने रंजन से पूछा, 'साहब, क्या आप कमरा नम्बर 85 में ठहरे हैं?'

'हां, क्यों?' रंजन ने आश्चर्य से पूछा।

'आपका टेलीफोन है।' वेटर ने उत्तर दिया।

'मेरा टेलीफोन?' रंजन ने आश्चर्य से पूछा।

'जी हां, साहब!'

'कहां से आया है?'

'कुछ मालूम नहीं साहब!'

रंजन ने एक बार आश्चर्य से मुंह बनाया। फिर उठते हुए मानो स्वयं से बड़बड़ाया - 'यहां मुझे जानने वाला कौन है? आज ही तो हम लन्दन से आए हैं।' फिर वह एक ओर बढ़ गया।

सीमा भी चकित थी। आखिर किसी को कैसे ज्ञात हुआ कि रंजन यहां है। उन दोनों ने अपने भारत आने की बात किसी को भी नहीं बताई थी। रंजन की प्रतीक्षा में वह बहुत ही धीमे-धीमे खाना खाने लगी।

रंजन कुछ देर बाद लौटा। अपनी कुर्सी पर बैठता हुआ बोला - 'जाने किसका फोन था? वहां गया तो कट चुका था। कुछ देर प्रतीक्षा की तो कमरा नम्बर 85 का नहीं 185 का फोन आ गया।'

'शायद पहले भी कमरा नम्बर 185 के यात्री का ही फोन आया होगा। वेटर ने गलती से 85 नम्बर समझ लिया होगा। सीमा ने अपनी राय दी।

'हो सकता है।' रंजन सीमा से सहमत हुआ। बोला - 'भला मुझे यहां कौन फोन करने वाला हो सकता है?'

बात आई-गई समाप्त हो गई।

लंच के बाद रंजन तथा सीमा हर पल एक साथ ही रहे। सीमा के कमरे में बैठकर दोनों बहुत देर तक प्यार भरी बात करते रहे। दोनों मानो एक युग के बाद भारत आए थे, इसलिए विवाह के बाद भारत यात्रा का अभी से ही प्रोग्राम बनाते रहे। प्रोग्राम जितना भी बनाते उतना कम था, क्योंकि भारत देश उनके प्रोग्राम से कहीं अधिक बड़ा है। फिर कुछ देर बाद दोनों कमरे से बाहर निकले। सीमा के लिए रंजन ने द्वार बन्द किया। सीमा की छोटी से छोटी सहायता करना भी रंजन आवश्यक समझता था। सहसा चलने से पहले सीमा की दृष्टि गलियारे के अन्त में दरवाजे पर पड़ी। परदे की आड़ में सिगरेट का धुआं उठता हुआ बिखर रहा था। निश्चय ही कोई परदे की आड़ में खड़ा था। जाने क्यों सीमा का दिल एक पल के लिए धड़क गया। परन्तु फिर सब-कुछ भूलकर वह रंजन के साथ चली गई। उसे रंजन के साथ सैर-सपाटे के लिए बाहर जाना था।

परदे की आड़ में प्रभात खड़ा था - बहुत भेद भरे अन्दाज में। उसने देखा - नीचे - मुख्य द्वार के बाहर सीमा तथा रंजन एक टैक्सी को बुलाकर उसमें बैठ रहे थे। उसने सिगरेट का अन्तिम कश लिया - गहरा, फिर वहीं फेंककर पैरों से मसल दिया।

होटल में शाम का वातावरण रंगीन था। हॉल के अन्दर एक ओर मंच पर एक लड़की आर्केस्ट्रा की धुन पर गाते हुए वातावरण को मुग्ध किए थी। उसका स्वर होटल के सामने वाले

चौड़े बरामदे तक जा रहा था। बरामदे में भी इधर-उधर बैठे यात्री मदिरा की चुसकी लेते हुए धुन का आनन्द उठा रहे थे। कुछेक की दृष्टि सामने दूर तक फैले हुए सागर पर बिछी हुई थी। इन्हीं यात्रियों में से एक जोड़ा एक किनारे बैठा मानो शाम का वास्तविक आनन्द उठा रहा था। बात-बात पर मुखड़े चहक उठते थे। सामने दो जाम रखे हुए थे, एक व्हिस्की का तथा दूसरा सॉफ्ट ड्रिंक का, इसीलिए हंसते-हंसते लड़की का मुखड़ा कुछ अधिक ही गुलाबी हो जाता था। आंखों में गुलाबी डोरे मोटे होते जा रहे थे। यह जोड़ा था रंजन तथा सीमा का।

रंजन के अनुरोध पर सीमा सॉफ्ट ड्रिंक के अनेक जाम पी गई। सॉफ्ट ड्रिंक से होता ही क्या है? परन्तु यह क्या? सीमा को धीरे-धीरे सरूर आने लगा। परन्तु सीमा इस सरूर को पहचाने बिना जीवन का एक नया आनन्द उठाने लगी। छोटी-छोटी बात पर वह खिलखिलाकर हंसने लगी। उसे मानो अपने आस-पास की मेज पर बैठने वालों का जरा भी ध्यान नहीं रहा। रंजन भी सीमा के आनन्द में सम्मिलित होकर व्हिस्की के जाम पीता रहा, परन्तु बहुत संभलकर। ऐसा न हो कि सीमा को संभालने के बजाए उसे ही किसी को संभालना पड़े। सरूर की स्थिति में जब रंजन ने सीमा को सॉफ्ट ड्रिंक के जाम और दिए तो उसने जरा भी इन्कार नहीं किया। कई बार तो वह झूमकर एक ही घूंट में पूरा जाम समाप्त कर गई।

शाम की धुंध फैल रही थी - फैलकर इस धुंध में जगमगाती सड़क के उस पार पूरे सागर को अपनी लपेट में ले लिया। रात का अन्धकार बढ़ा तो सीमा को मानो एक झटका लगा - नशे का झटका। सरूर नशे की सीमा में प्रविष्ट हो चुका था। उसने आंखें बन्द करके सिर को झटका दिया स्वयं को संभालना चाहा, परन्तु नशा अब उसके मस्तिष्क में घर कर चुका था। सीमा का कुछ समझ में नहीं आया कि सॉफ्ट ड्रिंक से उसे नशा कैसे हो आया? क्या अधिक मात्रा में पीने के कारण तो ऐसा नहीं हो गया?

'कुछ खाने को मंगाऊं?' रंजन ने उसकी स्थिति देखकर पूछा - 'या कमरे में ही चलकर डिनर लें?'

'ऊंह।' सीमा ने नशे की स्थिति में झूमकर कुछ अधिक ही 'नहीं' के संकेत पर सिर हिलाया। एक हाथ उठाकर पहली अंगुली भी नहीं के संकेत पर हिलाई। फिर मेज पर कुछ झुककर आंखें चढ़ाती हुई लड़खड़ाते स्वर में बोली - 'कूश नई (कुछ नहीं) खाना है - कूश भी नई।'

रंजन सीमा की स्थिति पर मन ही मन मुस्करा दिया। फिर वह सीमा को सहारा देकर जब वहां से उठा तो कुछ दूर पर पत्थर की जाली के पीछे से दो आंखें उसका पीछा कर रही थीं। वहीं सिगरेट का धुआं भी उठ-उठकर फैलता जा रहा था।

काउण्टर से रंजन ने अपने कमरे की चाभी ली तो सीमा ने भी अपने कमरे की चाभी ले ली। काउण्टर पर वह अपनी सारी ताकत समेटकर पल भर के लिए संभल गई थी, फिर भी

रंजन उसे कमर से थामे रहा। ऐसा न हो वह झटका खाकर गिर पड़े। सीमा को जीवन में पहली बार नशा चढ़ा था परन्तु रंजन तो अनुभवी था ही।

रंजन सीमा को संभालकर अपने कमरे में ले गया। सीमा के पग लड़खड़ा जाते थे। वह रंजन पर गिर जाती थी। अपने कमरे में पहुंचकर शयन-कक्ष से पहले बैठक पड़ता था। रंजन सीमा को शयन-कक्ष ले जाना चाहता था परन्तु सीमा बैठक में ही एक सोफे पर धम्म से बैठ गई। विवश होकर रंजन भी उसके समीप एक सोफे पर बैठ गया। कुछ सोचकर रंजन ने टेलीफोन द्वारा एक सॉफ्ट ड्रिंक तथा दूसरा व्हिस्की का जाम मंगाया। सीमा फटी-फटी दृष्टि से उसे देखने लगी। क्या उसे एक जाम और पीना पड़ेगा? सीमा को जो सरूर हो रहा था, वह नशे की सीमा तक अवश्य था, परन्तु ऐसा नशा नहीं था जिससे उसके सिर में किसी प्रकार का दर्द हो। नशे का आनन्द वह पूरा-पूरा उठा रही थी। इसलिए वह रंजन को मना नहीं कर सकी। फिर भी उसने अपनी गर्दन सोफे पर पीछे टिका दी और आंखें बन्द कर लीं। उस पर नींद का झोंका भी हल्के-हल्के छा जाना चाहता था।

कुछ देर बाद वेटर ट्रे में दो जाम लेकर आया और रंजन के सामने मेज पर रख दिए। रंजन ने बिल पर हस्ताक्षर किए। वेटर चला गया तो रंजन ने कमरे का द्वार अन्दर से बन्द किया। सीमा अभी तक आंखें बन्द किए पड़ी हुई थी। रंजन ने सीमा का जाम उसकी ओर बढ़ाते हुए कहा, 'लो, यह अन्तिम जाम है, इसे समाप्त कर दो तो फिर कुछ देर बाद तुम्हें तुम्हारे कमरे में छोड़ दूंगा।'

सीमा ने मस्तक पर बल डालकर पलकें इस प्रकार खोलीं मानो आंखों के पपोटों पर मनों बोझ हो। रंजन उसे देखकर मुस्कराया तो वह भी उसके लिए मुस्करा दी। फिर जाम हाथ में लेकर एक ही घूंट में समाप्त कर गई। तभी उसके मस्तिष्क को एक सख्त झटका लगा। उसने बड़ी विचित्र दृष्टि से रंजन को देखा। रंजन अपना जाम होंठों से लगाकर समाप्त कर रहा था, कुछ इस प्रकार मानो रेगिस्तान में भटकने के बाद किसी जंगली पशु को पानी का सोता मिल गया हो। सीमा रंजन का यह अन्दाज देखकर डर गई, सहम गई। रंजन ने जाम समाप्त किया। फिर जंगलियों समान उसने अपनी आस्तीनों से अपने होंठ पोंछे। एक गहरी सांस लेकर होंठ चबाया। फिर एक कुत्ते समान अपने होंठों पर जबान फेरते हुए सीमा को देखा।

सीमा ऊपर से नीचे तक कांप गई। रंजन को यह अचानक ही क्या हो गया? परन्तु वह स्वयं भी तो अपने मस्तिष्क का सन्तुलन खो रही थी। आंखें बंद होना चाहती थीं। फिर भी उसने अपने आपको संभालकर उठ जाना चाहा। परन्तु यह क्या? उसके पैर तो मानो फर्श पर पड़ ही नहीं रहे थे। सिर घूमने लगा था। कमरे की हर वस्तु एक नहीं अनेक एक के ऊपर एक चढ़ी दिखाई पड़ रही थीं। हे भगवान! यह उसे क्या हो गया? सॉफ्ट ड्रिंक का अन्तिम जाम इतना नशीला था। सीमा ने सोफे के बाजुओं पर हाथ रखकर सहारा बनाते हुए एक बार फिर उठने का प्रयत्न किया। परन्तु उसे ऐसा लगा मानो उसके शरीर में जान ही नहीं रह गई है।

बेबसी की स्थिति में वह मुट्ठियां बांधकर सोफे के बाजुओं पर मारने लगी। वह अन्दर ही अन्दर तड़पकर रह गई, जाल में फंसे एक पक्षी के समान वह देख रही थी - उसका शिकारी बढ़ रहा है - आगे - और आगे - उसकी ओर झुकते हुए - पंछी के पंख काटने के लिए, ताकि उसका शिकार कभी न उड़ सके - सदा उसके जाल में फंसा रहे - उसके इशारों पर चलता रहे। सीमा ने रंजन की जो स्थिति देखी वह कुछ ऐसी ही थी। रंजन के होंठों से उसके प्रति लार टपक रही थी। आंखों में वासना की लाली थी। सीमा ने पहली बार महसूस किया कि वह रंजन को कभी प्यार नहीं कर सकी है। पंकज से असीमित घृणा करने के कारण वह स्वयं को रंजन से प्यार करने का केवल भुलावा दिए हुए थी। वह पंकज की घृणा भरी याद से भी पीछा छुड़ाना चाहती थी इसलिए उसने रंजन में प्यार तलाश किया था। परन्तु अब उसने ज्ञात किया कि जो घाव पंकज ने लगाया था उसका मरहम रंजन कभी नहीं बन सकता।

रंजन अपनी वास्तविकता पर आ चुका था। भेड़ की खाल उतारकर भेड़िया बन चुका था। सारे पुरुष एक समान ही होते हैं - मानव के रूप में भेड़िए। जिस कुमारीत्व की रक्षा वह पग-पग पर इतनी लगन, इतनी मेहनत तथा सावधानी के साथ अब तक करती आई थी आज शराब के चन्द कतरों के आगे उसका कोई मूल्य नहीं रहा। रंजन अपनी कमीज के बटन खोलता हुआ उसकी ओर बढ़ रहा था - होंठों पर एक भयानक मुस्कान लिए। सीमा को रंजन से घृणा हो गई। उसने दिल की गहराई से रंजन को कोसना चाहा, परन्तु नशे की स्थिति में दिल भी डूब रहा था। मस्तिष्क काम नहीं कर रहा था। शारीरिक बल पहले ही जवाब दे चुका था। सीमा ने सख्ती के साथ अपने होंठ भींचे, घूरकर रंजन को देखना भी चाहा परन्तु पलकों का बोझ भारी हो रहा था - होता गया। सीमा अपनी स्थिति पर तरस खाकर रह गई। पलकों के कोने भीग गए। उसकी आंखें बन्द हो गईं। होश जाता रहा। उसकी गहरी सांसों द्वारा उसकी छाती के उभार और चढ़ाव के साथ उसके नन्हें-नन्हें नथुने भी फूलने लगे। अचेत अवस्था में वह अपनी आहुति देने को तैयार हो चुकी थी।

□ □
□ □

सीमा की आंखें अचानक ही रात के लगभग एक बजे खुलीं तो कमरा बिजली से प्रकाशमान था। सीमा की आंखें चौंधियाईं तो उसने अपनी पलकें तुरन्त बन्द कर लीं। उसके सिर में ही नहीं सारे शरीर में दर्द हो रहा था। जोड़-जोड़ टूट रहा था। कुछ समय तक वह उसी प्रकार पड़ी रही - थकी-हारी - बेसुध-सी। सहसा उसे याद आया कि उसने स्वप्न में पंकज को देखा है - अवश्य देखा है। पंकज को उसने बेसुधी में कैसे देख लिया? परन्तु इस समय उसके तपते दिल के पास पंकज को कोसने का समय नहीं मिला। उसने अपनी आंखें खोलीं। फिर गरदन घुमाकर बगल में देखा और तभी वह चौंककर उठ बैठी।

51

वह शयन कक्ष में थी तथा उसके बगल में पलंग पर रंजन बेसुध सो रहा था। सीमा की आंखों के सामने पिछली रात का वह एक दृश्य घूम गया जो उस पर होश गंवाने से पहले बीता था। उसने अपने अन्दर एक बहुत बड़ा परिवर्तन पाया तो दिल तड़प गया। ऐसी दर्द भरी टीस उठी कि आंखें छलक आईं। हे भगवान - यह सब क्या हो गया? क्यों हो गया? एक ही झटके में उसका सब कुछ लुट गया? 'नहीं-नहीं-नहीं' सीमा मानो स्वयं से कहती बड़बड़ाती हुई पलंग से नीचे उतरने लगी तो साड़ी सरककर नीचे गिरने लगी। उसके बलाउज के बटन खुले हुए थे। साड़ी पकड़कर उसने तुरन्त अपना शरीर ढांक लिया। फिर पलंग से नीचे उतर गई। उतरकर वहीं एक कुर्सी पर बैठ गई और कुर्सी की बांह पर अपना सिर पटककर फूट-फूटकर रो पड़ी।

यह क्या हो गया? क्यों हो गया? नारी की एक भूल की इतनी बड़ी सजा? नारी की एक भूल तो क्या एक छोटी-सी भूल का दोष भी उसके लिए जीवन भर की सजा बन जाती है। फिर सीमा ने वह भूल की थी, वह पाप किया था जिसका सुधार संसार का सारा धन, सारी शक्ति भी नहीं कर सकती थी। फिर भी उसकी भूल के सुधार का एक उपाय अवश्य था, इस पाप से मुक्ति प्राप्त करने का एक रास्ता अवश्य था। वह जल्द से जल्द रंजन से विवाह कर ले। विवाह! और वह भी रंजन से? जिसके प्रति अपना होश गंवाते-गंवाते वह अपने मन में अत्यधिक घृणा महसूस करती रही थी? पिछली रात ही तो उसने रंजन का वास्तविक रूप जाना था - उसके अन्दर की गन्दी भावनाओं को पहचाना था। कितनी आसानी से उसने बहकाकर शराब पिलाते हुए अपने जाल में फांस लिया था? सीमा को अब भी रंजन से घृणा हो रही थी। फिर भी वह रंजन के पक्ष में सोचने पर विवश थी। उससे विवाह करके अपनी लाज बचाने के पक्ष में थी। इसके अतिरिक्त उसके पास चारा ही क्या था? पुरुष कैसा ही हो, यदि नारी केवल किसी एक पुरुष के लिए अपना तन-मन सुरक्षित रखे तो उसका जीवन सफल हो जाता है, उसे एक न एक दिन वह प्यार मिल जाता है जिसकी उसे तलाश होती है।

अपने दिल के सन्तोष के लिए सीमा ने सोचा, यदि शराब पीकर वह इस प्रकार भटक सकती है कि इज्जत लुटने का अहसास नहीं हुआ तो शराब पीकर रंजन भी इस प्रकार अपना होश गंवा सकता है कि उसकी इज्जत लूटने का उसे भी अहसास नहीं हुआ। सीमा को इस दलील से बहुत सन्तोष प्राप्त हुआ। परन्तु इसके पश्चात् सीमा रंजन के प्रति प्यार से नहीं सोच सकी वरन् उसके दिल में वह रहे-सहे झूठे एहसास भी भर गए जो वह पंकज को भूलने के लिए रंजन से प्यार के बहाने प्राप्त किया करती थी। इस समय वह स्वयं को धोखा देकर भी रंजन को प्यार नहीं कर सकी। परन्तु उसे अपनी लाज बचाने के लिए रंजन से विवाह करना था - हर स्थिति में - अपनी इच्छा के विरुद्ध। अब उसे कोई दूसरा व्यक्ति स्वीकार भी कैसे करता? अपनी अन्तरात्मा का गला घोंटकर वह दूसरे व्यक्ति को कैसे धोखा देती? कब तक धोखा देती? अपने आपको वह अब तक धोखा देती आई थी। अब और किस-किस को धोखा

देती? उसकी लाज तो लुट चुकी थी। यदि उसकी लाज सुरक्षित होती तो संसार की कोई भी शक्ति उसे रंजन से प्यार करने पर बाध्य नहीं कर सकती थी। यह तो उसका स्त्रीत्व था कि जिसकी वह एक बार शारीरिक तौर से बन चुकी है उसके साथ अब उसे हर स्थिति में जीवन निर्वाह करना था। सीमा कितनी असहाय थी। सीमा ने आशा कर ली - आज नहीं तो विवाह के बाद अवश्य वह रंजन को प्यार करने लगेगी - सच्चे मन से। भारतीय स्त्री का धर्म ही नहीं स्वभाव भी ऐसा होता है कि वह अपने पति को दिल की गहराई से प्यार करने लगती है - उसे पूरी श्रद्धा देकर देवता समान पूजने लगती है। उसी के चरणों में ही तो उसका स्वर्ग होता है।

आंसू बहा लेने के बाद सीमा के दिल का बोझ हल्का हो गया तो वह उठी। साड़ी को अच्छी तरह अपने शरीर पर लपेटा। फिर दर्पण के सामने आकर झांका, इस प्रकार मानो अपने मस्तक पर लगा कलंक देख रही हो। उसने अपने आंसू पोंछे, अंगुलियों द्वारा लटें संवारी। फिर कमरे से बाहर निकलने से पहले उसने रंजन को देखा। रंजन चुपचाप नशे की स्थिति में डूबा सो रहा था। सीमा बैठक में आई। मेज पर से उसने अपना पर्स उठाया। दरवाजे पर आई। दरवाजे को अन्दर से ऑटोमेटिक लॉक दिया। दरवाजा खोला। बाहर निकली। एक गहरी सांस ली। इधर-उधर देखा। रात के इस पहर भी जाने कौन व्यक्ति था जो उसी बारजे पर अन्धकार की आड़ लिए बैठा सिगरेट के गहरे-गहरे कश ले रहा था, जहां दिन के समय वह खड़ा हुआ था। सीमा ऊपर से नीचे तक कांप गई। उसने तुरन्त दरवाजा बन्द किया तो दरवाजा अन्दर से लॉक हो गया। सीमा लपककर अपने कमरे की ओर बढ़ गई।

अपने कमरे में सीमा पलंग पर लेटी तो सिर भारी था। सिर पर हाथ रखकर वह रंजन के बारे में सोचने लगी। पिछली शाम की घटना का दृश्य बार-बार उसकी आंखों में घूम जाता था। नशे की स्थिति में वह क्या से क्या कर बैठी? परन्तु उसकी भूल का सुधार उसकी दृष्टि में अवश्य था, इसलिए वह अपने आपको सन्तोष दिए हुए थी। रंजन ने जो कुछ भी किया था नशे की स्थिति में किया था। सुबह उससे दृष्टि मिलाने में वह स्वयं लज्जा का आभास करेगा। वह ऐसा नहीं है जो उसे बीच मझधार में छोड़ दे। सीमा अपने दिल के संतोष के लिए भी सोच सकती थी सोचती रही, परन्तु उस समय सीमा पंकज को भी याद किए बिना नहीं रह सकी, वरन् पंकज उसे आज कुछ अधिक ही याद आया। वह उसे घृणा से कोस भी नहीं सकी। शायद सारे जीवन उसे कोसते-कोसते थक गई थी - उकता गई थी - शायद उसे कोसने के लिए अब उसके पास कोई बात नहीं रह गई थी। पंकज ने आज रात भी स्वप्न में उसका पीछा नहीं छोड़ा - मानो उसे ज्ञात था कि सीमा आज लुटने वाली है। सर्वप्रथम पंकज ने ही तो उसे लूटने का प्रयास किया था, परन्तु केवल उसे बरबाद करने के लक्ष्य से, रंजन का ऐसा कोई लक्ष्य नहीं था। वह तो बहक गया था और अब अपनी भूल का सुधार भी अवश्य करना चाहेगा। इसी में उसका प्यार सुरक्षित है।

सीमा ने अपने दिल के सन्तोष के लिए जब रंजन की तुलना पंकज से की तो रंजन को हर स्थिति में पंकज से कहीं अधिक महान पाया। इस सत्य के पश्चात् सीमा पंकज के बारे में सोचने पर विवश थी, उन प्यार भरे पलों को याद करने पर विवश थी, जो उसने पंकज के साथ बिताए थे। जाने कौन-सी ऐसी ताकत थी इन यादों के पीछे जिनसे सीमा इच्छुक होकर भी इस समय पीछा नहीं छुड़ा सकी? वरन इस समय वह हर पल पंकज के उस स्पर्श की गर्मी महसूस करने लगी जो उसने कभी उसकी बांहों में डाक बंगले के अंदर प्राप्त किया था। कितनी विचित्र बात थी यह कि उस रात पंकज का प्राप्त किया स्पर्श आज ताजा हो उठा था और इस रात रंजन का प्राप्त किया ताजा स्पर्श...सीमा इस बारे में कुछ सोच ही नहीं रही थी।

सीमा का सिर अब भी भारी था - शरीर थका-थका। अपने ऊपर बीती पिछली वास्तविकता का अहसास करके उस पर और भी थकावट छाती जा रही थी। यही कारण था कि वह दुबारा सो गई।

सीमा की आंखें साढ़े सात बजे खुलीं। उसने समय देखा तो तुरन्त उठकर बैठ गई। उसे नौ बजे की गाड़ी पकड़नी थी। नहा-धोकर वह तैयार हुई तो सवा आठ बज गए। उसने टेलीफोन द्वारा ऑपरेटर से कमरा नम्बर 85 मांगा। टेलीफोन की घण्टी बजने लगी - काफी देर तक बजती रही तो ऑपरेटर ने कहा - 'उत्तर नहीं मिल रहा है।'

सीमा चुप हो गई। फोन कट गया तो सीमा ने घड़ी देखी। समय पंख लगाकर उड़ रहा था। उसने अपना ब्रेकफास्ट लेना भी उचित नहीं समझा। वह तुरन्त रंजन के कमरे के द्वार पर गई। द्वार पर अनेक थपकियां दीं। परन्तु रंजन अब तक बेसुध पड़ा सो रहा था। जब फोन की घण्टी से नहीं उठा तो दरवाजे की थपकी से क्या उठता? वह यहां रुककर अब और अधिक रंजन की वासना का शिकार बनने को तैयार नहीं थी। यद्यपि उसे अब हर स्थिति में रंजन से विवाह करना था, फिर भी वह अपने शरीर को विवाह से पहले खिलौना बनाने को हरगिज तैयार नहीं थी। रंजन उसे पिछली रात लूट चुका है, इसलिए आज भी लूटने का अधिकार रखता है और वह इन्कार नहीं कर सकेगी। एक बार लुट चुकी है, इसलिए लुटती ही चली जाएगी, इसी आसरे में कि रंजन उससे विवाह कर लेगा। अब सीमा के पास रंजन पर विश्वास करके आत्मसमर्पण करने के अतिरिक्त चारा ही क्या था? अब रंजन की किसी भी बात से इंकार करना उसके लिए हानिकारक सिद्ध होता। यही बहाना लेकर वह उससे विवाह करने से इंकार कर सकता था। उसे लूटने के बाद रंजन के लिए अब उसमें रखा ही क्या था?

सीमा रंजन के प्रति ऐसी बातें नहीं सोचना चाहती थी परंतु विचार तो विचार, मन के अन्दर समा जाए तो कोई क्या करे? भय तो उत्पन्न होगा ही। नारी का दिल यूं भी नाजुक होता है। यही सब सोचकर सीमा ने रंजन से मिलने के लिए रुकना उचित न समझा। यदि वह आज रुक जाती तो रंजन उसे कल भी रोक सकता था। फिर इसी प्रकार उसे और भी जाने कितने दिन रुक जाना पड़ता। न रुकना रंजन को नाराज करना होता और वह अब इस स्थिति में नहीं

रह गई थी कि रंजन को न चाहने के पश्चात् उसे नाराज करे। सीमा अपने कमरे में पहुंची। उसका सामान पहले ही पैक था। लाल सूटकेस उसे खोलने की आवश्यकता ही नहीं पड़ी थी और न इस समय दूसरे सूटकेस की। उसने हरी-सही जल्दी-जल्दी पैकिंग की। सामान उठवाया। बिल चुकाया, फिर टैक्सी द्वारा वह स्टेशन पहुंच गई। उसने सोच लिया - रंजन से वह बाद में मिलेगी - टेलीफोन द्वारा। उसके पास रंजन का इन्दौर का पता तथा टेलीफोन नम्बर लिखा था। अब जब तक उसका विवाह रंजन से नहीं होता है, उसे उससे दूर ही रहना चाहिए। यह विवाह अति आवश्यक था, बहुत शीघ्र ही, इसी में उसकी लाज सुरक्षित थी - इसी में उसका भविष्य सुरक्षित था।

□ □
□ □

सीमा अपने घर पहुंची तो उसे अचानक देखकर उसके माता-पिता का चकित होना स्वाभाविक था। अपनी बेटी को वापस देखकर प्रसन्नता भी हुई। परन्तु सीमा का मुखड़ा उतरा हुआ था - गम्भीर। वह खिलकर चहक नहीं सकी - प्रसन्नतापूर्वक मुस्करा नहीं सकी। एक लम्बे सोफे पर अपने माता-पिता के मध्य बैठकर उसने उन्हें बताया कि रंजन भी आया है, रंजन के ही करण वह उन्हें सरप्राइज देना चाहती थी। इस सरप्राइज से उसके माता-पिता अवश्य प्रसन्न थे, परन्तु सीमा को जरा भी प्रसन्नता नहीं महसूस हो रही थी। किसी प्रकार की सन्तुष्टि भी नहीं थी। उसके अन्दर एक चिंता बनी हुई थी। सब-कुछ खो चुका था - लुट चुका था, जिसका सुधार वह किसी भी अवस्था में जल्द से जल्द कर लेना चाहती थी, परन्तु उसने अपनी वास्तविकता खोलकर अपने घर वालों का दिल तोड़ना उचित नहीं समझा। उसके माता-पिता को अपनी बेटी पर विश्वास था - इसीलिए उसने इस विश्वास की नींव हिलाना उचित नहीं समझा। उसकी भूल का सुधार हो सकता था इसीलिए उसे अधिक चिंता नहीं थी।

यदि उसके वश में होता तो वह निश्चय ही रंजन से कभी विवाह नहीं करती, रंजन को वह कभी प्यार नहीं कर सकती थी, वरन् अन्तिम समय उसके कमरे के अन्दर लुटने से पहले उसके मन में उसके प्रति घृणा ही उत्पन्न हुई थी - परन्तु अब क्या हो सकता था? रंजन जैसा भी था हर स्थिति में वह उसी की थी। एक पत्नी का सुहाग ही उसका सब कुछ होता है - भगवान - और रंजन उसका भगवान बन चुका था। अब तो समाज को सन्तुष्ट करने के लिए केवल चन्द फेरों की ही आवश्यकता थी।

बातों-बातों के मध्य जब उसने बताया कि विदा होने से पहले रंजन के मित्रों ने रंजन को ही नहीं उसे भी एक बहुत सुन्दर मूर्ति उपहार में भेंट की है तो उसके माता-पिता उसे देखने के लिए उत्सुक हो उठे। सीमा ने तुरन्त अपना लाल सूटकेस खोला। एक-एक कपड़े उलट-पलट किए, फिर निकालकर इधर-उधर फेंक भी दिए, परन्तु मूर्ति का कहीं पता नहीं था। आश्चर्य में

55

डूबी वह एक पल सोचती रही। मूर्ति तो उसने इसी लाल सूटकेस में रखी थी। अपना भ्रम मिटाने के लिए उसने अन्य सूटकेस भी खोला। एक-एक कपड़ा अलग करके देखा। परन्तु मूर्ति का कहीं पता नहीं था। सीमा की कुछ समझ में नहीं आया कि अचानक मूर्ति कहां चली गई?

'क्या हुआ?' उसके पिता ने आश्चर्य से पूछा।

'मूर्ति तो मैंने इसी सूटकेस में रखी थी-' सीमा ने लाल सूटकेस की ओर संकेत करते हुए कहा - 'परन्तु वह इसमें तो क्या दूसरे सूटकेस में भी नहीं है।'

'कोई बात नहीं बेटी-' उसके पिता ने उसे तसल्ली दी। बोले - 'उपहार मिला है तो जाएगा कहां? किशोर के पास छूट गया होगा। अब वह तुम्हारे विवाह में आएगा तो लेता आएगा।'

सीमा चुप हो गई, परन्तु सन्तुष्ट नहीं हुई। उसे पूरा विश्वास था कि वह मूर्ति अपने साथ लेकर आई है, फिर भी उसे आशा करनी पड़ी - शायद उसके भैया ने किसी को दिखाने के लिए चलने से पहले निकाल ली हो और आते समय रखना भूल गया हो। इतनी सुन्दर वस्तु कौन किसे नहीं दिखाना चाहेगा?

अगला दिन रविवार था। सीमा मन्जू के घर पहुंची। मन्जू उसे देखते ही प्रसन्नता से बेकाबू होकर लिपट गई। चहककर बोली, 'अरे! मुझे अपने आने की सूचना क्यों नहीं भेजी?'

'सरप्राइज देना चाहती थी - तुझे ही नहीं मम्मी-डैडी को भी।' सीमा ने हंसने का प्रयत्न करते हुए कहा।

'अपने मम्मी-डैडी को सरप्राइज देरक जो तूने किया सो किया, परन्तु मुझे तो अवश्य ही चुपके से सूचित कर देना था। मैं चुपचाप तुझे बम्बई में रिसीव करने आ जाती।' मन्जू ने शिकायत की। फिर बोली - 'खैर अब बता लन्दन में तेरी कैसी बीती?' मन्जू ने सीमा का हाथ पकड़कर उसे सोफे पर बिठाना चाहा।

'देख मन्जू-' सीमा ने खड़े-खड़े कहा - 'बातें करने के लिए अभी सारा दिन पड़ा है। इस समय मुझे इन्दौर के लिए एक कॉल बुक करानी है।'

'कॉल बुक करानी है?' मन्जू कुछ समझी नहीं।

'हां।' सीमा ने गम्भीर होकर कहा।

'वहां कौन है तेरा?' मन्जू ने भेद भरे ढंग से पूछा।

'है कोई-' सीमा ने भी भेद भरे ढंग से उत्तर दिया। उसने मुस्कराने का प्रयत्न कियां बोली, 'तेरे...जीजाजी।'

'क्या?' मन्जू प्रसन्नता से चीख पड़ना चाहती थी। उसे विश्वास ही नहीं हुआ।

'मेरा मतलब तेरे होने वाले जीजा जी।' सीमा ने अपनी बात का तुरन्त सुधार किया। बात उसने जारी रखी। बोली, 'हम दोनों लंदन से एक साथ ही भारत लौटे हैं।'

'अरे, तो यूं क्यों नहीं कहती कि लन्दन से आते समय इतनी फुर्सत ही नहीं मिली कि भारत में अपने आने की किसी को सूचना देती। 'सरप्राइज' का बहाना क्यों बनाती है?' मन्जू ने सीमा के कूल्हे पर एक जोरदार चुटकी ली।

'उई!' सीमा तड़पकर उचक गई।

'चलो अच्छा हुआ जो तेरा दिल तो लन्दन में लग गया।' मन्जू ने सीमा की किसी बात की प्रतीक्षा किए बिना कहा, 'कम से कम मेरी भोली-भाली रानी का घाव तो भर गया।' मन्जू ने शरारत से अंगुलियों द्वारा सीमा की ठुड्डी पकड़ी।

मन्जू की बात सुनकर सीमा गम्भीर हो गई। यह घाव उसे पंकज ने तो दिया था। पंकज की याद आना उसके लिए स्वाभाविक था, इस घाव को भरने के लिए ही तो वह लन्दन गई थी। वहां रंजन के प्यार का झूठा सहारा लिया - झूठा और खोखला - स्वयं को धोखा देते हुए - ताकि वह पंकज को भूल सके जो उसका पहला प्यार था। परन्तु उसके लिए उसने अपने ऊपर क्या-क्या अत्याचार नहीं किए? और आज वह अपने ही फैलाए जाल में फंस चुकी थी। जिसे पसन्द नहीं कर रही थी उसी को शीघ्र ही अपना बना लेने के लिए तड़प रही थी।

मन्जू ने सीमा को गम्भीर देखा तो दिल की गहराई समझते देर नहीं लगी। उसे अपनी गलती का आभास हुआ। उसने तुरन्त बात बदल दी। पूछा, 'तू अपने बंगले से भी तो इन्दौर बात कर सकती थी?'

'कुछ ऐसी निजी बातें हैं जो मम्मी-डैडी ने सुन लिया तो उचित नहीं होगा।'

'ओह!' मन्जू ने होंठों का छोटा-सा दायरा बनाते हुए समझने का प्रयत्न किया। फिर बोली, 'ठीक है, तू यहीं से काम कर ले।' मन्जू ने सीमा को फोन वाले कमरे में ले जाना चाहा।

'मैं यहां से भी बातें नहीं कर सकती।' सीमा ने कहा - 'कहीं तेरे घर का कोई आ गया तो अच्छा नहीं होगा।'

मन्जू तब भी कुछ नहीं समझी। उसने कुछ समझने का प्रयत्न भी नहीं किया। प्यार में कुछ बातें ऐसी भी होती हैं जो किसी के सामने नहीं की जातीं।

'क्यों न हम तार घर चलकर बातें करें? मैं तुझे इसीलिए लेने आई हूं। अकेले जाते हुए जाने क्यों मेरा दिल घबरा रहा है?'

'ओह!' मन्जू ने कुछ सोचा। फिर बोली, 'तू बैठ, मैं बस दस मिनट में तैयार होकर आई।'

कुछ ही देर में दोनों सहेलियां तार घर पर उपस्थित थीं। वहां ट्रंककाल बुकिंग काउंटर पर जाकर सीमा ने रंजन का टेलीफोन नम्बर बुक किया - लाइटनिंग काल नम्बर तुरन्त मिला - परन्तु ज्ञात हुआ कि वहां रंजन नाम का कोई व्यक्ति नहीं है। क्या? सीमा को विश्वास नहीं हुआ। उसने फिर प्रयत्न किया परन्तु फिर वही उत्तर मिला तो एक अज्ञात भय के कारण सीमा का दिल धड़क गया। उसने मध्य प्रदेश की टेलीफोन निर्देशिका ली और रंजन का दिया उसके पिता का नाम इन्दौर शहर में ढूंढा। परन्तु इस नाम का व्यक्ति तो निर्देशिका द्वारा सारे इन्दौर में

ही कोई नहीं था। सीमा के शरीर का रक्त जमने लगा। ऐसा लगा मानो दिल बैठ जाएगा। मुखड़े पर हवाइयां उड़ने लगीं।

मन्जू ने सीमा को देखा तो चौंक गई। यह अचानक ही उसकी सहेली को क्या हो गया? उसने पूछा - 'क्या बात है सीमा? तेरी तबियत तो ठीक है?'

सीमा कुछ न बोली। उसकी चिंता में एक नया सन्देह भी सम्मिलित होने लगा।

'बताती क्यों नहीं है?' मन्जू ने उसे प्यार से डांट लगाई।

'उसके...उसके...' सीमा का स्वर कांप गया। उसने स्वयं पर काबू करके कहा - 'उसके पिता का तो डाइरेक्टरी में कहीं नाम ही नहीं है।'

'हो सकता है उन्हें नया टेलीफोन मिला हो?' मन्जू ने उसे दिलासा दिया।

'जाने क्यों मेरा दिल बहुत बुरी तरह घबरा रहा है।' सीमा के स्वर में पहले से भी अधिक कंपन था।

'तू तो निरी बुद्धू है।' मन्जू ने उसे समझाया - 'यदि वह इन्दौर पहुंच गया तो स्वयं तुझे फोन नहीं करता?'

सीमा ने एक पल सोचा। ऐसा तो नहीं कि रंजन अभी बम्बई में ही हो। उसने तुरन्त लाइटनिंग कॉल बम्बई के लिए मांगी - उसी होटल में जहां वह रंजन के साथ ठहरी थी।

टेलीफोन, होटल के टेलीफोन ऑपरेटर ने प्राप्त किया। इधर ट्रंककाल काउण्टर मैन द्वारा सीमा को बूथ के अन्दर टेलीफोन उठाकर बात करने की आज्ञा मिली। बूथ के अन्दर सीमा के साथ मन्जू भी चली आई। 'हलो?' सीमा ने कुछ तेज स्वर में कहा।

'हलो?' आवाज बम्बई के होटल से आई।

'क्या मिस्टर रंजन अभी तक आपके यहां ठहरे हुए हैं?' सीमा ने पूछा।

'मिस्टर रंजन?' होटल के टेलीफोन ऑपरेटर ने पूछा।

'जी हां-' सीमा ने कहा - 'जो कल तक आपके यहां कमरा नम्बर 85 के यात्री थे।'

'कमरा नम्बर 85 - मिस्टर रंजन - उनकी तो मृत्यु हो गई।'

'क्या?' सीमा बुरी तरह चौंक गई। टेलीफोन हाथ से छूटते-छूटते बचा। कानों पर विश्वास ही नहीं कर सकी। उसका मुखड़ा बिल्कुल सफेद पड़ गया। मन्जू ने देखा तो वह स्वयं घबरा गई। सीमा के हाथ से उसने तुरंत टेलीफोन ले लिया तथा उसके कान पर रखकर उसने अपना कान भी सटा दिया।

'हलो? ठहरिए।' होटल का टेलीफोन ऑपरेटर चीख रहा था। उसे मानो तुरन्त अपना कर्त्तव्य याद आ गया था। उसने कहा, 'आप कौन बातें कर रही हैं? अपना पता बताइए। पुलिस आपसे मिलना चाहेगी। आप अवश्य उस यात्री को जानती हैं।'

मंजू ने सुना तो बात कुछ हेर-फेर वाली लगी। पुलिस? यात्री? ऑपरेटर सीमा का नाम-पता भी मांग रहा था। मंजू ने कुछ न समझते हुए भी टेलीफोन तुरन्त काट दिया। बूथ के अन्दर

दोनों अकेली थीं। सीमा बिल्कुल गुम-सुम थी, इस प्रकार मानो उसमें जान ही नहीं थी। बूथ के अन्दर एकान्त का सहारा लेकर मंजू ने सीमा को अपनी स्थिति पर काबू करने के लिए बाध्य किया। सीमा को अब भी रंजन की मृत्यु पर विश्वास नहीं हो रहा था। यदि उधर से पुलिस की बात नहीं उठती तो वह एक बार फिर बम्बई के होटल में फोन करके इस भयानक सूचना की पुष्टि कर लेती। फिर भी उसके दिल को सख्त धक्का लगा। ऐसा दर्द उठा कि आंखें छल्क आईं, दर्द तो उठेगा ही। जिस व्यक्ति ने उसे चाहा, उसने भी स्वयं को धोखा देते हुए जिसे प्यार किया - उसकी संगति में उसने लंदन की हसीन शाम बिताई तथा बम्बई में वह जिसके बिस्तर की शोभा बनी रही - उसके बिछुड़ने पर दर्द तो होगा ही। रंजन कैसा भी था, अपना कुंवारापन खोने से कुछ समय पहले उसने रंजन से कैसी भी घृणा की थी, परन्तु उसका रक्त उसकी आत्मा का निचोड़, सीमा के शरीर में अवश्य समा चुका था, इसलिए रंजन के वियोग में सीमा के आंसू छलक आना अस्वाभाविक नहीं था।

मंजू ने देखा तो बात कुछ-कुछ समझ में आ गई। पहले प्यार में सीमा एक दुराचारी से धोखा खा गई थी। दूसरे प्यार में किसी का जीवन उसे धोखा दे गया। उसने अपने रुमाल द्वारा स्वयं सीमा की भीगी पलकें पोंछीं। प्यार से उसके गाल थपथपाकर उसे सहारा दिया - सांत्वना दी। फिर उसे संभालकर कार के अन्दर बैठा दिया। फिर वह ट्रंककाल का बिल चुकाने चली गई। टेलीफोन काउण्टर मैन के पास वह पहले ही कुछ रुपए जमा कर चुकी थी।

कार में बैठकर सीमा सोचने पर विवश हो गई कि जब उसने रंजन को दिल की गहराई से प्यार करना चाहा था तो प्यार कर सकी। जब घृणा की तो ऐसे समय कि आत्मसमर्पण करने के अतिरिक्त कोई उपाय ही नहीं रह गया था और अब आत्मसमर्पण करने के बाद अब उसकी सदा के लिए बन जाने पर विवश हो गई थी तो रंजन ही नहीं रहा। विधाता का कैसा खेल था जिसमें सीमा भाग्य के हाथों एक कठपुतली बनकर रह गई थी? वह अनुमान नहीं लगा सकी कि उसे प्रसन्न होना चाहिए या अपने दुर्भाग्य पर आंसू बहाना चाहिए? वह अब स्वतन्त्र थी। उसका भेद उसी तक सीमित था। उसने बुद्धिमानी से काम लेते हुए निश्चय कर लिया - इस भेद को वह सदा अपने दिल में छिपाए रखेगी और अपनी अन्तरात्मा की संतुष्टि के लिए अब वह किसी भी व्यक्ति से विवाह करके उसे धोखा नहीं देगी। अब किसी पुरुष को पत्नी के रूप् में देने के लिए उसके पास बचा भी क्या था? दर्द दिल से उठ रहा था। रंजन का मुखड़ा बार-बार उसकी आंखों के सामने घूम रहा था। इस मानसिक यंत्रणा से बचने के लिए उसने कार की गद्दी पर पीछे सिर टेक दिया, आंखें बन्द कर लीं। और धीरे-धीरे दांतों से अपने होंठ काटने गली।

मंजू आई तो स्वयं ही कार चलाती हुई एक ओर निकल गई। मंजू ने सोच लिया, वह आज नहीं परन्तु कभी और सीमा की कहानी अवश्य सुनेगी। अभी सीमा का घाव ताजा था। कुरेदने से दर्द तो होता ही। अपनी प्रिय सहेली की कहानी सुनकर शायद वह उसके काम आ सकेगी। बेचारी ने इस भरी जवानी में क्या-क्या अत्याचार नहीं सहे?

सीमा को इस समय एकान्त की आवश्यकता थी। उसके कहने पर मंजू ने उसे एक बंगले पर ले जाकर छोड़ दिया। सीमा अपने माता-पिता को रंजन की इस आकस्मिक मृत्यु की घटना तुरन्त सुना देना चाहती थी ताकि वह अपनी बेटी के लिए रंगीन स्वप्न बनाना छोड़ दें। सीमा घर में प्रविष्ट हुई तो उसके पिता फोन से चिपके बातें करते हुए बहुत चिन्तित तथा परेशान थे। समीप ही उसकी माताजी भी खड़ी हुई थीं। कुछ न समझते हुए भी वह अपने पति की चिन्ता में सम्मिलित थी। सीमा ने देखा तो वह भी अपने माता-पिता के समीप जाकर खड़ी हो गई। फोन का वार्तालाप सुनने के लिए उसका दिल भी अधीर हो उठा।

'.....' जाने क्या बातें सुनाई पड़ रही थीं? न सीमा समझ सकी न उसकी माताजी।

'हां।' उसके पिताजी कह रहे थे।

'.....' फिर वही उसके पिताजी का सुनने का अन्दाज! इस बार वह काफी समय तक बातें सुनते रहे। एक बार बीच में सीमा को देखा भी - उससे पूरी सहानुभूति प्रकट करते हुए। सीमा कुछ समझी नहीं वरन् उसकी उत्सुकता और बढ़ गई।

'जी हां!' उसने पिता ने कहा।

'......' भटनागरजी हर बात बहुत ध्यान से सुन रहे थे।

'आपकी इस सहायता के लिए मैं आभारी हूं।' भटनागरजी ने कहा, 'फिर भी इस सम्बन्ध में मैं अपने वकील से राय लेना आवश्यक समझता हूं।'

'.......'

'लेकिन आप हैं कौन? आपने अब तक अपना शुभ नाम नहीं...'

परन्तु तभी फोन कट गया। भटनागरजी ने फोन रखते हुए सीमा को देखा - बहुत प्यार से। टेलीफोन द्वारा जो उन्हें सूचना प्राप्त हुई थी उस पर उन्हें विश्वास नहीं हो रहा था, परन्तु विश्वास करना पड़ा। इतनी दूर से अपना पैसा खर्च करके कोई उन्हें क्यों किसी बात की गलत सूचना देगा?

'किसका फोन था?' सीमा की माताजी ने पूछा।

'किसका फोन था डैडी?' अपनी माताजी के साथ ही सीमा ने भी पूछा।

'बम्बई से आया था।' भटनागरजी ने सीमा के सिर पर प्यार से हाथ रखते हुए कहा - 'जाने किसका फोन था? जाने कौन व्यक्ति वह वह? देवता? या शैतान? यह तो आने वाला समय ही बताएगा। यदि उसने हमसे मजाक किया है तो भगवान उसे कभी क्षमा नहीं करेगा।' भटनागरजी ने कहकर आगे बढ़ जाना चाहा।

'उसने आपको रंजन की मृत्यु की सूचना तो नहीं दी है?' सीमा ने अपने पिता की चिंता का अनुमान लगाते हुए पूछा।'

'बेटी!' भटनागरजी तुरन्त चौंककर रुक गए। उनके साथ उनकी धर्मपत्नी ने भी सीमा को बड़े आश्चर्य के साथ देखा। बेटी के मुंह से ऐसी अशुभ बात कैसे निकल गई?

'यदि आपको यही सूचना मिली है तो सूचना सत्य है।' सीमा ने बहुत गम्भीर स्वर में कहा, अपने मन पर सब्र का पत्थर रखते हुए।

'तो...तो...' भटनागरजी ने अपनी बेटी को तुरन्त छाती से लगा लिया। उसके सिर पर हाथ फेरते हुए पूछा - 'तो क्या यह सच है कि वह एक अन्तर्राष्ट्रीय गिरोह का स्मगलर था?'

'स्मगलर!' सीमा कुछ समझी नहीं। उसने चौंककर अलग होते हुए अपने पिता को देखा। उसकी माताजी भी कांप गईं।

'हां बेटी-' भटनागरजी ने कहा - 'सूचना देने वाले ने अपना नाम पता नहीं बताया, परन्तु यह अवश्य बताया कि जब होटल का कमरा नम्बर 85 कल सारे दिन बन्द पड़ा रहा तथा आज भी नहीं खुला तो कमरे के फोन की घण्टी दी गई। परन्तु जब बहुत देर तक घंटी बजने के पश्चात् कोई उत्तर नहीं मिला तो कर्मचारियों का संदेह बढ़ा। 'डुप्लीकेट' चाभी द्वारा दरवाजा खोला तो अन्दर एक लाश पाई गई। तुरन्त पुलिस को सूचना भेजी गई। पुलिस ने लाश अपने कब्जे में लेने के बाद जब उसके सामान की जांच-पड़ताल की तो मालूम हुआ कि रंजन एक अन्तर्राष्ट्रीय गिरोह का स्मगलर था।

सीमा के शरीर का रक्त जम गया। सांस जहां-तहां रुक गई। उसे ऐसा लगा मानो किसी ने एक बहुत ऊंची चट्टान पर ले जाकर ढकेल दिया था, परन्तु नीचे गिरने से पहले ही उसे भगवान ने बचा लिया। मृत्यु की खाई में जाने से वह बाल-बाल बच गई।

भटनागरजी की धर्मपत्नी की सांसें भी जहां की तहां रुक गईं थीं। उन्हें ऐसा लगा मानो उनकी बेटी नहीं वह स्वयं ही मृत्यु की गोद में जाने से बच गई हैं। भगवान ने कैसे आड़े समय में उनकी बेटी की रक्षा की थी? यदि उसकी बेटी का विवाह उस पापी से हो जाता और उसके बाद उसकी वास्तविकता खुलती तब क्या होता? परिणाम सोचकर उनका दिल कांप रहा था।

'सूचक का कहना है कि जब तक सीमा होटल में रही - सदा रंजन की संगति में ही देखी गई थी।' भटनागरजी चिंता प्रकट करते हुए बोले - 'इसलिए जो पता सीमा ने होटल के रजिस्टर में भरा है उस पते पर पुलिस सीमा से भी जांच-पड़ताल करना चाहेगी कि सीमा का उससे क्या सम्बन्ध था? कहीं वह भी तो उसके गैंग की एक स्मगलर नहीं है?'

सीमा ने सुना तो ऊपर से नीचे तक कांप गई। हे भगवान! क्या अभी उस पर और भी विपत्ति आना शेष है? मां ने सुना तो रंजन को कोसे बिना नहीं रह सकीं। मरने को मर गया परन्तु उनकी बेटी को अपने जाल से नहीं मुक्त किया।

सूचक का कहना है कि जब पुलिस हमसे कुछ पूछे तो हम स्पष्ट इंकार करके कह दें कि रंजन को हम नहीं जानते। सीमा से पूछा जाए तो वह केवल यह कहे कि रंजन से उसकी पहली भेंट जहाज में हुई थी, कुछ जहाज में परिचय बढ़ा, कुछ होटल में एक साथ ठहरने के बाद और कोई सम्बन्ध उसका रंजन से नहीं था।

'भगवान उस देवता की उम्र लम्बी करे।' सीमा की मांजी सूचक की कृतज्ञ हुई।

सीमा भी दिल की गहराई से अपने शुभचिन्तक की कृतज्ञ थी, जिसने इतना कष्ट उठाने के बाद उसे बदनामी से बचाना चाहा था। कौन था वह? कौन हो सकता है? क्यों उसकी सहायता कर रहा है? सीमा कोई अनुमान नहीं लगा सकी। परंतु उसे विश्वास था, एक न एक दिन, कभी न कभी उसकी भेंट उस व्यक्ति से अवश्य होगी। वह दुबारा भी फोन कर सकता है।

'परन्तु मैं उस अज्ञात सूचक की बात से जरा भी सहमत नहीं हूं।' अचानक भटनागरजी ने कहा - 'मालूम नहीं वह कौन व्यक्ति था? क्या जाने अपनी इस चाल द्वारा हमें फंसाना ही चाहता हो। रंजन की मृत्यु के साथ हमें उलझाकर ब्लैकमेल ही करना चाहता हो। यदि हमारी सहायता ही करनी थी तो हमें साफ-साफ अपना नाम-पता बताता।' भटनागरजी सोफे की ओर बढ़े। साथ में उनकी पत्नी तथा सीमा भी चल पड़ीं। भटनागर जी की बातें दोनों बहुत ध्यान से सुन तथा समझ रही थीं। अपनी लड़की का भला उनसे अधिक कौन था देखने वाला? भटनागरजी कह रहे थे -

'यदि पुलिस आई और उसने सीमा से जांच की तो सीमा को सच-सच बताना पड़ेगा। रंजन से उसकी भेंट लंदन में ही हुई थी। घर की लाज के लिए निजी बातें सीमा को अवश्य छिपानी पड़ेंगी। कहना पड़ेगा कि रंजन से उसकी भेंट कभी-कभी ही हुआ करती थी और कोई सम्बन्ध उससे नहीं था। यह भी कहना पड़ेगा कि दोनों एक साथ ही भारत लौटे हैं। परन्तु यदि उसे ज्ञात होता कि रंजन स्मगलर है तो उसकी छाया से भी दूर रहती। पता नहीं मूर्ति लन्दन में छूटी है या रास्ते में गुम हो गई? परन्तु इसका वर्णन सीमा को तभी करना होगा जब पुलिस मूर्ति के बारे में पूछेगी। 'बेटी-' भटनागरजी ने सीमा के सिर पर प्यार से हाथ रखा और बोले - 'तू केवल उन्हीं बातों का उत्तर देना जो पुलिस तुझसे पूछे। अपने मन से कुछ भी नहीं कहना। तू तो स्वयं समझदार है।'

परन्तु सीमा का दिल बुरी तरह घबराने लगा था। सोच-सोचकर वह परेशान हुई जा रही थी कि पुलिस उसे जबरदस्ती किसी बात में उलझाने का प्रयत्न न करे। यह सोचकर उसका दिल कांप जाता था कि यदि रंजन इतना भयानक अपराधी था तो कैसे उसने उसकी संगति में अनेक शामें बिता डालीं?

'जाने कौन-सी वह मनहूस घड़ी थी जब हमने बेटी को लन्दन भेज दिया?' सीमा की मांजी बड़बड़ाईं - 'मरदूद को मरना था तो लन्दन में अपने मित्रों के साथ मरता। यहां क्यों मरने चला आया?'

'घबराने की कोई बात नहीं है।' भटनागर जी ने तसल्ली दी, 'सीमा निर्दोष है और इसलिए सीमा का कुछ नहीं बिगड़ सकता। पुलिस आएगी तो अपना बयान लेगी और चली जाएगी।'

सीमा निर्दोष थी। उसे विश्वास था कि उसका कुछ नहीं बिगड़ने वाला। फिर भी एक अज्ञात भय के कारण उसका दिल धड़क रहा था। आखिर एक लड़की ही तो थी वह - जिसकी छाती में एक नन्हा तथा कोमल-सा दिल धड़कता रहता है।

रंजन की वास्तविकता जानने के बाद सीमा का रोम-रोम उससे घृणा कर रहा था। बार-बार वह यही सोचकर कांप उठती थी कि यदि उसका विवाह उस अपराधी से हो गया होता तो निश्चय ही उसका जीवन नर्क बन जाता। अपने पति की वास्तविकता का भांडा फूटते ही वह किसी को मुंह दिखाने की बजाए आत्महत्या कर लेती। मां अपने दामाद की काली करतूत देखकर छाती पीट लेती। पिताजी दीवार पर सिर दे मारते। उसका भैया अपनी बहन का परिणाम देखकर पागल हो जाता। आखिर उसी ने तो रंजन को सीमा के लिए पसन्द किया था। उस बेचारे को क्या पता था कि रंजन एक भयानक अपराधी तथा देश का शत्रु था। अब भी उसे रंजन के बारे में कुछ नहीं ज्ञात होगा।

सीमा सोच रही थी, उसके जीवन में दो पुरुष आए - दोनों ने ही उसे नर्क की आग में ढकेल देना चाहा था। एक से तो वह बच गई परन्तु दूसरे से वह नहीं बच कसी। पापी ने अपने गन्दे रक्त से उसका शरीर अपवित्र कर ही दिया। परन्तु अच्छा ही हुआ कि उसे मृत्यु निगल गई वरना वह उसके जाल में फंसने के बाद तथा उसकी वास्तविकता खुलने के बाद अपने आपको कभी क्षमा नहीं कर पाती। क्षमा तो वह स्वयं को अब भी नहीं कर सकेगी। अब तो उसे अन्दर ही अन्दर घुटकर जीवित रहना है और इसी प्रकार संसार की दृष्टि में कुमारी कहलाकर एक दिन मर जाना है। अब उसका प्यार का महल बनाने का सपना कभी नहीं पूरा होगा। प्रसन्नता तो दूर की बात अब वह अपने जीवन की सच्ची शांति भी नहीं प्राप्त कर सकेगी। कितनी अभागिन है वह!

उस दिन जैसे ही शाम की धुंध को रात के अन्धकार ने गले लगाकर विदा करना चाहा, एक जीप गाड़ी आकर भटनागर जी के बंगले से कुछ दूरी पर रुकी। जीप में एक पुलिस अधिकारी - एक इंस्पेक्टर - चार कांस्टेबिल बैठे हुए थे। एक व्यक्ति सादी वेश-भूषा में भी था। सादी वेश-भूषा का व्यक्ति यहां उतर गया तो जीप दुबारा स्टार्ट होकर भटनागर जी के बंगले में प्रविष्ट हुई। पोर्टिको के सामने रुकी तो बंगले के बरामदे से जगमगाते प्रकाश में बैठक का द्वार खुला हुआ था। जीप से सारे ही पुलिस वाले उतरे और बरामदे पर चढ़े। बैठक में भटनागर जी सोफे पर चिन्तामग्न बैठे दिखाई पड़ गए। पुलिस अधिकारी ने घण्टी बजा दी। भटनागर जी चौंक पड़े। पुलिस के व्यक्तियों को देखा तो तुरन्त खड़े होकर द्वार तक आ गए।

'आप?' भटनागर जी ने कहना चाहा।

'हम रंजन की मृत्यु के बारे में आपसे कुछ जांच-पड़ताल करने आए हैं।' पुलिस अधिकारी ने कहा।

'रंजन?' भटनागर जी ने मानो नींद से जागकर पूछा।

'वही रंजन जो अभी हाल में आपकी बेटी सीमा के साथ लन्दन से आया था।'

'ओह!' भटनागर जी ने हंसने का असफल प्रयत्न करते हुए कहा - 'आइए-आइए।' उन्होंने पुलिस वालों के अन्दर आने के लिए रास्ता छोड़ा। जब पुलिस वाले अन्दर प्रविष्ट होने लगे तो उन्होंने कहा - 'हमें आज ही किसी के द्वारा बम्बई ट्रंक काल से ज्ञात हुआ है कि रंजन की मृत्यु हो गई है!' भटनागरजी ने सत्य द्वारा बात स्पष्ट कर देना उचित समझा। ऐसा न हो कि पुलिस वाले पूछ बैठें कि उन्हें रंजन की मृत्यु का समाचार कैसे प्राप्त हुआ? क्या जाने वह फोन भेद लेने के लिए पुलिस वालों ने ही किया हो। वास्तविकता जानने के लिए पुलिस क्या-क्या कारनामे करती है कोई नहीं जानता।

'किसी के द्वारा क्या मतलब?' पुलिस अधिकारी ने अपने हाथ का छोटा डण्डा अपने दूसरे हाथ की हथेली पर हल्के-हल्के मारते हुए बहुत आश्चर्य के साथ देखा।

तभी कमरे में सीमा की मांजी प्रविष्ट हुईं। घण्टी का स्वर सुनकर वह वहां चली आई थीं। उन्होंने पुलिस को देखा तो घबराई स्थिति में अपने पति को देखने लगीं।

'बताने वाले ने अपना नाम नहीं बताया था।' भटनागर जी कह रहे थे - 'और न ही यह बताया कि इस अचानक मृत्यु का कारण क्या है?'

पुलिस अधिकारी ने एक पल सोचा। कौन हो सकता है वह सूचक? क्या सम्बन्ध है उसका रंजन की मृत्यु से? फिर उसने कहा, 'इस अचानक मृत्यु का कारण क्या है, यह तो पोस्टमार्टम की रिपोर्ट से ज्ञात होगा। परन्तु हम इस समय आपसे बहुत आवश्यक बातें पूछने आए हैं। कृपया अपने घर के सभी सदस्यों को यहां तुरन्त उपस्थित होने की आज्ञा दीजिए - सारे नौकरों को भी।' पुलिस अधिकारी ने आज्ञा दी - 'मुझे हरेक से कुछ प्रश्न पूछना है।'

'मैं अभी सबको उपस्थित करता हूं। आप आराम से बैठिए भी तो।' भटनागर जी ने सोफे की ओर इशारा किया, परन्तु वह खड़ा ही रहा। भटनागर जी ने एक नौकर को आवाज लगाई और जब वह आ गया तो उसके द्वारा उन्होंने सभी नौकरों को बुला भेजा। उनकी धर्मपत्नी सीमा को बुला लाई तो सीमा इस प्रकार घबराने लगी मानो उसके जीवन की सबसे बड़ी परीक्षा का समय आ गया है। कमरे में शीघ्र ही सारे नौकर उपस्थित होकर एक पंक्ति में खड़े हो गए - खाना पकाने वाला महाराज, माली, चौकीदार - दरबान तथा अन्य सभी नौकर-चाकर।

'कोई नौकर आपका बाहर तो नहीं रह गया है?' पुलिस अधिकारी ने पूछा।

'जी नहीं-' भटनागर जी ने कहा - 'आप चाहें तो अपना व्यक्ति भेजकर देख सकते हैं।'

'हमें आप पर विश्वास है और हम आशा करते हैं कि आप हमारे प्रश्नों का ठीक-ठीक उत्तर देकर हमारा ही नहीं अपना भी बहुमूल्य समय नष्ट होने से बचाएंगे।' पुलिस अधिकारी ने भेद भरे ढंग से सीमा को देखा। सीमा ऊपर से नीचे तक कांप गई। फिर पुलिस अधिकारी ने अपने चारों कॉन्स्टेबलों को कुछ इशारा किया।

चारों कॉन्स्टेबल बंगले के अन्य कमरों में प्रविष्ट होकर सारे दरवाजे अन्दर से बन्द करने लगे। नौकरों ने एक-दूसरे का मुंह आश्चर्य से देखा। सीमा तथा उसकी मांजी कभी भटनागर जी को देखने लगीं तो कभी बौखलाकर एक-दूसरे को। आखिर घर के अन्दर यह तमाशा कैसा हो रहा है? भटनागर जी दरवाजा बन्द करने का कारण नहीं समझ सके तो पूछा - 'क्या मैं जान सकता हूं कि यह सारे दरवाजे अन्दर से क्यों बन्द किए जा रहे हैं?'

'मिस्टर भटनागर-' पुलिस अधिकारी ने उसी अन्दाज में हथेली पर डण्डा धीरे-धीरे मारते हुए गरदन झुलाकर कहा - 'सवाल हम आपसे करने आए हैं, आप नहीं। हम जानते हैं कि हम क्या कर रहे हैं।' फिर जब कॉन्स्टेबल सारे दरवाजे बन्द करके वापस आ गए तो पुलिस अधिकारी सबसे पहले सीमा के समीप आया, सामने बहुत ध्यान से उसने सीमा को देखा - ऊपर से नीचे तक। सीमा का गला सूखने लगा। उसने अपनी पलकें डर कर झुका लीं। पुलिस अधिकारी ने पूछा - 'सीमा - हूं?'

सीमा ने अपने गले में अटका थूक निगला। फिर 'हां' के संकेत पर उसी प्रकार पलकें झुकाए धीरे से सिर हिला दिया। फिर मद्धिम स्वर में बोली - 'जी!'

'सीमा जी-' पुलिस अधिकारी ने तीन-चार पग की दूरी पर आगे-पीछे टहलते हुए पूछा - 'आपको भारत के लिए चलने से एक दिन पहले लन्दन में रंजन के मित्रों ने एक विदाई पार्टी दी थी। उस पार्टी में आपको एक उपहार भेंट किया गया था - पीतल की एक सुन्दर मूर्ति। याद है आपको?' पुलिस अधिकारी ने रुककर पूछा। सीमा चकित थी कि इस पुलिस अधिकारी को यह बात कैसे ज्ञात हो गई - और वह भी इतनी जल्दी। पुलिस अधिकारी ने नम्रतापूर्वक पूछा, 'कहां है वह मूर्ति?'

'जी?' सीमा मानों कुछ समझी नहीं।

'वह मूर्ति कहां है जो लन्दन में तुम्हें उपहार में भेंट की गई थी - रंजन के साथ?' इस बार पुलिस अधिकारी ने सख्ती के साथ डांटकर पूछा।

भटनागर जी इज्जतदार व्यक्ति थे। बड़े-बड़े लोगों में उनकी धाक थी। पुलिस अधिकारी का व्यवहार उन्हें अच्छा नहीं लगा। पहले सीमा जी - आप - और अब तुम। पुलिस अधिकारी के बात करने का ढंग सभ्य नहीं था। उन्होंने पुलिस वालों को बहुत ध्यान से देखा तो कुछ सन्देह हुआ। वह आगे बढ़े तथा अपना अधिकार जताकर पुलिस अधिकारी से पूछा - 'क्षमा कीजिएगा - क्या मैं आपका आइडेंटिटी कार्ड देख सकता हूं?'

'अवश्य-' पुलिस अधिकारी ने अपनी पॉकेट से आइडेंटिटी कार्ड निकाला। भटनागर जी ने इसे अपने हाथ में लेकर देखा तो उन्हें इस पर नकली होने का सन्देह हुआ। उन्होंने जिला अधिकारी से राय लेकर पुष्टि करना चाहा। वह टेलीफोन की ओर बढ़े। परन्तु तभी पुलिस अधिकारी की बात सुनकर उनके पग रुक गए - 'मिस्टर भटनागर...' वह कह रहा था - धमकी देते हुए, परन्तु बहुत नम्रता के साथ - एक-एक शब्द अलग-अलग चुनकर - 'यदि आपने

टेलीफोन की ओर कदम बढ़ाया तो इसकी एक गोली आपकी लाड़ली की खोपड़ी के पार निकल जाएगी।'

भटनागर जी ने कांपकर देख, पुलिस अधिकारी अपना रिवाल्वर निकालकर सीमा की कनपटी पर रखे हुए था। सीमा बुरी तरह कांप रही थी। उसे पसीना आ गया था। डरकर उसने अपनी आंखें बन्द कर ली थीं। ऐसा न हो कि उसे अपनी मृत्यु का तमाशा देखना पड़े। रिवाल्वर उस अधिकारी ने ही नहीं उसके अन्य साथियों ने भी निकाल ली थी जिसे देखकर सभी सहम गए थे। नौकर-चाकर दो पग पीछे सरककर कांपने लगे थे। उन्हें काबू में रखने के लिए तीन रिवाल्वर सीधी तनी हुई थीं। पुलिस इंस्पेक्टर की वर्दी वाला व्यक्ति बहुत सन्तोष के साथ मेज पर रिवाल्वर रखकर सोफे पर बैठा सिगरेट पीने लगा। एक कॉन्स्टेबल ने अपने रिवाल्वर द्वारा सीमा के माता-पिता को काबू में कर लिया था। भय के कारण सीमा की मांजी की मानो अब और तब हृदय-गति बन्द हो जाना चाहती थी। उनकी आवाज ही मन्द हो गई। भटनागर जी को तुरन्त सारी बातें समझ में आ गई। पुलिस के भेष में वह सब डाकू हैं। रंजन के गिरोह के लोग हैं यह। अवश्य उस मूर्ति में कोई भेद छिपा है जिसे यह प्राप्त करना चाहते हैं। फिर भी उन्होंने साहस एकत्र करके पूछा - 'कौन हो तुम लोग?'

'हम रंजन के मित्र हैं।' पुलिस अधिकारी की वर्दी पहने व्यक्ति ने कहा - 'वह मूर्ति रंजन को भारत आकर हमें देनी थी। परन्तु वह मूर्ति हम तक नहीं पहुंची, क्योंकि मूर्ति प्राप्त करने से पहले ही रंजन की मृत्यु हो गई।' उस व्यक्ति ने सीमा पर से रिवाल्वर हटाकर पीछे हटते हुए कहा। निश्चय ही वह इस गिरोह का सरदार था।

भटनागर जी पल भर के लिए मन ही मन तड़प उठे। इन कम्बख्तों ने कितनी चालाकी से उनके सारे ही नौकरों को इस कमरे में एकत्र करके बंगला चारों ओर से बन्द कर दिया था। कोई भी तो बंगले में इधर-उधर नहीं था जिसके आने की आशा की जाती। परन्तु तभी बंगले के सामने एक कार आकर रुकने का स्वर उत्पन्न हुआ। भटनागर जी को कुछ आशा बंधी। उन्होंने पुलिस अधिकारी की वर्दी पहने व्यक्ति को देखा।

'घबराइए नहीं।' उस व्यक्ति ने बहुत सन्तोष के साथ कहा - 'कोई आया है तो वापस भी चला जाएगा। हमारा एक आदमी सादी वेश-भूषा में बाहर बैठा हुआ है, बरामदे की बत्तियां बुझी हुई हैं। कोई आएगा तो हमारा आदमी कह देगा कि आप सब दावत खाने गए हैं। हमारे व्यक्ति की पहचान मांगेगा तो वह कह देगा कि आपके रिश्तेदार का वह पुराना नौकर है। आज ही यहां आया है और सदा यहीं रहेगा।'

भटनागर जी बल खाकर रह गए। कम्बख्तों ने एक बड़ी योजना बनाकर अपने बचाव का पूरा प्रबन्ध कर रखा था। कुछ देर बाद बाहर फिर कार स्टार्ट हुई और वास्तव में वापस चली गई तो भटनागर जी हाथ मलते रह गए।

'हां-' सरदार सीमा के सामने आया और अपना प्रश्न फिर दुहराया - 'मैं पूछ रहा था कि वह मूर्ति कहां है?'

सीमा अपना साहस एकत्र कर चुकी थी। उसने क्रोध में पूछा - 'उस मूर्ति से तुम्हें क्या सम्बन्ध और रंजन कौन होता था मेरा उपहार तुम्हें देने वाला? वह मूर्ति मुझे उपहार में मिली थी और वह मेरी सम्पत्ति थी।'

थी! मुझे उपहार में मिली थी? मेरी सम्पत्ति थी? इस 'थी' का क्या अर्थ? गिराह का सरदार कुछ समझा नहीं। उसने सीमा के प्रश्न का उत्तर देना आवश्यक नहीं समझा। पूछा - कुछ सख्ती के साथ - 'वह मूर्ति कहां है?'

'मुझे नहीं मालूम।' सीमा ने बेरुखी से उत्तर दिया।

'कहां गई?' सरदार ने कुछ और सख्ती से पूछा।

'मुझे नहीं मालूम।' सीमा ने भी कुछ सख्ती से कहा।

'तुम लन्दन से मूर्ति लेकर चली थीं। फिर रास्ते में कहां चली गई?' सरदार क्रोध में चीख पड़ा, चीखकर वह कुछ हांफने भी लगा।

'मुझे नहीं मालूम।' इस बार सीमा भी क्रोध में चीख पड़ी।

सरदार क्रोध में लाल हो गया। उसने क्रोध में सीमा को घूर कर देखा। फिर स्वयं पर झुंझलाकर चार पगों की दूरी लिए टहलने लगा। फिर रुककर उसने भटनागर जी को घूरकर देखा - उनकी धर्मपत्नी को भी। फिर नौकरों के समीप आकर उन्हें घूरा। पसीने में तर नौकर झुके-झुके हाथ जोड़े भय से कांप रहे थे। उस व्यक्ति ने कड़ककर पूछा - 'तुममें से किसी ने उस मूर्ति को देखा है? पीतल की मूर्ति - एक व्यक्ति के कसरती शरीर की?'

'मालिक!' एक बूढ़े नौकर ने साहस करके कहा - 'यदि बिटिया रानी वह मूर्ति लाई होतीं तो क्या वह उसे सजाकर मेज पर नहीं रख देतीं।'

'बेवकूफ-' सरदार चीखा - 'वह मूर्ति क्या इतनी साधारण थी जिसे हर जगह सजाया जा सके। उस मूर्ति के अन्दर बीस लाख के हीरे छिपे हुए हैं।'

'क्या?' भटनागर जी चौंक गए। यद्यपि उन्हें अनुमान हो चुका था कि मूर्ति के अन्दर अवश्य कोई वस्तु स्मगल की गई है, परन्तु इतने अधिक मूल्य के हीरों का उन्हें जरा भी अनुमान नहीं था।

सीमा भी चकित रह गई। रंजन को उसने मन ही मन कोसा, उस पापी ने उसके द्वारा इतनी बहुमूल्य वस्तु को स्मगल करते समय उसकी इज्जत तथा जान की भी चिंता नहीं की। किसी और को ज्ञात हो जाता कि उसके पास बीस लाख के हीरे हैं तो उन्हें प्राप्त करने के लिए वह उसकी हत्या करने से भी नहीं चूकता। उसकी माताजी रंजन को मन ही मन कोसे नहीं थकती थीं जिसने मूर्ति स्मगल करते समय ही सीमा का जीवन खतरे में नहीं डाला था बल्कि सीमा के

लिए मानो सदा के लिए खतरे उत्पन्न कर गया था। नौकरों ने सुना तो आश्चर्य और बौखलाहट में उनका मुंह खुला का खुला रह गया।

'आपको कुछ याद है वह मूर्ति कब और कहां चली गई?' उस व्यक्ति ने नम्रता से काम लेते हुए सीमा से पूछा।

'मुझे कुछ नहीं मालूम-' सीमा ने भी कुछ नम्रता बरती। ऐसे भयानक लोगों से अधिक उलझना उसने बुद्धिमानी नहीं समझी। बोली - 'मैं लंदन से मूर्ति लेकर अवश्य चली थी, परन्तु मुझे रास्ते में और न बम्बई के होटल में उसे देखने का समय मिला, क्योंकि मेरे साथ हर समय ही रंजन चिपका हुआ था। यहां आई तो मूर्ति जाने कहां गायब हो चुकी थी।'

'हो सकता है कि वह मूर्ति उसके भाई के पास लन्दन में ही छूट गई हो।' सीमा की माताजी ने बिना सोचे-समझे अपनी राय दी। अब वह अपने ऊपर काफी काबू पा चुकी थीं। बोलीं - 'यह भी हो सकता है कि रंजन ने ही सीमा के सूटकेस से मूर्ति निकाल ली हो।'

उनके पति ने अपनी धर्मपत्नी को घूरकर देखा। अब क्या इन गुण्डों द्वारा किशोर को भी वह लंदन में परेशान कराना चाहती है? परन्तु सरदार की बात सुनकर उन्हें संतोष प्राप्त हो गया।

'लंदन में मूर्ति नहीं है। लंदन छोड़ते ही हमारे आदमियों ने डॉ. किशोर से बातों ही बातों में इस बात की पुष्टि कर ली थी कि उसकी बहन मूर्ति ले जा चुकी है। मूर्ति रंजन की लाश के साथ भी नहीं पाई गई। पाई गई होती तो हमें अवश्य ज्ञात हो जाता।' सरदार ने अब अधिक समय गंवाना उचित नहीं समझा। उसने अपनी कलाई पर बंधी घड़ी देखी। फिर तुरन्त चार व्यक्तियों को घर की तलाशी लेने को कहा। दो व्यक्ति अब खड़े-खड़े घर के सदस्य तथा नौकरों को रिवाल्वर की नोक पर संभाले हुए थे।

घर के अन्दर तोड़-फोड़ मचने लगी। सामान उलट-पुलट करने का स्वर सुनाई पड़ने लगा। सरदार को यह सारी बातें मूर्खतापूर्ण लगीं। उसे विश्वास हो गया कि - मूर्ति यहां नहीं है। मूर्ति यहां होती तो सीमा सुन्दरता की उस अनुपम भेंट को अवश्य सजाकर रखती। किसी को क्या मालूम था कि उसके अन्दर बीस लाख के हीरे हैं। फिर मूर्ति के प्रति सीमा के अनजाने में कहे शब्द 'थी' ने सरदार पर काफी प्रभाव डाला। उसे याद आया - बम्बई से किसी अज्ञात व्यक्ति ने इस घर में रंजन की मृत्यु की सूचना दी थी। उसका संदेह बढ़ा। हां, वह व्यक्ति कौन था? कौन हो सकता है वह व्यक्ति? कहीं उसने तो वह मूर्ति पार नहीं कर ली? यह तीसरा व्यक्ति उनके बीच कहां से आ धमका? उसने अधिक समय गंवाना मूर्खता समझा। अपने व्यक्तियों को उसने तुरन्त वापस बुलाकर एकत्र किया। फिर भटनागरजी से बोला, 'आप हमें विदा करने के लिए कुछ दूर तक साथ चलेंगे न?'

भटनागरजी कुछ समझे नहीं।

'घबराइए नहीं, हम बिना आवश्यकता किसी की हत्या नहीं करते। हमारा धंधा तो केवल इधर का माल उधर और उधर का माल इधर करना ही है।' सरदार ने भटनागरजी को

समझाया, 'जब तक हम भय की सीमा से बाहर नहीं हो जाएंगे तब तक आपको अपने साथ रखेंगे। उसके बाद हम आपको छोड़ देंगे। तब तक हमें विश्वास है कि आपकी धर्मपत्नी, बेटी या कोई नौकर-चाकर पुलिस को हमारे बारे में सूचित करने का कष्ट नहीं उठाएगा।' सरदार ने अपनी उंगली में रिवाल्वर नचाकर सबको चेतावनी दी।

भटनागरजी ने एक पल सोचा। यह भयानक अपराधी एक-एक बात पर सावधानी बरतने की योजना बनाकर आए हैं। फिर भी उन्हें संतोष था। इन डाकुओं ने यहां किसी के जीवन को हानि नहीं पहुंचाई थी। उन्होंने आगे बढ़ते हुए कहा, 'मैं आप लोगों के साथ चलने को तैयार हूं।'

भटनागरजी के पीछे-पीछे सारे अपराधी बाहर निकले तो मां-बेटी एक-दूसरे से लिपट गईं। कुछ समझ में नहीं आया कि पुलिस को कैसे सूचित करें। नौकर-चाकर भी हाथ पर हाथ धरे रह गए। भटनागरजी जीप में बैठे - बीच में। शेष व्यक्ति इधर-उधर बैठ गए। बाहर सादी वेश-भूषा में खड़ा हुआ व्यक्ति जिसे इन डाकुओं ने भटनागरजी के बंगले से पहले आते समय उतार दिया था, वह भी जीप में लपक आया। जीप स्टार्ट हुई और फिर चली गई तो मां-बेटी भटनागरजी की सही-सलामती से लौटने की भगवान से प्रार्थना करने लगीं। रंजन अभी मां के सामने होता तो मां उसका मुंह नोचे बिना नहीं रहती। कमबख्त ने कितना बड़ा बखेड़ा खड़ा कर दिया था।

अपराधियों की जीप अभी मुख्य द्वार से बाहर निकली भी नहीं थी कि सामने से पुलिस की दो जीपें एक के पीछे एक इस प्रकार आ गईं कि आमने-सामने की जीपें लड़ते-लड़ते बचीं। सभी गाड़ियां रुक गईं। हैड लाइट के प्रकाश में अपराधियों ने पुलिस के जत्थे को देखा तो बौखला गए। भटनागरजी को ऐसा लगा मानो भगवान ने आकाश से उनके लिए सहायता भेज दी है। अगली जीप में सीनियर सुपरिण्टेन्डेंट पुलिस, दो इंस्पेक्टर तथा अनेक पुलिस कांस्टेबिल थे। अपराधियों को पुलिस के यहां आने की जरा भी आशा नहीं थी। हर डाकू को अपने बचाव की चिंता लग गई तो सब जीप से कूदे और इधर-उधर भागने लगे।

तभी आने वाली पुलिस को संदेह हो गया। पुलिस की वर्दी होते हुए भी यह व्यक्ति इधर-उधर क्यों भाग रहे हैं? फिर एक हवाई फायर हुआ। आने वाली पुलिस ने ही सबको चिल्लाकर भागने से रोकने का प्रयत्न किया था। गोली का स्वर सुनकर बंगले के अन्दर कोलाहल मच गया। कहीं डाकुओं ने इस घर के सरताज की हत्या तो नहीं कर दी? नौकर-चाकर सभी लपककर बाहर आ गए। अड़ोस-पड़ोस वाले अपने घर की खिड़कियों तथा छतों से बाहर झांकने लगे। जीप की हैड लाइट्स के प्रकाश में एक भगदड़-सी मची देखी तो बौखला गए। गोली का स्वर सुनने के पश्चात् डाकुओं ने रुककर अपने को पुलिस के हवाले करना उचित नहीं समझा, परन्तु पुलिस के पीछा करने पर वह भाग नहीं सके। बंगले के मुख्य द्वार से बाहर भागने का प्रश्न ही नहीं होता था, क्योंकि मुख्य द्वार पर ही पुलिस की दोनों जीपें

रुकी हुई थीं। सब डाकू अन्दर की ओर ही भागकर बाहर निकल जाना चाहते थे। परन्तु बंगले की चारदीवारी ऊंची थी। दीवार पर नुकीले शीशे जड़े हुए थे। इसके अतिरिक्त दीवार पर कांटेदार तार झुकी हुई लोहे की छड़ों में इस प्रकार लगे हुए थे कि इसे फलांगना आसान काम नहीं था। फलस्वरूप अपने बचाव में उन्होंने गोली चलाई तो पुलिस को भी गोली चलानी पड़ी। एक अपराधी मारा गया। दो अपराधी घायल हुए, शेष ने अपने आपको पुलिस के हवाले कर दिया। उन्हें हथकड़ियां पहना दी गईं। अपराधियों ने स्वप्न में भी नहीं सोचा था कि उनकी आज की योजना में पुलिस वाले भी बाधा डाल सकते हैं।

भटनागरजी जीप से उतर चुके थे। पुलिस अधिकारी से उनका परिचय था। उन्होंने कुछ कहना चाहा, परन्तु उनसे पहले ही पुलिस अधिकारी ने पूछ लिया, 'आप इन व्यक्तियों के साथ कहां जा रहे थे?' पुलिस अधिकारी ने अपने कर्त्तव्य को प्राथमिकता देते हुए उनके परिचय को कोई महत्त्व नहीं दिया था।

'मैं कहां जा रहा था।' भटनागरजी चौंक गए। बोले - 'मैं जा नहीं रहा था।यह अपराधी मुझे बन्दी बनाकर अपने साथ ले जा रहे थे। इन्होंने मेरे घर की ऐसी तलाशी ली कि एक-एक चीज तोड़कर बराबर कर दी।'

'तलाशी ली! इन्होंने?' अधिकारी ने आश्चर्य से पूछा - 'क्यों?'

'इन अपराधियों का कहना है कि सीमा को बिना बताए ही लंदन में इन आदमियों ने सीमा के द्वारा लंदन से भारत में एक मूर्ति स्मगल की थी जिसके अन्दर बीस लाख के हीरे छिपे हुए हैं।'

'बीस लाख?' अधिकारी चौंका। उसके समीप खड़े इंस्पेक्टर भी चौंक गए।

'जी हां। उस मूर्ति को रंजन को सीमा से लेकर भारत में अपने आदमियों को हवाले करना था। यह रंजन नाम का स्मगलर सीमा के साथ ही लन्दन से भारत आया था। परन्तु रंजन की मृत्यु जब बम्बई के होटल में अचानक हो गई तो यह अपराधी वह मूर्ति लेने यहां आ धमके। मूर्ति नहीं मिली तो इन्होंने घर की तलाशी में हमारी सारी वस्तुओं का सत्यानाश कर डाला।'

'तलाशी?' तलाशी लेने तो हम आए थे।'

'जी!' भटनागरजी चौंक पड़े। उनका तो विचार था कि रंजन का विषय लेकर यदि पुलिस आएगी तो सीमा से केवल पूछताछ ही करेगी। उनकी दृष्टि में तलाशी लेने का कोई प्रश्न ही नहीं उठता था।

'जी हां!' पुलिस अधिकारी ने कहा - 'रंजन की लाश के साथ जो वस्तुएं बरामद हुई हैं उनमें रंजन की एक डायरी भी है जिसमें अन्य लोगों के नाम-पते के साथ आपकी बेटी सीमा का नाम-पता भी दर्ज है। यही कारण है कि हमें उच्च अधिकारियों से वायरलेस द्वारा आज्ञा मिली है कि तुरंत आपके घर का घेराव करके पूरी-पूरी तलाशी ली जाए तथा आपकी बेटी से

अवश्य पूछताछ भी की जाए। ऐसा तो नहीं कि आपकी बेटी अंतर्राष्ट्रीय स्मगलिंग गैंग की सदस्य है? हमें क्या पता था कि हमारी मुठभेड़ यहां इन अपराधियों से हो जाएगी।'

'लेकिन सुपर्रिटेण्डेन्ट साहब-' भटनागरजी ने कहना चाहा, 'आप तो हमारे खानदान को जानते हैं कि...'

'मैं जानता हूं कि आप सब बहुत भले लोग हैं।' पुलिस अधिकारी ने उनका वाक्य पूरा होने से पहले कहा, 'शहर के आदरणीय लोगों में आपका ऊंचा स्थान है। फिर भी मुझे अपने कर्त्तव्य का पालन तो करना ही है।'

भटनागरजी सोच में पड़ गए। उनके घर की तलाश लेना उन पर संदेह करना है। कितनी बदनामी होगी जब लोगों को इस बात का पता चलेगा कि स्मगलिंग के धंधे में उनकी बेटी पर संदेह करके पुलिस ने उनके घर की तलाशी ली है। परन्तु वह कर भी क्या सकते थे? ऊपर से आई आज्ञा का पालन पुलिस को करना ही था। उन्होंने बंगले की ओर देखा। बरामदे के प्रकाश में सीमा तथा उनकी धर्मपत्नी अब तक सहमी-सहमी खड़ी थीं। सीमा ऐसी स्थिति में कैसे सूझ-बूझ कर उत्तर दे सकेगी?

'भटनागरजी!' अधिकारी ने कहा - 'हम आशा करें कि आप कानून की सहायता करने के लिए अपने घर की एक-एक वस्तु दिखाने का कष्ट करेंगे?'

'आपको पूरी-पूरी अनुमति है।' भटनागरजी ने विवश होकर कहा और बंगले के अन्दर चलने का इशारा किया।

पुलिस ने सर्वप्रथम घायल व्यक्तियों को पुलिस की निगरानी में अस्पताल भेजने का प्रबन्ध किया। जो भले-चंगे अपराधी थे उन्हें एक इंस्पेक्टर तथा कुछेक पुलिस की निगरानी में हवालात में भेज दिया। लाश भी उन्हीं के सुपुर्द कर दी। फिर जब बरामदे पर चढ़े तो सीमा सहमी-सहमी उन्हीं को देख रही थी।

भटनागरजी ने पुलिस अधिकारी को अपना तथा सीमा को बयान देने के लिए सोफे पर बैठने का इशारा किया। पुलिस अधिकारी ने घर की तलाशी की आज्ञा इंस्पेक्टर तथा कुछेक पुलिस वालों को दी, फिर सोफे पर बैठ गया। सामने के सोफे पर सीमा तथा उसकी माताजी भटनागरजी के अगल-बगल बैठ गईं। एक कांस्टेबिल से उन्होंने बयान लिखने को कहा और स्वयं प्रश्न पूछना आरम्भ कर दिया। 'बेटी-' उन्होंने सीमा से नम्रता बरत कर कहा। वह जानते थे सीमा बहुत घबराई हुई है। ऐसा न हो कि घबराहट में अपना बचाव करने के प्रयत्न में गलत बात कह दे और परिणामस्वरूप बाद में निर्दोष होते हुए भी उलझ जाए। उन्हें केवल सत्य बात जानने से सम्बन्ध था। उन्होंने बात जारी रखी। पूछा - 'तुम रंजन से कब - कहां और किस स्थिति में मिली थीं?'

सीमा को 'बेटी' शब्द से बड़ा सहारा मिला। उसने अपनी स्थिति संभाली। फिर कहा, 'रंजन से मेरी भेंट लंदन के एक होटल में हुई थी। वहीं हमने साथ 'डांस' किया और फिर उसके बाद मेल-जोल बढ़ गया था।' फिर सीमा ने पुलिस अधिकारी के प्रश्न पर और बहुत-सी बातें बताईं - उसे रंजन के मित्रों ने विदाई पार्टी देकर एक मूर्ति भेंट की, फिर दोनों ने हवाई जहाज की यात्रा एक साथ की, होटल में अलग-अलग कमरे में ठहरे, फिर दूसरी सुबह जब रंजन फोन की घण्टी तथा दरवाजे पर थपकी देने से भी नहीं उठा तो वह उसे मिले बिना ही चली आई, क्योंकि उसकी गाड़ी का समय हो रहा था। सीमा ने यह सब बता दिया, परंतु वह बात नहीं बताई जिसके कारण उसके मस्तक पर सारे समाज के सामने कलंक लग सकता था। स्मगलिंग के मामले में वह निर्दोष थी इसलिए उस पर से यह झूठा दाग मिट सकता था, परंतु वह दाग कैसे मिटता जो पक्का था? उसके लिए यही बड़े संतोष की बात थी कि इस दाग को केवल वही देख सकती थी - और कोई नहीं देख सकता था। अन्त में उसने कहा - 'जब यहां पहुंचकर सूटकेस खोलते हुए वह मूर्ति मैंने अपने मम्मी-डैडी को दिखानी चाही तो वह गुम हो चुकी थी।'

पुलिस अधिकारी सोच में पड़ गए।

भटनागरजी ने भी पुलिस अधिकारी को बताया कि आज उन्हें एक अज्ञात व्यक्ति से बम्बई से टेलीफोन द्वारा ज्ञात हुआ कि रंजन की मृत्यु हो गई है। उसने टेलीफोन पर क्या-क्या निर्देष दिया था, यह भी बता दिया।

तभी घर की तलाशी लेने के बाद इंस्पेक्टर बैठक में लौट आया। वह देखता भी क्या? सारी वस्तुएं तो पहले ही बिखरी पड़ी थीं। उसने भटनागरजी से कहा - 'हम आपकी तिजोरी देखना चाहते हैं।'

भटनागरजी ने उठकर उसे तिजोरी भी दिखा दी। इंस्पेक्टर संतुष्ट हो गया। कुछ भी ऐसा नहीं मिल सका भटनागरजी के बंगले में जिस पर संदेह किया जाता। जो विदेशी वस्तुएं मिलीं उन पर स्मगलिंग का संदेह नहीं किया जा सकता था। पुलिस अधिकारी भी सन्तुष्ट हो गया। वरन उसने प्रसन्नता प्रकट की। उसने चलते-चलते कहा - 'सम्भवतः आपसे और भी जांच-पड़ताल की जाएगी। यदि अदालत ने आपको बुलाया तो वहां भी जाना पड़ेगा।' फिर उसके बाद पुलिस अधिकारी ने दरवाजे से अन्दर के कमरे में झांका। सारी वस्तुएं बिखरी पड़ी थीं। उसने भटनागर जी से कहा - 'मुझे इसका अफसोस है।'

'यह सब आपके आदमियों ने नहीं उन अपराधियों ने किया है, जो मूर्ति की तलाश में यहां आ धमके थे।'

'तब भी मुझे इसका अफसोस है।' पुलिस अधिकारी मुस्कराया। फिर सीमा के सिर पर हाथ रखकर आशीर्वाद दिया और फिर भटनागर जी से हाथ मिलाकर चला गया।

पुलिस वालों के जाते ही भटनागर जी की धर्मपत्नी ने रंजन को कोसना आरम्भ कर दिया।

उस रात सीमा डर के मारे कमरे में सोने के बजाए अपने माता-पिता के बेडरूम में लेटी। परन्तु बहुत देर तक उसे नींद नहीं आ सकी। उसके रोम-रोम में रंजन के प्रति घृणा समाई हुई थी। अपनी एक-एक सांस द्वारा वह रंजन को कोसे बिना नहीं थकती थी। उसने रंजन के साथ बिताए क्षणों को याद किया तो उसके मस्तिष्क पर रंजन की काली करतूतों की छवि और स्पष्ट हो गई। एक-एक बात पर उसकी बहुत गहराई के साथ ध्यान दिया। लन्दन में रंजन कितनी जल्दी उसके साथ घुल-मिल गया था। वह तो रंजन से इसलिए घुल-मिल गई थी ताकि पंकज को भूल सके - उसकी याद में घृणा करते हुए भी तड़प न सके। परन्तु रंजन तो उससे केवल इसलिए घुला-मिला था ताकि उसके द्वारा अपना स्वार्थ पूरा कर सके - उसके द्वारा स्मगलिंग का धंधा जारी रख सके - उसे बिना बताए ही। यही कारण था कि रंजन ने उसके दिल में स्थान बनाए रखने के लिए लन्दन में कभी उसके एकान्त से कोई लाभ नहीं उठाया लाभ उस समय उठाया जब उसका पहला काम निकल गया - बम्बई पहुंचने के बाद। उसे लूटने के बाद वह उससे विवाह कर सकता था - वह बिना विवाह किए भी उसे ब्लैकमेल कर सकता था - उसे अपने इस गंदे धंधे में बताकर या बिना बताए सम्मिलित कर सकता था।

सीमा हर उस बात के परिणाम का अनुमान लगाकर कांप-कांप जाती थी जो रंजन के जीवित रहने पर उत्पन्न हो सकता था। सीमा को वह दृश्य भी याद आया जब उसने लन्दन में रंजन से कहा था कि उसके पिता उसे उसके लिए देखना चाहते हैं, तब यह बात सुनते ही रंजन का हाथ स्टेयरिंग पर डगमगा गया था। गहरे मोड़ पर गाड़ी लड़ते-लड़ते बची थी। निश्चय ही वह उससे विवाह के लिए बिल्कुल तैयार नहीं था। उसे नारी जाति से अधिक अपना धंधा प्रिय था। तब उसी समय उसने संभलकर कितनी चतुराई से उसके साथ भारत लौटने की योजना बना ली थी। उसके द्वारा वह अपना काम निकालना चाहता था। ऐसा न हो कि वह अकेली यूं ही चली जाए। वह मूर्ति? हां, वह मूर्ति उसे इसलिए उपहार में भेंट की गई थी ताकि वास्तविकता जाने बिना वह उसे भारत ले जाए और भारत में वह मूर्ति रंजन प्राप्त कर ले। जहाज में बैठने के बाद रंजन ने इसीलिए पूछा था कि उसने वह मूर्ति संभालकर रखी है या नहीं? भारत में हवाई जहाज से उतरने के बाद भी उसने कितनी चतुराई से पता चला लिया था कि किस सूटकेस में मूर्ति रखी है। सीमा को अब पता चला कि वास्तव में कस्टम अधिकारियों की जांच के समय रंजन ने क्यों उसका वह सूटकेस उठा रखा था जिसमें मूर्ति नहीं थी और फिर क्यों उसका साथ छोड़कर पंक्ति में आगे जा खड़ा हुआ था। यदि पकड़ी जाती तो वह पकड़ी जाती क्योंकि लाल सूटकेस उसके हाथ में था जिसमें मूर्ति थी - रंजन के हाथ में नहीं था। यही कारण था कि जांच के बाद बाहर चला गया था। यदि वह पकड़ी जाती तो रंजन वहीं से फरार हो सकता था या स्पष्ट इन्कार कर देता कि वह किसी के साथ नहीं है।

यदि कस्टम अधिकारी उसे मूर्ति सहित पकड़ लेते तब क्या होता? उस परिणाम का अनुमान लगाकर सीमा के रोंगटे खड़े हो गए। परन्तु सीमा की समझ में एक बात नहीं आ रही थी। आखिर वह मूर्ति गई कहां? डाकुओं के कहने के अनुसार यदि रंजन की लाश के साथ मूर्ति नहीं मिली तो फिर कहां जा सकती है? और यदि रंजन ने उसके सूटकेस से मूर्ति निकाली तो किस समय निकाली? यदि और किसी ने भी उस मूर्ति को चुराया है तो क्यों? उसे उस मूर्ति के वास्तविक मूल्य का ज्ञान कैसे हुआ? वह स्वयं भी तो उसके वास्तविक मूल्य से अनभिज्ञ थी। सीमा ने इतनी उलझनों में गिरफ्तार होने के बाद जब पंकज से रंजन की तुलना की तो रंजन को एक घोर पापी तथा इतना नीच पाया जितना नीच कोई व्यक्ति नहीं हो सकता था। पंकज अपना स्वाभिमान स्थिर रखने के लिए उसे धोखा दे रहा था, उसे पैसे का कोई लोभ नहीं था, वह अपराधी नहीं था - अपराधी थे उसके पिता - पंकज केवल आवारा था, परन्तु रंजन लुटेरा था - भयानक अपराधी - अपनी चाल में फंसाकर उसने जाने कितनी भोली-भाली लड़कियों को लूटा होगा और फिर उन्हें ब्लैकमेल करके अपने गैंग में सम्मिलित कर लिया होगा। शायद उसके साथ भी ऐसा ही होता।

सीमा अपना वह परिणाम सोच-सोचकर कांप जाती थी जो रंजन के जीवित रहने पर उस पर बीत सकता था। जब सीमा की पलकें नींद से भारी होने लगीं तो पलकें बन्द करने के बाद उसने रंजन को कोसा - होंठों द्वारा बुदबुदाते हुए - भगवान उस पापी की आत्मा को कभी शांति नहीं दे! फिर जाने वह कब सो गई।

दूसरे ही दिन समाचार-पत्र में भटनागर जी के घर की घटना छपकर निकली तो पाठकों ने इसे बड़ी रुचि से पढ़ा। परन्तु भटनागर जी की प्रतिष्ठा तथा सम्मान का पूरा ध्यान रखते हुए पुलिस वालों ने प्रेस में या प्रेस वालों ने समाचार-पत्र में उनका या उनके घर के किसी भी सदस्य का नाम नहीं दिया था। समाचार पत्र में निकला था कि पिछली रात शहर के एक आदरणीय तथा प्रतिष्ठित व्यक्ति के यहां कुछ डाकुओं ने इस प्रकार नाटकीय ढंग से धावा मारा कि उनका खानदान ही नही सारे नौकर-चाकर भी एक कमरे में बन्द होकर डाकुओं के काबू में आ गए। डाकुओं को एक मूर्ति की तलाश थी जो उनके विचारानुसार इस आदरणीय व्यक्ति की सुपुत्री के साथ सुपुत्री को बिना बताए ही लन्दन से भारत स्मगल की गई थी। डाकुओं का कहना है कि मूर्ति में बीस लाख के हीरे छिपे हैं। पूछ-ताछ करने तथा घर की तलाशी लेने के बाद जब मूर्ति नहीं मिली तो डाकू बिना किसी को शारीरिक हानि पहुंचाए जाने लगे, परन्तु आदरणीय व्यक्ति के बंगले से बाहर निकलने से पहले उनकी भेंट पुलिस से हो गई। गोलियां चलीं। एक अपराधी मारा गया। अन्य गिरफ्तार कर लिए गए।

भटनागर जी के मिलने-जुलने वालों ने पढ़ा तो भटनागर जी पर सन्देह किए बिना नहीं रह सके। उन्हीं की लड़की तो अभी लन्दन से आई थी। नौकरों से भी इस घटना का छिपाना कठिन था। हर पल यही चर्चा चलती रही। अड़ोस-पड़ोस वाले यूं भी वास्तविकता से परिचित

थे। अधिक परिचित लोगों ने कुछ पूछा तो भटनागर जी ने घटना बताने में कोई आपत्ति नहीं समझी। अपने खानदान की लाज की सुरक्षा करते हुए, उन्होंने बहुत सावधानी के साथ डाकुओं वाली घटना बताई - केवल डाकुओं वाली घटना। रंजन का नाम एक समाचार-पत्र में नहीं छपा था, इसलिए उन्होंने भी रंजन का नाम नहीं लिया। समाचार-पत्र के अनुसार ही उन्होंने पूछने वालों की उत्सुकता दूर की। उन्होंने कहा कि सीमा लन्दन से अकेली आई है परन्तु जाने क्यों डाकुओं को सन्देह हो गया कि उनके व्यक्तियों ने उसकी मूर्ति सीमा के ही सूटकेस में छिपाकर स्मगल की है।उसी के लिए पूछने चले आए थे और जब सन्तुष्ट हो गए कि सीमा के पास वह मूर्ति नहीं है तो जाने लगे परन्तु मुख्य द्वार पर ही पुलिस ने उन्हें आ घेरा।

पुलिस अचानक कैसे आ गई? किसी नौकर ने चुपके से फोन कर दिया था। भटनागरजी सबको यही बताते। किसी से भी नहीं कहा कि पुलिस उनके घर की तलाशी लेने आई थी। एक ही घटना को बार-बार अनेक लोगों से कहते-कहते वह थक गए। कुछेक शुभचिन्तकों ने उनसे सहानुभूति प्रकट की तो कुछेक लोगों ने सीमा पर संदेह भी किया। परन्तु भटनागरजी को किसी की भी चिंता नहीं थी। हां, दुःख उन्हें अवश्य था - अकारण ही उनका खानदान स्मगलिंग के धंधे में उलझ गया है। अब वह शीघ्र ही सीमा का विवाह किसी अच्छे लड़के से कर देने के पक्ष में आ चुके थे।

समाचार-पत्र पढ़कर जब मंजू सीमा के पास पहुंची तो सीमा ने उसे एकांत में रंजन के बारे में बहुत कुछ बताया - वह सारी बातें बताई जो रंजन की संगति में उस पर बीती थीं - परन्तु वह विशेष बात नहीं बताई जिसके कारण वह अपनी सहेली की दृष्टि में गिर सकती थी। जब वह रंजन की बांहों में सोने के बाद अपनी ही दृष्टि में गिर चुकी थी तो फिर मंजू की दृष्टि में क्यों नहीं गिरती?

मंजू ने रंजन की वास्तविकता ज्ञात की तो दिल कांप गया। वह कभी सोच भी नहीं सकती थी कि पंकज से धोखा खाने के बाद सीमा के प्यार का दूसरा चुनाव भी गलत होगा - गलत ही नहीं इतना भयानक होगा। वास्तव में उसकी सहेली का जीवन सदा के लिए नर्क बन जाता यदि उसका विवाह उस पापी रंजन से हो गया होता। रंजन को उसने भी जी भरकर कोसा - नीच - पापी - कमीना - देश का गद्दार। कमबख्त की आत्मा नर्क की आग में झुलसती रहे।

'जाने क्यों मंजू-' सीमा ने कहा, 'इतना सब-कुछ होने के पश्चात् मैंने रंजन के प्रति अपने प्यार को सदा खोखला महसूस किया? मेरे दिल के अन्दर उसके प्रति कभी वह भावना नहीं आ सकी जो मैं स्वयं चाहती थी। मैंने सदा महसूस किया कि मैं उसे जबरदस्ती प्यार करने का प्रयत्न करके स्वयं को धोखा दे रही हूं। उसकी अनुपस्थिति में मैं कभी इस प्रकार तड़प नहीं सकी जिस प्रकार कभी पं...' सीमा पंकज का नाम लेते-लेते रुक गई। पंकज को वह कहां बीच में ले आई? फिर वही पंकज!

मंजू मुस्करा दी। सीमा वाक्य पूरा करती हुई बोली, 'पंकज के लिए तड़पा करती थी।' उसने बात जारी रखी, 'अरे पगली, यह क्यों भूलती है कि पंकज तेरा पहला प्यार था। भले ही अब तू पंकज से घृणा करती है, परन्तु जिस प्रकार तू उसे चाह चुकी है उस प्रकार तो अब किसी को भी प्यार नहीं कर सकती। खैर, यह भी अच्छा ही हुआ जो तुझे रंजन से सच्चा प्यार नहीं हुआ, वरना रंजन की वास्तविकता जानते ही तेरा दम निकल जाता - नहीं निकलता तो तू आत्महत्या कर लेती। भगवान जो भी करता है अच्छा ही करता है।'

वास्तविकता भी यही थी जिसका आभास सीमा ने पूर्णतया किया। कभी पंकज को दिल की गहराई से प्यार किया था और जब उसकी वास्तविकता ज्ञात की तो दिल टूटकर छलनी हो गया था। तब मंजू के घर बैठकर कमरा बन्द करके वह कितना अधिक फूट-फूटकर रोती रही थी। हिचकियों से उसका शरीर कांप जाता था। रंजन से प्यार होता तो उसकी वास्तविकता जानने के बाद निश्चय ही उसका दम निकल जाता, क्योंकि उसके दिल को यह दूसरा धक्का लगता। दम नहीं निकलता तो वह निश्चय ही आत्महत्या कर लेती, क्योंकि पंकज रंजन के मुकाबले में कहीं अधिक भयानक व्यक्ति था। उसके मन को संतोष प्राप्त हुआ - अच्छा ही हुआ जो उसने रंजन को प्यार नहीं किया - एक अपराधी - जो देश का गद्दार था।

तीन

कचहरी - और फिर मुकदमा!

जिस रात पुलिस ने भटनागरजी के बंगले में तलाशी ली थी उस रात उन सभी शहरों में उन स्थानों पर पुलिस का छापा पड़ा जिनका नाम-पता रंजन की डायरी में लिखा हुआ था। कुछ पकड़े गए - कुछ पहले ही सतर्क थे इसलिए बच निकले। कुछ बातें डायरी में 'कोड' शब्दों में थीं जिसे पुलिस समझ नहीं सकी तो गिरफ्तार अपराधियों पर सख्ती करके पढ़वा लिया। किसको क्या देना है - मूर्ति, हीरा या कोई नायाब तथा बहुमूल्य सजाने की वस्तु - कितना रुपया लेना है, कहां जमा करना है, इत्यादि। कुछ 'कोड' शब्द किसी की भी समझ में नहीं आए। कुछ अपराधियों ने अपना बचाव करने के लिए स्मगलिंग के धंधे से स्पष्ट इन्कार किया और अदालत में अपने रिश्तेदारों द्वारा मुकदमा दायर किया। कुछेक की जमानत भी हो गई।

रंजन की लाश की पोस्टमार्टम रिपोर्ट से ज्ञात हुआ कि उसकी मृत्यु नशीली वस्तु अधिक मात्रा में लेने के कारण हो गई थी - और कोई कारण नहीं था।

मुकदमे के मध्य सीमा को भी बम्बई की अदालत में उपस्थित होना पड़ा। सरकारी वकील को अपना मुकदमा मजबूत करना था - अपराध सिद्ध करना था, तभी वह अपने पेशे में कामयाब था। सीमा जब अपने पिताजी के साथ बम्बई की अदालत में पहुंचीं तो देखने वालों में सभी ने सीमा को संदेह की दृष्टि से देखा। नारी का और वह भी एक सुन्दर नारी का

कचहरी में जाना लोगों के दिल में अनेक संदेह उत्पन्न कर जाता है। भटनागरजी ने सावधानी बरत कर एक अच्छा वकील कर लिया था। जाने किस समय काम पड़ जाए अदालत में वह भी भटनागरजी के साथ ही था। न्यायाधीश ने जैसे ही अपनी कुर्सी संभाली और कार्यवाही आरम्भ करने की आज्ञा दी, सरकारी वकील ने सबसे पहल सीमा को ही 'विटनेस बॉक्स' में बुलाया। सच और सच के अतिरिक्त कुछ न कहने की शपथ की प्रथा समाप्त हुई तो सरकारी वकील के प्रश्नों के उत्तर में सीमा ने वही बातें कहीं जो उसने अपने बंगले में एक दिन पुलिस अधिकारी को बताई थीं - रंजन से उसकी भेंट लंदन में हुई, रंजन के मित्रों ने भारत लौटने से एक दिन पहले विदाई पार्टी दी और यादगार के तौर पर एक मूर्ति उपहार में भेंट की। रंजन के साथ ही वह भारत लौटी - होटल में एक दिन ठहरी और फिर जब दूसरे दिन सुबह रंजन फोन की घंटी तथा दरवाजे की थपकी से भी नहीं उठा तो वह अपने घर चली गई। वहां अपने माता-पिता को मूर्ति दिखाने के लिए सूटकेस खोला तो मूर्ति गुम हो चुकी थी।

'क्या रंजन होटल में हर समय आपके साथ ही था?' सरकारी वकील ने पूछा।

'जी नहीं-' सीमा ने कहा, 'दिन में लंच से पहले वह अपने तथा मेरे लिए ट्रेन का टिकट बुक कराने गया था।'

'लेकिन मिस सीमा भटनागर-' सरकारी वकील ने कहा - 'रंजन की तलाशी में तो भी ट्रेन टिकट प्राप्त नहीं हुआ। फिर आप यह बात कैसे कह रही हैं कि वह अपने तथा आपके लिए टिकट लेने गया था? क्या उसका टिकट भी आपके पास ही रखा था?'

'जी नहीं - केवल मेरा ही टिकट उसने वापस आने पर दिया था। अपना टिकट उसने कहां रखा, मुझे नहीं मालूम और न ही मैंने उसे देखने की आवश्यकता समझी। अपने टिकट का जिम्मेदार वह स्वयं था। टिकट लेने के लिए जाने से पहले उसने मुझसे जो कहा था वही मैंने आपको बता दिया।' सीमा उत्तर देने के बाद सोचने लगी, रंजन कितना झूठा था - मक्कार। निश्चय ही उसको कहीं नहीं जाना था इसलिए टिकट नहीं लिया और यदि जाना भी था तो इन्दौर हरगिज नहीं जाना था। वहां उसका घर ही नहीं था तो भला क्यों जाता? कमबख्त! कहता था कि उसके कारण रुक गया है और अगले दिन जाएगा।

'आप कमरे में।'

'सीमाजी-' सरकारी वकील ने एक पल सोचने के बाद कहा, 'जब रंजन होटल में रहा तो हर पल आप उसके साथ थीं और जब रंजन होटल से बाहर या आप से दूर रहा तो आप सदा अपने कमरे में रहीं। फिर ऐसी स्थिति में वह मूर्ति कहां जा सकती है!'

'मुझे स्वयं इस बात का आश्चर्य है।'

'आपके इस आश्चर्य से अदालत का काम नहीं चलेगा।' सरकारी वकील ने कुछ सख्ती के साथ कहा, 'अपराधियों के बयान के मुताबिक उस मूर्ति में बीस लाख के हीरे छिपे थे। यदि मूर्ति में हीरे नहीं होते तो अपराधी आपके घर की तलाशी लेने का इतना बड़ा खतरा मोल नहीं

लेते। उस मूर्ति की वास्तविकता आपको अच्छी तरह ज्ञात थी और इससे पहले कि आपसे रंजन उस मूर्ति की मांग करे, आपने मूर्ति अकेले हड़प करने के लिए रंजन को इतनी अधिक मात्रा में नशीली वस्तुएं खिला या पिला दीं ताकि उसे कभी होश न आए। आपने बीस लाख रुपए के लिए उसकी हत्या कर दी।'

'यह झूठ है। मैंने किसी की हत्या नहीं की।' सीमा इतने बड़े आरोप के लिए तैयार नहीं थी। वह तड़पकर चीख उठी। उफ! वह तो कभी सोच भी नहीं सकती कि कोई उस पर इतना बड़ा आरोप लगाएगा।

भटनागरजी अदालत में सामने ही बैठे थे, उन्हें भी 'विटनेस बॉक्स' में खड़ा होना शेष था। अदालत में उन्हें भी उपस्थित होने की आज्ञा दी थी। शायद अदालत जानना चाहती थी कि उनकी बेटी किस स्थिति में अपने घर वापस पहुंची थी? उन्होंने अपनी निर्दोष लाडली पर इतना बड़ा आरोप लगते देखा तो मुखड़े पर हवाइयां उड़ने लगीं। यह बैठे-बिठाए क्या मुसीबत आ गई? उन्होंने मन ही मन सरकारी वकील को कोसा जो अपनी सफलता का झण्डा ऊंचा करने के लिए एक निर्दोष लड़की की मजबूरी से लाभ उठा रहा था। परन्तु उन्हें सत्य पर विश्वास था। वह जानते थे कि सीमा का कुछ नहीं बिगड़ने का। उन्होंने जो वकील कर रखा था वह शहर का नामी वकील था। अभी तो उसने इस मुकदमे में अपने गुणों के प्रदर्शन का पहला पग भी नहीं उठाया था। वह खामोशी से बैठे सरकारी वकील की बातें सुनते रहे।

सरकारी वकील ने सीमा की चीख की परवाह नहीं की। वह अपने जोश में तेज स्वर के साथ कहता रहा - 'रंजन की हत्या के बाद आपने स्वयं को निर्दोष सिद्ध करने के लिए उसके कमरे में घंटी देने का नाटक किया ताकि आवश्यकता पड़ने पर होटल का ऑपरेटर साक्षी रहे कि आप रंजन की मृत्यु से अनभिज्ञ थीं। आपने रंजन के कमरे के द्वार पर जाकर थपकी भी दी होगी, परन्तु आप जानती थीं कि रंजन अब कभी होश में नहीं आएगा। उसके बाद ट्रेन का समय होने का बहाना बनाकर आप मूर्ति अपने साथ ले गईं। आपको विश्वास था कि रंजन की मृत्यु के बाद आपसे वह मूर्ति कोई नहीं ले सकेगा आसैर अब तक यह बात सत्य भी सिद्ध हो रही है। जब आप स्वीकार कर चुकी हैं कि मूर्ति आपके सूटकेस में थी, रंजन को मूर्ति निकालेन का समय या अवसर ही नहीं मिला तो प्रकट है कि वह मूर्ति अब तक आप ही के पास है और आप यह भी जानती हैं कि उसे छिपाने में आपकी किसने सहायता की है।' सरकारी वकील ने सीमा के पिताजी को देखा - बहुत भेद भरे ढंग से, इस प्रकार मानो सीमा के साथ मिलकर उन्होंने ही मूर्ति छिपाई है।

क्रोध से भटनागरजी का रक्त उबल गया। पहले उनकी निर्दोष बेटी पर इल्जाम - और अब उन पर।

'यह झूठ है - बिल्कुल झूठ है।' सीमा तड़पकर चीख उठी। उसकी एक अनजानी भूल के कारण वह ही नहीं, अदालत अब उसके डैडी पर भी संदेह करने लगी थी। सीमा ने चीखकर

कहा, 'यदि मुझे मालूम होता कि उस मूर्ति में हीरे छिपे हैं तो उस मूर्ति को कभी हाथ नहीं लगाती।'

'वह मूर्ति कहां है?' सरकारी वकील ने सीमा की बात की परवाह किए बिना पूछा।

'मुझे नहीं मालूम! मैं कह चुकी हूं कि वह मूर्ति...' सीमा खिसिया-सी गई।

'खैर, मूर्ति का पता लगाना पुलिस का काम है, मेरा नहीं।' सरकारी वकील ने सीमा की बात काट दी। फिर सीमा की ओर एक हाथ द्वारा संकेत करता हुआ न्यायाधीश से बोला - 'योर ऑनर, कुमारी सीमा भटनागर के बयान से सिद्ध हो चुका है कि रंजन से इनका बहुत घनिष्ठ सम्बन्ध था। यदि घनिष्ठ सम्बन्ध नहीं होता तो दोनों लंदन की रंगीन शामें एक साथ नहीं गुजारते, विदाई पार्टी दोनों को साथ नहीं दी जाती, दोनों एक साथ भारत के लिए यात्रा नहीं करते और यदि करते भी तो दोनों एक होटल में एक-दूसरे के लिए नहीं ठहरते। कमरे तो केवल नाम के लिए अलग-अलग ले लिए थे। इन सारी बातों से सिद्ध होता है कि कुमारी सीमा भटनागर रंजन की वास्तविकता से भली-भांति परिचित थीं। उसके गैंग में सम्मिलित हैं। मूर्ति अब भी इन्हीं के पास है। इस मूर्ति को प्राप्त करने के लिए ही इन्होंने रंजन की हत्या भी कर डाली - इसलिए मुलजिमा कातिल भी हैं - हत्यारिन।'

'नहीं।' सीमा फिर चीखी, इस प्रकार कि उसका शरीर कांपने लगा। पहले स्मगलर - और अब हत्यारिन! इतना बड़ा आरोप सहने की मानो उसके अन्दर शक्ति नहीं थी। अपनी बेबसी पर उसकी आंखें छलक आईं। वह रो पड़ी - सिसकियों के साथ। अदालत उसकी दुर्दशा क्यों कर रही थी?

परन्तु सरकारी वकील ने अपने तेज स्वर के नीचे सीमा की चीख दबा दी। वह कह रहा था, 'यदि मुल्जिमा अनजान होती तो वह निश्चय ही रंजन को पकड़वाने में पुलिस की सहायता करती या ऐसे भयंकर अपराधी के साथ कभी रहना स्वीकार नहीं करती। रंजन के इतना समीप रहकर मुल्जिमा के लिए रंजन की वास्तविकता न जानने का कोई प्रश्न ही नहीं उठता। इसलिए मैं अदालत से निवेदन करूंगा कि मुल्जिमा को स्मगलिंग में ही नहीं, हत्या के अपराध में भी...'

'ठहरिए-' सहसा एक आवाज अदालत में बैठे हुए लोगों के पीछे से उठी।

आवाज परिचित थी। सीमा के कानों ने मानो युगों बाद यह आवाज सुनी थी। उसे इस आवाज से सख्त घृणा थी फिर भी जाने क्यों कानों में मिठास समा गई। उसने गरदन घुमाकर देखा। अदालत में बैठे लोग भी पीछे मुड़कर देख रहे थे। पीछे, बिल्कुल कोने से एक व्यक्ति उठा, लम्बा कद, आकर्षक सुन्दरता। पंकज? सीमा चौंक गई। विश्वास नहीं हुआ कि पंकज यहां भी पहुंच सकता है। कमबख्त के दिल की आग उसके सम्मान को इस प्रकार छीछालेदार होते देखकर ठंडी हो गई होगी। यही तो वह चाहता था - उसकी बदनामी - इस प्रकार कि वह किसी को मुंह ही न दिखा सके। पंकज उसे देखता हुआ न्यायाधीश की ओर बढ़ रहा था।

सीमा सोचने लगी - अब यह पापी क्या चाहता है? क्या उसके विरुद्ध कोई और आरोप खड़ा कर देना चाहता है? या उसके विरुद्ध स्मगलिंग तथा हत्या का दोष पक्का करने के लिए कोई प्रमाण प्रस्तुत कर देना चाहता है।

पंकज सीमा के पास एक पल रुका। सीमा को उसने देखा - बहुत गम्भीर दृष्टि से। सीमा की भीगी पलकें उसकी छाती चीर गईं। नारी के आंसू तो पत्थर की छाती में भी छेद कर जाते हैं, फिर पंकज तो एक पुरुष था - जीता-जागता। मानव, कभी सीमा उसकी बांहों में रही थी - सारी रात - फिर भी वह उसकी लाज नहीं लूट सका था। सीमा के चरित्र से वह बहुत प्रभावित था। प्रायः उसने सीमा से नाता टूटने के बाद इस विषय पर सोचा था। यदि उसके माता-पिता को सीमा के पिता ने घूस के अपराध में पकड़वाकर बरबाद नहीं किया होता तो वह उसके विरुद्ध कभी भी नहीं सोचता। सीमा उसके देखने के अन्दाज का अर्थ कुछ नहीं समझ सकी। घृणा से मस्तक पर बल डालकर उसने अपना मुखड़ा दूसरी ओर फेर लिया।

'जज साहब!' पंकज ने दो पग आगे बढ़कर कहा, 'सीमाजी इस घटना में बिल्कुल...' पंकज एक पल रुका। उसने सीमा को देखा - बहुत भेद भरे ढंग से। सीमा की सांसें जहां की तहां अटक गईं। पंकज ने न्यायाधीश की ओर मुखड़ा करके अपना वाक्य दुहराते हुए पूरा किया। बोला - 'सीमाजी इस घटना में बिल्कुल निर्दोष हैं। इन पर जो भी आरोप लगाया गया है वह मुझ पर लागू होता है। अपराधी मैं हूं - यह नहीं, इसलिए मुझे इस घटना पर प्रकाश डालने का अवसर दिया जाए।'

सीमा ने सुना तो कानों पर विश्वास ही नहीं हुआ। फटी-फटी दृष्टि से उसने पंकज को देखा। क्या यह संभव था कि पंकज जैसे व्यक्ति के मन के अन्दर उसके पक्ष में कोई परिवर्तन आए? यदि वह परिवर्तन आया भी तो कैसे? और क्यों? पंकज से सम्बन्ध टूटने के बाद उसने जब भी उसके साथ बिताई अपनी पिछली बातों को याद किया था तो पंकज की एक-एक बात में उसका स्वार्थ पाया था - छल और कपट देखा था। पंकज के इस प्रकार परिवर्तित होने का कारण सीमा नहीं समझ सकी।

भटनागरजी भी पंकज को बहुत आश्चर्य से देख रहे थे। पंकज से उनकी भेंट कभी नहीं हुई थी, इसलिए पंकज उनके लिए बिल्कुल अजनबी था। वह सोच रहे थे, यह देवता कहां से आ गया, जो सारा आरोप अपने ऊपर लेकर उनकी बेटी को इतनी बड़ी उलझन तथा मानसिक परेशानी से छुटकारा दिला रहा है?

न्यायाधीश ने सीमा को अदालत में बैठने की आज्ञा दे दी। फिर उनकी आज्ञा पर पंकज विटनेस बॉक्स में जा खड़ा हुआ। उसने सच तथा सच के अतिरिक्त कुछ न कहने की शपथ ली और फिर अपना बयान जारी करने से पहले सीमा को देखा। इस मध्य सीमा अपने पिता को बता चुकी थी कि यही पंकज है। भटनागर जी बहुत आश्चर्य के साथ पंकज को देख रहे थे। अनेक प्रकार के विचार उनके मस्तिष्क में आ और जा रहे थे। पंकज 'विटनेस बॉक्स' में खड़ा

होकर कहीं उनकी बेटी का मजाक तो नहीं बनाना चाहता है? उनकी बेटी तथा उन्हें भी दूसरे ढंग से नहीं उलझाना चाहता है? उन्होंने उसके पिता को घूसखोरी में पकड़ाकर कहीं का नहीं रखा था। क्या पंकज इस बात का बदला नए ढंग से तो नहीं लेना चाहता है? अब बदला लेने की बारी पंकज की थी।

अदालत में सभी की दृष्टि पंकज पर थी। सबके कान उसकी बातें सुनने को अधीर थे। पंकज ने एक दृष्टि भरी अदालत पर डाली। एक गहरी सांस ली। फिर न्यायाधीश की ओर मुंह करके बोला - 'जज साहब मेरा नाम पंकज श्रीवास्तव है। पिता का नाम श्री टी.पी. श्रीवास्तव है जो कभी एक सरकारी अधिकारी थे। जिस होटल में रंजन की मृत्यु हुई है उस होटल में मैं प्रभात के नाम से होटल प्रबंधक की शिक्षा ले रहा हूं। मुझे अपना नाम बदलने की इसलिए आवश्यकता पड़ी क्योंकि नौकरी के समय मेरे पिता घूसखोरी में पकड़े गए और फिर इतनी बदनामी हुई कि मेरे माता-पिता को शहर छोड़ देना पड़ा। मैं भी अपना मुंह किसी को नहीं दिखा सकता था, इसलिए शहर के साथ नाम भी बदल दिया। मुझे डर था कि यदि मेरे असली नाम से मेरे पिछले जीवन की जांच-पड़ताल की गई तो पिताजी की बदनामी मेरी नौकरी में रुकावट बन जाएगी। मैं बम्बई चला आया।' पंकज ने रुककर भटनागर जी को देखा।

भटनागर जी के दिल की धड़कन तेज हो गई। आखिर पंकज के पिता की बदनामी का कारण वही एकमात्र तो थे। न बदनामी होती न पंकज को अपना शहर छोड़ना पड़ता और न नाम ही बदलना पड़ता। पंकज ने अपना बयान जारी किया। बोला, 'यह उस दिन की बात है जब सीमाजी हमारे होटल में आकर ठहरी थीं। दिन का समय था। सीमाजी तथा रंजन दोनों एक ही मेज पर खाना खा रहे थे। अपना कर्त्तव्य निभाते हुए मेरी दृष्टि हर ग्राहक के समान इन दोनों पर भी थी। किसी को किसी वस्तु की आवश्यकता न पड़ जाए। तभी एक वेटर ने आकर रंजन से कुछ कहा। रंजन उठा। अकेले में वह वेटर को सौ रुपए का नोट दे रहा था कि मेरी दृष्टि उस पर पड़ गई। वेटर चला गया तो मैंने वेटर से इतनी बड़ी बख्शीश का कारण पूछा। 'पचासी नम्बर के साहब ने कहा था कि लंच लगने के बाद जैसे ही मेम साहब खाना आरम्भ कर दें, मैं तुरन्त उनसे कह दूं कि पचासी नम्बर के साहब का फोन आया है।' वेटर का उत्तर था। फोन पचासी नम्बर का नहीं आया था। इसलिए मुझे दाल में काला दिखाई पड़ा। बात समझ में नहीं आई तो उत्सुकता बढ़ी। मैं उस ओर बढ़ा जिधर रंजन गया था - लिफ्ट की ओर। एक लिफ्ट द्वारा रंजन ऊपर जा चुका था, दूसरी लिफ्ट द्वारा मैं ऊपरी मंजिल पर पहुंचा। पचासी नम्बर कमरे की मंजिल पर लिफ्ट से बाहर निकला तो देखा कि रंजन बहुत शीघ्रता से कमरा नम्बर पचासी नहीं नब्बे नम्बर कमरे का द्वार खोल रहा था। मेरा संदेह बढ़ा। मैंने द्वार के चाभी वाले छेद से कमरे में झांकना चाहा, परन्तु सामने कुछ दिखाई नहीं दिया। मैं वहीं एक किनारे खड़ा हो गया। रंजन जब कमरे से बाहर निकला तो उसके हाथ में कपड़े में लिपटी कोई वस्तु थी। उसने उस वस्तु को अपने पचासी नम्बर के कमरे में रखा और फिर चला गया।

सीमा को तुरन्त याद आया। हां, लंच के मध्य एक वेटर ने रंजन से कहा था कि उसका फोन आया है - कमरा नम्बर पचासी के यात्री का। परन्तु रंजन ने कुछ देर बाद वापस आकर कहा था कि फोन कट गया था इसलिए उसने वहां कुछ देर खड़े होकर दुबारा फोन आने की प्रतीक्षा की, परन्तु वह फोन कमरा नम्बर पचासी के यात्री का नहीं था वरन कमरा नम्बर एक सौ पचासी के यात्री का था। तब सीमा ने कितनी जल्दी उसकी बात पर विश्वास कर लिया था। सीमा को अब ज्ञात हुआ कि वह मूर्ति कब गुम हुई थी। रंजन के पास ही उसके कमरे की चाभी रह गई थी क्योंकि उसी ने उसके साथ कमरे से निकलने के बाद दरवाजा बन्द किया था। रंजन ने कितनी चालाकी से उसके कमरे की चाभी अपने पास रख ली थी। उसके बाद तो रंजन ने एक पल भी उसका साथ नहीं छोड़ा था। ऐसा न हो कि वह अपना सूटकेस खोलकर मूर्ति देखना पसन्द करे। नीच - पापी - ढोंगी - सीमा रंजन को मन ही मन कोसने लगी। कितना बड़ा चालबाज व्यक्ति था वह!

पंकज कह रहा था, 'रंजन के जाने के बाद वह सोच में पड़ गया। आखिर वह वस्तु क्या हो सकती है जो रंजन को सीमा के कमरे से निकालनी पड़ गई और वह भी इतने नाटकीय ढंग से? रंजन ने ऐसा क्यों किया? मैंने इस विषय पर जितना भी सोचा, उतना ही उस वस्तु को जानने के लिए मेरी उत्सुकता बढ़ती चली गई। मुझे विश्वास-सा होने लगा कि उस वस्तु में अवश्य कोई भेद है। अत्यन्त बहुमूल्य कोई वस्तु है वह वरना इतने बड़े होटल में ठहरने वाला व्यक्ति कोई छोटी-मोटी वस्तु नहीं चुरा सकता और इसीलिए मैं उस वस्तु को देख लेने के लिए अधीर हो उठा। परन्तु रंजन तथा सीमाजी के कमरे में कभी भी वापस लौटने का भय बना हुआ था इसलिए नहीं देख सका।

रात आरम्भ होने के बाद जब मैं ऊपर की मंजिल की गैलरी से निकल रहा था तो मैंने देखा कि रंजन नशे की स्थिति में सीमा जी के साथ कमरा नम्बर नब्बे की ओर बढ़ रहा है। रंजन ने सीमाजी को इनके कमरे के द्वार पर छोड़ा। फिर जब कुछ लड़खड़ाते हुए रंजन अपने कमरे की ओर बढ़ा तो मैंने सोचा, रंजन नशे में है ही, फिर क्यों न मैं ऐसा रास्ता निकालूं जिसके द्वारा उसकी चुराई वस्तु देखकर मैं अपनी उत्सुकता दूर कर लूं?'

सीमा को याद था कि वह अपने कमरे में नहीं गई थी। वह रंजन के साथ उसी के कमरे में गई थी। आधी रात तक उसके बिस्तर की शोभा बनी रही थी। भला वह रात भी वह कभी भूल सकती है? उस रात जब एक बजे के बाद वह रंजन के कमरे से बाहर निकली थी तो एक व्यक्ति को दरवाजे पर सिगरेट पीते तथा भेद भरे ढंग से खड़ा देखकर वह डर गई थी। इस व्यक्ति को उसने पिछले दिन लंच के बाद भी अपने कमरे के बाहर निकलने पर उसी दरवाजे पर खड़ा देखा था। सीमा को विश्वास होते देर नहीं लगी कि वह व्यक्ति पंकज ही था। सीमा ने महसूस किया, पंकज उसकी लाज की सुरक्षा कर रहा है। कभी तो वह उसकी लाज की धज्जियां उड़ा देना चाहता था और अब...

पंकज कह रहा था, 'अपनी इस अनुचित इच्छा को दबाने का प्रयत्न करते हुए मैं जैसे ही मदिरा के काउण्टर पर पहुंचा, मेरे पीछे-पीछे एक वेटर आया। उसने काउण्टर पर खड़े व्यक्ति से एक पैग व्हिस्की मांगी और फिर कमरा नम्बर पचासी के लिए बिल बनाने को कहा। कमरा नम्बर पचासी? मैं तुरन्त चौंक गया। रंजन की चुराई हुई वस्तु को देखने की मेरी इच्छा भड़क उठी। मुझे उस वस्तु को देखने की एक तरकीब सूझ गई। हमारे होटल में अधिकतर विदेशी यात्री ही ठहरते हैं। मुझे उनसे एक से एक अच्छी नशे की गोलियां मिलती रहती हैं। उस समय भी मेरी पॉकेट में काफी नशे की गोलियां थीं। मैंने तुरन्त वेटर को दूसरा काम सौंपा। जब वह चला गया तो मैंने अन्य उपस्थित व्यक्तियों की दृष्टि बचाकर व्हिस्की में इतनी गोलियां डाल दीं, जिससे रंजन पर ऐसा नशा चढ़े कि वह बेखबर सो जाए। परन्तु मैंने जब भी दरवाजे पर पहुंचकर आहट ली, उसे जागता पाया। नशे की गोली ने उस पर बहुत देर बाद प्रभाव डाला। रात लगभग दो बजे जब मैंने देखा कि रास्ता साफ है - कोई आहट न आवाज - तो उसके कमरे की 'डुप्लीकेट' चाभी द्वारा मैंने उसका कमरा खोला। रंजन बेखबर सो रहा था। मैंने उसका सूटकेस देखा। दो मूर्तियां मिलीं। एक पर रंजन लिखा था, दूसरी पर सीमा। मैं समझ गया कि सीमा नाम की मूर्ति ही उसने चुराई है। रंजन का चुराने का ढंग भेदभरा था, मुझे मूर्तियां भी भेदभरी लगीं। मुझे इन मूर्तियों के अन्दर हीरे छिपाकर स्मगलिंग करने का संदेह हुआ तो मैंने उन्हें अपने पास रख लिया और तुरन्त कमरे से बाहर निकल गया।'

'वह मूर्तियां इस समय कहां हैं?' सहसा न्यायाधीश ने पूछा।

'वह मेरी सुरक्षा में हैं।'

'क्या आपको उनमें से एक मूर्ति का मूल्य मालूम है?'

'जी हां। मुझे आरम्भ से ही विश्वास था कि अवश्य वह कोई असाधारण वस्तु है। परन्तु जब मूर्ति देखी तो विश्वास दृढ़ हो गया कि उसके अन्दर हीरे ही स्मगल किए जा सकते हैं। परंतु मुझे उस मूर्ति को तोड़कर हीरे निकालने की जल्दी नहीं थी। मैं उस प्रभाव को देखना चाहता था जो रंजन के ऊपर मूर्ति खोने के बाद पड़ने वाला था। परन्तु जब देखा कि रंजन की मृत्यु हो गई तो मैं अपनी ही दृष्टि में हत्यारा बनकर परेशान हो गया। आखिर रंजन की मृत्यु मेरी नशीली गोलियां खाकर ही तो हुई थी। मैं बहुत पछताया कि मैंने व्यर्थ ही कुछ अधिक मात्रा में उसे गोलियां क्यों पिला दीं? मैंने सोचा, मेरी इस भूल का आरोप सीमाजी पर भी पड़ सकता है अतः मैंने सीमाजी के बंगले पर ट्रंक काल किया। भटनागरजी ने फोन उठाया तो मैंने उन्हें सूचित कर दिया कि रंजन की मृत्यु हो गई है! अच्छा हो यदि पुलिस के पूछने पर सीमाजी यह कहें कि उनकी पहली भेंट रंजन से जहाज पर हुई थी ताकि पुलिस यह समझे कि राह चलते दो यात्री का परिचय तो हो ही जाता है। फोन पर अपना नाम बताना मैंने इसलिए उचित नहीं समझा क्योंकि मूर्तियां मेरी सुरक्षा में हैं। भटनागरजी द्वारा पुलिस को मेरा नाम पता चलता तो पुलिस मेरी जांच-पड़ताल भी कर सकती थी। मूर्ति के वास्तविक मूल्य का पता मुझे उस समय

चला जब मैंने समाचार-पत्र में पढ़ा कि भटनागरजी के बंगले में तलाशी लेते हुए डाकुओं को ऐसी मूर्ति की आवश्यकता थी, जिसके अन्दर बीस लाख के हीरे छिपे हैं।'

'आपने तब भी उन हीरों का उपयोग नहीं किया?' न्यायाधीश ने आश्चर्य से पूछा।

'मेरी अन्तरात्मा इसे स्वीकार नहीं कर सकी। रंजन की मृत्यु के बाद मैं आज तक यही सोचता रहा हूं कि मैं हत्यारा हूं। रंजन जैसा भी था, जो भी था, परंतु उसकी हत्या करने का अधिकार मुझे किसी भी अवस्था में नहीं पहुंचता था। हां जब यह केस समाप्त हो जाता तथा मेरे मस्तिष्क से भी रंजन की हत्या का बोझ उतर जाता, तो एक दिन अवश्य मैं अपनी अन्तरात्मा का गला घोंटकर उन हीरों को अपने उपयोग में लाने का प्रयत्न कर सकता था। परन्तु आज...' पंकज ने सीमा को देखा। बात उसने जारी रखी। बोला, 'आज जब उस मूर्ति तथा रंजन की हत्या का आरोप एक निर्दोष अबला पर लगने लगा तो मेरी अन्तरात्मा इसे स्वीकार नहीं कर सकी। मूर्तियां मैंने चुराई थीं। यद्यपि मुझे नहीं ज्ञात था कि मेरी गोलियों से रंजन की मृत्यु हो जाएगी फिर भी मैं ही उसकी मृत्यु का उत्तरदायी हूं। मैं उन मूर्तियों को लौटाने को तैयार हूं। साथ ही अपने अपराध की सजा भी काटने को तैयार हूं।'

अदालत में कुछ देर के लिए खामोशी छा गई। किसी को विश्वास ही नहीं होता था कि एक व्यक्ति इतनी आसानी के साथ अपना अपराध स्वीकार करके दण्ड भोगने को तैयार हो जाएगा।

सीमा पंकज की एक-एक बात बहुत ध्यान से सुन रही थी। पंकज को वह बहुत ध्यान से देख रही थी। विश्वास नहीं होता था कि यह वही पंकज है जो कभी उसका जीवन नर्क बना देना चाहता था। सीमा निर्दोष थी तथा पंकज अपने बयान के अनुसार वास्तव में अपराधी था, सीमा तथा उसके घरवालों ने इस घटना में अब तक जितनी भी परेशानी उठाई थी उन सबका उत्तरदायित्व पंकज पर ही था, फिर भी वह उससे इस समय घृणा नहीं कर सकी। यदि पंकज ने अपना अपराध स्वीकार नहीं किया होता तो वह तथा उसके घर वाले जाने कब तक इस घटना में उलझे रहते। वरन सीमा ने मन के एक कोने में पंकज को धन्यवाद भी कहा। यदि पंकज के कारण रंजन की मृत्यु नहीं हुई होती तो जाने क्या हो जाता? एक भयानक अपराधी के हाथों चढ़कर वह जाने क्या से क्या हो जाती? शायद वह बन जाती, जिसका आरोप आज उस पर लग रहा था - अन्तर्राष्ट्रीय स्मगलिंग गैंग की सदस्या - हत्यारिन। उसके इस परिणाम को देखकर उसके माता-पिता जहर खा लेते। आज पंकज ने अपराध स्वीकार करके उसे हर कठिन परीक्षा से मुक्ति दिला दी थी।

सरकारी वकील एक निर्दोष लड़की पर कीचड़ उछालने के कारण लज्जित था। उसने न्यायाधीश के सामने इस पर खेद प्रकट किया तथा अपनी गलती सुधार करने के लिए उसने सारी कानूनी कार्यवाही वापस ले ली। न्यायाधीश ने भी सरकारी वकील द्वारा सीमा पर लगाए गए आरोप पर खेद प्रकट किया और उसे मुकदमे की झंझट से मुक्त कर दिया। न्यायाधीश ने

कहा - 'मैं नहीं समझता कि कुमारी सीमा भटनागर को अब इस मुकदमे में उपस्थित होने की आवश्यकता पड़ेगी, फिर भी यह अदालत है। यदि अदालत को उनकी आवश्यकता पड़ी तो उन्हें यहां आना पड़ेगा।'

फिर न्यायाधीश के आदेश पर पंकज को हिरासत में ले लिया गया ताकि मुकदमा नए सिरे से आरम्भ किया जा सके।

जिस समय पंकज को दो पुलिसवाले हथकड़ी पहनाकर गैलरी से बाहर की ओर ले जा रहे थे, उसे सामने खड़े भटनागरजी मिल गए। सीमा उनसे कुछ दूर एक किनारे खड़ी पंकज को देखते हुए जाने क्या सोच रही थी? आंखों में उदासीनता थी। पंकज के लिए एक नई सहानुभूति भी थी जिसने उसके दिल में पंकज के प्रति समाई सारी घृणा को एक साथ ही मिटा दिया था।

'पंकज बेटा-' सहसा दो पग आगे बढ़कर भटनागरजी ने बहुत प्यार के साथ कहा - 'मैं बहुत लज्जित हूं कि मेरे कारण तुम्हारे पिताजी...'

'आपने उनके साथ जो किया - एक अच्छे नागरिक के नाते ठीक ही किया।' पंकज ने कहा - 'क्या अधिकार पहुंचता था मेरे पिताजी को कि जनता का नौकर होकर जनता का काम करने के लिए जनता से ही घूस वसूल करें? क्या उनके परिश्रम का वेतन उन्हें नहीं मिलता था? ऐसे ही लोगों के कारण तो अपनी सरकार बदनाम होती है। खैर -' पंकज ने एक गहरी सांस ली। बोला, 'हर व्यक्ति को उसके कर्मों का फल अवश्य मिलता है। यदि उन्हें मिल गया तो कोई अनूठी बात नहीं हुई।' पंकज ने सीमा को देखा।

सीमा उसी को देख रही थी। पंकज से दृष्टि मिलते ही उसने अपनी पलकें झुका लीं। पंकज से दृष्टि मिलाने का अब उसे अधिकार ही क्या था? वह तो ऐसे पाप का शिकार हो चुकी थी जिसकी कोई क्षमा नहीं थी। अनजाने में वह इतनी बड़ी भूल कर बैठी थी जिसका कोई सुधार नहीं था। ऐसी मंजिल को वह पहुंच चुकी थी जहां से वापसी का कोई रास्ता नहीं था। नारी की इस भूल की क्षमा संसार में इसलिए नहीं है क्योंकि इसका कोई सुधार नहीं है। संसार का सारा धन, सारी शक्ति भी एक स्त्री को लुटने के बाद उसे कुंवारी नहीं बना सकता। पलकें झुकाए सीमा अपनी चप्पल में पैर का अंगूठा मरोड़ने लगी और सोचने लगी कि पंकज ने तो अपनी भूल को स्वीकार करके अपना सुधार कर लिया, परन्तु वह अपनी भूल का सुधार कैसे करे? पंकज उसे कितने प्यार से देख रहा था - आशाओं का अगणित दीपक जलाए। वह पंकज को कैसे बताती कि जब वह उस रात रंजन के कमरे में जाने की प्रतीक्षा कर रहा था तब रंजन उसे लूट रहा था - उसकी इज्जत से खेल रहा था। पंकज को उस पर क्यों नहीं संदेह हो रहा है? क्या इसलिए तो नहीं कि एक बार पंकज के साथ वह रात भर रही थी परन्तु पंकज के प्रयत्न करने के पश्चात् अन्त तक वह अपनी लाज की सुरक्षा करने में सफल थी। नारी को स्वयं को चरित्रवती सिद्ध करने के लिए इससे बड़ा प्रमाण पत्र क्या हो सकता था? शायद इसीलिए पंकज को उस पर विश्वास है कि वह कुंवारी है। उसके एहसास अछूते हैं। सीमा के एहसास

अछूते अवश्य थे - उसके एहसास में पंकज फिर पहले समान समा गया था परन्तु उसका शरीर कुंवारा नहीं था।

'चलो बेटी आओ चलें।' सहसा भटनागरजी उसके समीप पहुंचकर कह रहे थे।

सीमा चौंक गई। अपने विचारों में वह इतना तल्लीन थी कि पता ही नहीं चला पंकज पुलिस की सुरक्षा में कब आगे बढ़ चुका था। उसने दृष्टि बिछाकर देखा - कुछ दूर पर पंकज उसकी ओर पीठ किए अदालत की इमारत की सीढ़ियां उतरकर बाहर की ओर जा रहा था। अकारण ही सीमा की आंखें छलक आईं। इन आंसुओं का क्या मूल्य था? इन्हें कोई पोंछने वाला भी तो नहीं था। सीमा ने भी इन्हें नहीं पोंछा। अपने दिल का दर्द छिपाने के प्रयत्न में अपने दांतों द्वारा एक होंठ का किनारा काटती हुई वह आगे बढ़ गई - अदालत से बाहर जाने के लिए, अपने पिताजी के साथ।

□ □
□ □

सीमा जब अपने बंगले पहुंची तथा जैसे ही मंजू को उसके बम्बई से वापस लौटने की सूचना प्राप्त हुई, वह तुरन्त सीमा के बंगले पर आ धमकी। सीमा अपने सूटकेस से कपड़े निकालकर कबर्ड में रख रही थी। मंजू को देखते ही वह मुस्करा दी - एक बेजान-सी मुस्कान, जिसमें जाने किस संसार का गम छिपा था। अपना सब काम छोड़कर वह मंजू के साथ बंगले से बाहर निकली तथा लॉन के झूले पर उसके साथ बैठ गई। फिर उसने मंजू को एक-एक बात बताई - अदालत में उस पर क्या बीती थी? फिर उसने उसे बताया कि किस प्रकार पंकज न्यायाधीश के सामने आ खड़ा हुआ। पंकज? मंजू ने नाम सुना तो चौंक गई। परन्तु सीमा ने पंकज के बारे में उसे बताया कि किस प्रकार पंकज ने क्या पाप किया, किस प्रकार उसकी अन्तरात्मा ने उसे धिक्कारा तथा किस आवेश में आकर उसने अपना सारा अपराध स्वीकार करते हुए उसे आरोप रहित सिद्ध कर दिया। सीमा ने पंकज की बातें इस प्रकार बताईं मानों उसे पंकज से असीमित सहानुभूति थी। पंकज की बातें बताने के बाद सीमा सोच में डूब गई।

मंजू ने सीमा की बातें सुनते हुए सीमा के दिल की स्थिति का आभास किया तो सोच में पड़ गई। उसने गम्भीरतापूर्वक पूछा, 'तू अब उसके बारे में क्या सोच रही है?'

'मैं?' सीमा ने जबरदस्ती मुस्कराने का प्रयत्न किया। बोली - 'मैं भला उसके बारे में क्या सोचूंगी?'

मंजू सीमा की प्रिय सहेली थी - शुभचिंतिका। उसने उसे समझाया। बोली, 'देख सीमा, पंकज ने जो कुछ किया वह उसका कर्त्तव्य था। नहीं करता तो वह एक अपराध और करता। तुझे उसके बारे में कुछ और सोचने की आवश्यकता नहीं।'

'उसके एहसान के बारे में तो सोच ही सकती हूं।'

86

'हां, परन्तु इतना नहीं कि यह एहसान पंकज के प्रति प्यार में परिवर्तित हो जाए।' मंजू ने उसे सावधान किया - 'सीमा, यह मत भूल कि पंकज एक चोर है, हत्यारा है। वह अपने अपराध का दण्ड भोग रहा है। वरन केवल उसी के अपराध के कारण तुझे भी इतने दिनों तक परेशान होना पड़ा था। यदि कभी तेरे दिल में तेरा पहला प्यार जन्म ले तो उसका सिर कुचल देना। आज के युग में दिल की भावनाओं से नहीं मस्तिष्क की उपज से काम चलता है। तू पंकज को क्षमा करके सब-कुछ भूल सकती है परन्तु यह समाज कभी नहीं भूलेगा कि पंकज एक...' मंजू कहना चाहती थी कि यह समाज कभी नहीं भूलेगा कि पंकज एक चोर है - हत्यारा है।

'मंजू - मंजू प्लीज...' तभी सीमा ने मंजू की बात पूरी होने से पहले टोक दिया। पंकज उसका पहला प्यार था और वह प्यार अब सिर उठा चुका था। उसकी ऐसी कोई इच्छा नहीं थी कि वह पंकज की बने क्योंकि वह पंकज के योग्य नहीं रह गई थी। फिर भी वह पंकज के विरुद्ध कोई बात नहीं सुनना चाहती थी इसलिए उसने मंजू को मना कर दिया।

मंजू खामोश हो गई। परन्तु वह चिंतित नहीं हुई। वह जानती थी कि सीमा के दिल में पनपा पंकज के प्रति यह प्यार अभी ताजा है। समय के साथ वह अपनी भावनाओं पर काबू पा जाएगी और सीमा के पास अपनी भावनाओं पर काबू प्राप्त करने के लिए अभी बहुत समय था। अभी तो पंकज पर मुकदमा चलना था - उसे दण्ड मिलना था - यह दण्ड एक बहुत लम्बे युग के लिए भी हो सकता था, क्योंकि पंकज ने चोरी ही नहीं की थी, हत्या भी की थी और अदालत में वह अपने अपराधों को स्वीकार कर चुका था।

सीमा सोच रही थी। काश, पंकज से रंजन की यह अनजानी हत्या उसका कुंवारापन लुटने से पूर्व हो जाती तो कितना अच्छा होता। कम से कम एक भयानक अपराधी के रक्त से उसका शरीर तो गन्दा नहीं होता। वह उस भयानक परिणाम के बारे में सोचने लगी जो रंजन के जीवित रहने पर आ सकता था - चाहे वह कुंवारी रहती या नहीं रहती। रंजन की मृत्यु ने ही उसे हर भयानक परिणाम से बचाया था और इस मृत्यु का जिम्मेदार था पंकज।

कुछेक दिन बीत गए। सीमा का कुंवारापन लुटे पांच मास हो गए थे। सीमा पंकज का परिणाम जानने के लिए बहुत अधिक उत्सुक थी - अधीर थी। अदालत ने उस पर क्या कानूनी कार्यवाही की? यही कारण था कि वह प्रतिदिन सुबह-सुबह समाचार-पत्र लेकर बैठ जाती। परन्तु पंकज के प्रति उसे कोई सूचना प्राप्त नहीं हो सकी। शायद उसके विरुद्ध मुकदमे की कार्यवाही अभी आरम्भ ही नहीं हुई थी। यद्यपि सीमा पंकज के योग्य अब नहीं रह गई थी फिर भी वह उसके बारे में सब कुछ जान लेने के लिए अत्यधिक बेचैन थी। उसका शरीर अवश्य गन्दा हो चुका था परन्तु आत्मा अब भी शुद्ध थी ओर यही कारण था कि पंकज की बनने का इरादा न रखते हुए भी वह पंकज की सलामती की प्रार्थनाएं करने पर विवश थी। पंकज उसका पहला प्यार था। और शायद अन्तिम भी। पंकज को वह अपनी आत्मा अर्पण कर सकती थी

परन्तु अपना गंदा शरीर नहीं। सीमा जब एकांत में होती तो इन्हीं सब बातों पर ध्यान देती रहती और तब अपनी विवशता का आभास करके वह रंजन को जितना भी धिक्कारती, जितना भी कोसती, कम नहीं होता। इन्हीं सब उलझनों में गिरफ्तार होकर वह कभी-कभी स्वयं पर जूझ भी जाती। विचारों में तल्लीन होती तो इस प्रकार कि उसे कुछ होश नहीं रहता। एकान्त में जब वह अपने परिणाम पर ध्यान देती तो मन ही मन तड़प उठती। कभी-कभी अपनी बेबसी पर उसकी आंखें भी छलक आतीं। यह उसने क्या किया? मदिरा के नशे में डूबकर अपना कुमारीत्व लुटा बैठी? यह भी अधिकार खो दिया कि कोई उसे प्यार करे? वह किसी की बन सके? परन्तु अब हो भी क्या सकता था? इतनी बड़ी भूल के पीछे सारा आरोप उसी का तो था। न वह मदिरा पीती न यह दिन देखने पड़ते।

इन सारी ही मानसिक परेशानियों ने सीमा के स्वास्थ्य पर बहुत बड़ा प्रभाव डाला। अन्दर ही अन्दर अपने गम में घुलकर वह रोगिणी बनने लगी तो उसके माता-पिता को बेटी के स्वास्थ्य की चिंता सताने लगी। बेटी का स्वास्थ्य गिरने का कारण उन्होंने यही समझा कि बेटी के साथ भाग्य ने बड़ा मजाक किया है। सीमा रंजन को अत्यधिक प्यार करती थी और अब रंजन की वास्तविकता ज्ञात करके उसके सपनों का महल चूर-चूर हो गया तो बेटी को बहुत बड़ा धक्का लगा है। बेटी ने इतना बड़ा गम का पहाड़ सहन कर लिया यही उसके लिए बहुत था। इतना विश्वास करने के बाद कोई भी लड़की धोखा खाती तो अवश्य आत्महत्या कर लेती। उसके माता-पिता ने सोचा, अब बेटी का विवाह जितनी जल्दी हो जाए उतना ही अच्छा है। उन्होंने सीमा को बिना बताए शीघ्र ही विवाह करने का निश्चय भी कर लिया। भटनागरजी ने सीमा के लिए पंकज के बारे में सोचना जरा भी उचित नहीं समझा। पंकज ने अपने अपराधों को स्वीकार करके उनकी बेटी को एक बहुत बड़ी मानसिक उलझन से मुक्ति दी थी इसलिए वह उसके कृतज्ञ अवश्य थे परन्तु पंकज एक अपराधी था - चोर और हत्यारा था - वह अपने पापों का दण्ड भोग रहा था, किसी और के पाप का नहीं, बल्कि उनकी बेटी निर्दोष थी तथा उनकी बेटी ने जो भी मानसिक दण्ड सहन किया था वह सब पंकज के ही कारण था। ऐसी स्थिति में भटनागर जी का सीमा के प्रति पंकज के पक्ष में न सोचना स्वाभाविक ही था। कौन माता-पिता अपनी लाड़ली बेटी को भला एक चोर तथा हत्यारे के सुपुर्द कर देना चाहेंगे? यदि सीमा कुंवारी होती तो शायद वह ऐसा ही सोचती। शायद पंकज से उसे सहानुभूति नहीं होता वरन् उसकी घृणा में वृद्धि हो जाती। परन्तु यदि रंजन की मृत्यु नहीं होती तब क्या होता? रंजन की मृत्यु ने ही उसे जीते जी नर्क में जाने से बचाया था इसलिए इस समय वह शायद किसी भी अवस्था में पंकज के विरुद्ध कोई बात सोचने को तैयार नहीं थी, क्योंकि अदालती कार्यवाही द्वारा उसके मस्तिष्क तथा मन को जो शक पहुंचा था वह अभी ताजा था।

उन्हीं दिनों सीमा की सखियों का एक टूर भारत यात्रा के लिए बना। भटनागर जी ने सीमा को इस टूर में सम्मिलित कर दिया। सखियों के साथ घूमकर बेटी का दिल बहल जाएगा। स्वास्थ्य भी ठीक हो जाएगा। भटनागर जी की धर्मपत्नी भी बेटी के लिए चिंतित थीं। न हंसाना

न बोलना, सारे-सारे दिन चुप पड़ी रहना। बेटी को मानो चुप की बीमारी लग गई थी। सीमा स्वयं भी अब उस घटना को भूल जाना चाहती थी जो एक अमिट छाप बनकर उसके दिल पर छाई हुई थी। मंजू इस टूर में सम्मिलित थी इसलिए सीमा को और अच्छा साथ मिल गया। अपनी सखियों के साथ वह इस यात्रा पर चली गई।

यूं तो सीमा ने भारत के अनेक सुन्दर स्थान देखे थे। परंतु जो आनन्द अपनी सखियों के साथ घूमने में उसे प्राप्त हुआ वह कभी अपने माता-पिता के साथ नहीं हुआ था। इसके अतिरिक्त अपनी सखियों के साथ उसे कुछ ऐसे सुन्दर स्थान भी देखने को मिले जहां वह पहली बार गई थी। दक्षिण भारत के लिए यह यात्रा भारत के सबसे बड़े शहरों में चौथे नम्बर पर आए शहर मद्रास से आरम्भ हुई। दक्षिण भारत का जितना परिचय कांचीपुरम तथा महाबलिपुरम से मिलता है वह शायद किसी भी स्थान से नहीं मिलता। कांचीपुरम कभी एक हजार मन्दिरों का सुनहरा शहर कहलाता था। महाबलीपुरम से दक्षिण भारत का परिचय पथरीले मंदिरों तथा सागर के किनारे से मिलता है। सीमा ने जब ऊटी की सैर को, जो नीलगिरी की नीली पहाड़ियों में सा है, तो उसका मन लगने लगा। भारत की अंतिम सीमा पर पहुंचकर उसने एक ही दृष्टि में बंगाल की खाड़ी, अरब सागर तथा भारत के महासागर को देखा। परंतु जब उसने यहां आड़े-तिरछे हरे रंग में नहाए अंतरीप के कदमों में बालू, चट्टानों तथा सागर को देखा तो दिल के अन्दर शांति की ठंडक दौड़ गई। धार्मिक विश्वास के अनुसार यह वही स्थान है जहां शिवजी ने हिमालय की पुत्री पार्वती देवी से विवाह किया था। विवाह की रस्म में उन पर सात रंगों के चावलों का छिड़काव किया गया था, लाल, भूरा, पीला, चन्दीला, नारंगी, गहरा नीला तथा फालसी। सुन्दरता के रूप में इस देन को अंतरीप के कदमों में भी बहुत आसानी के साथ देखा जा सकता है जो वरुण देवता की सुरक्षा में है। पहाड़ी पर कन्याकुमारी का मंदिरदेखकर जब सीमा को ऐसा लगा मानो दिल का गम हल्का हो चला है तो मंजू की संगति में वह मुस्कराने भी लगी। परन्तु वह जहां कहीं भी गई पंकज को नहीं भूल सकी। पंकज को याद करने के पीछे एक छिपा हुआ प्यार था। वह उसे भूल जाना चाहती थी। जब वह उसके योग्य नहीं रही तो उसकी याद में तड़पकर स्वयं को घुलाने का क्या लाभ? हां उसका परिणाम जानने के लिए वह समाचार-पत्र प्रतिदिन ही देख लिया करती थी। शायद उसके मुकदमे के विषय में कुछ निकला हो।

एक सुबह लड़कियों की बस मदुराई से कोडईकनाल जा रही थी। रास्ते में एक से एक बढ़कर अच्छे दृश्य मिलते जा रहे थे। जब बस रुकती तो लड़कियां इन सुन्दर दृश्यों को अपने कैमरों में कैद करती चलतीं। कोडईकनाल मदुराई से सत्तर मील दूर सात हजार फीट की ऊंचाई पर बसा हुआ है। रास्ते में कॉफी के जंगल देखते ही बनते हैं। एक स्थान पर बस रुकी तो लड़कियां अपना कैमरा लिए झुण्ड में बस से बाहर निकलकर तितलियों समान बिखर गईं। सीमा भी उनमें सम्मिलित थी। एक दृश्य देखकर सब लड़कियां एक ऊबड़-खाबड़ ढलवानी

स्थान से नीचे उतर रही थीं कि अचानक सीमा को चक्कर आ गया। एक झटके में उसके होश जाते रहे, कुछ इस प्रकार कि उसे पता ही नहीं चला। उसका शरीर ढलक गया तो सखियां उसे देखकर चीख पड़ीं। सब उसके बचाव में लपकीं परंतु तब तक सीमा का शरीर ढलक कर दूर जा चुका था। उसका सिर फट गया। रक्त की मोटी धार बह निकली।

लड़कियों में चीख-चिल्लाहट मच गई। सबने तुरन्त उसे उठाकर टूरिस्ट बस में लिटाया। उनके घूमने-फिरने की योजना बिखर गई। फिर भी उन्हें कोडईकनाल जाना था - समीप के अस्पताल में सीमा को दिखाना था। उसके सिर से अब तक रक्त निकल रहा था। वह अब भी बेहोश थी। मंजू उसका विशेष ध्यान रखने लगी।

कोडईकनाल में लड़कियों को एक छोटा प्राइवेट अस्पताल मिला। सीमा को सलाइन द्वारा ग्लूकोस की आवश्यकता पड़ी परंतु ग्लूकोस वहां मिल नहीं सका - पूरे कोडईकनाल में नहीं मिल सका तो लड़कियों की चिन्ता बढ़ी। फिर भी डॉक्टर ने जांच-पड़ताल करने के बाद बताया कि सीमा मां बनने वाली है। शायद इसीलिए चक्कर आ गया होगा।

मां? उसकी सखियों ने सुना तो चौंक गईं। मंजू तो विश्वास ही नहीं कर सकी। सीमा और मां बन गई। विवाह से पहले? सीमा, जिसने कॉलेज में सदा स्त्री जाति का सम्मान बढ़ाया था तथा जो स्त्री जाति के अधिकार के लिए पुरुषों का मुकाबला करती थी आज कुंवारी मां बन गई - पतिता? सब आश्चर्य से एक-दूसरे का मुंह देखने लगीं। कुछ समझ में नहीं आया कि डॉक्टर से क्या कहें? कुछेक सखियों के दिल में तो सीमा के प्रति सारी ही सहानुभूति समाप्त हो गई। सीमा उनकी दृष्टि में गिर गई। कुछेक तो सीमा को ऐसी गम्भीर स्थिति में छोड़कर कोडईकनाल के दृश्य देखने भी चली गईं। एक पतिता के कारण वह अपने घूमने-फिरने का आनन्द क्यों नष्ट करें? एक बार पहले भी जब सीमा पर स्मगलिंग का आरोप लगा था तो उनके मन में बाल आ चुका था। पंकज ने जब सारा आरोप अदालत में स्वीकार कर लिया तभी जाकर उनके दिल से यह संदेह दूर हो सका था। परन्तु सीमा पर सन्देह करने का अब यह दूसरा अवसर था। कुछेक लड़कियों को तो सीमा से घृणा भी हो गई। उनके इस व्यवहार से अस्पताल में वह भेद तुरन्त खुल गया कि सीमा कुंवारी है।

परन्तु मंजू ने सीमा का साथ एक पल भी नहीं छोड़ा। उसने तुरन्त सीमा के पिता भटनागरजी से टेलीफोन द्वारा बात की तथा वास्तविकता छिपाते हुए उन्हें बताया कि सीमा की दुर्घटना हो गई है। वह तुरन्त चले आएं।

डॉक्टर एक जन सेवक। सीमा के कुमारीत्व पर उसका कोई प्रभाव नहीं पड़ा। उसने तुरन्त समीप के शहर से ग्लूकोस मंगाने का प्रबंध किया। परंतु तब तक सीमा की स्थिति और गम्भीर हो चुकी थी। यदि ग्लूकोस दूसरे शहर में नहीं मिलता तो सीमा को मृत्यु के पंजे से कोई नहीं बचा सकता था।

सीमा की आंखें दूसरी सुबह खुलीं। परन्तु उस पर काबू पा लिया गया था। ग्लूकोस की सलाइन निकाल दी गई थी। फिर भी अंगुलियों की नसों में सुई लगने के कारण काफी दर्द था। सीमा ने आंखें खोलीं तो बहुत अधिक कमजोरी महसूस की। सिर में भी दर्द था। उसने गरदन घुमाई तो अपने मम्मी-डैडी को समीप ही बैठा पाया। दोनों ही बहुत गम्भीर थे, अत्यंत दुखी। मुखड़ा उतरा हुआ। वह पिछली रात ही यहां पहुंच गए थे। मदुराई तक के लिए उन्हें हवाई जहाज मिल गया था। आते ही डॉक्टर तथा मंजू से सारी बातें ज्ञात हुईं तो भटनागरजी का दिल बैठ गया था। मां बेटी के करम पर रोती-रोती बेहाल हो गई थीं। मन करता था अपने हाथों से बेटी का गला घोट दें परन्तु सीमा उन्हीं की तो अपनी थी। अपनी कोख से उसे जन्म दिया था उन्होंने। वह संतान दुर्भाग्य को दोष देकर रह गई। भटनागरजी ने डॉक्टर द्वारा गर्भपात कराने की इच्छा प्रकट की तो वह स्पष्ट इंकार कर गए। दुर्घटना से यूं भी रक्त काफी निकल चुका है। मरीज यूं भी बहुत कमजोर है। गर्भपात का समय निकल चुका है। गर्भपात से मरीज की मृत्यु हो सकती है। भटनागरजी ने सुना तो हाथ मलते रह गए। अपनी भूल के कारण सीमा ने उन्हें अब किसी को भी मुंह दिखाने योग्य नहीं रखा था।

सीमा ने उन्हें देखा तो वह उठकर बेटी के पास चले आए। मां भी समीप आकर खड़ी हो गई। परन्तु मां रुष्ट थी - दर्द भरा क्रोध उसकी आंखों से छलक रहा था। सीमा अपनी वास्तविक स्थिति से अब भी अनभिज्ञ थी। मां की आंखों का बदला रंग देखकर उसे दुःख हुआ। परन्तु भटनागरजी ने सीमा के सिर पर बहुत प्यार से हाथ रखा। कुछ कहने से पहले उनका गला भर आया। आंखें भी छलक आईं। फिर भी उन्होंने कहा, 'ठीक है बेटी - जो हो गया सो हो गया। अब तो इस भूल की सजा हमें जीवन भर भोगनी है। यदि तूने हमें पहले सब कुछ बता दिया होता तो हम तेरे पाप पर परदा डाल सकते थे।'

पाप? कलंक? सीमा को तुरन्त सारी बातें समझ में आ गई। वह क्यों अचानक ही चलते-चलते बेहोश हो गई थी? उसे ऐसा लगा मानो उसकी छाती पर रंजन ने एक भरपूर लात मार दी हो। कमबख्त ने उसका रक्त ही गन्दा नहीं किया वरन् उसे अपने पाप की निशानी भी दे गया है। क्यों नहीं पिछली दुर्घटना में गिरते ही उसके प्राण निकल गए? अब वह समाज को अपना मुंह कैसे दिखाएगी? उसका भेद आखिर संसार के आगे खुल ही गया। अब वह क्या करे और क्या नहीं? उसका मन हुआ वह जहर खा ले।

उसने अपनी शक्ति समेटकर इधर-उधर देखा भी परन्तु कुछ नहीं दिखाई दिया। सीमा की आंखें छलक आईं। आंसू पलकों में भर गए तो कनपटी पर बह आए। अपने दिल के दर्द पर काबू पाने के लिए वह दांतों द्वारा होंठ का किनारा काटने लगी। आज उसकी भूल का दण्ड उसके घर वाले भी भोग रहे थे। वह अपने माता-पिता को कैसे बताती कि उसने यह पाप करने से पहले शराब भी पी रखी थी। अपनी बेबसी पर वह मन ही मन तड़पकर रोने लगी। उसके पेट में एक अपराधी का पाप जन्म ले रहा था। उसे उस पाप को जन्म देकर संसार के सामने लाना

ही होगा। सीमा अपनी स्थिति से अब भली-भांति परिचित थी। इस स्थिति को जानने के बाद उसके दिल में पंकज के प्रति भी घृणा समा गई। न पंकज उसे धोखा देता और न वह उसके प्रति अपने दिल में समाई घृणा को कम करने के लिए रंजन के प्यार का सहारा ढूंढती। अपनी बर्बादी की नींव उसने अब पंकज को भी समझना आरम्भ कर दिया। सीमा के लिए ऐसा सोचना स्वाभाविक ही था। चोट उसके दिल पर लगी थी, इसलिए दर्द भी वही जानती थी।

□ □
□ □

कई वर्ष बीत गए - लगभग चार वर्ष। काश्मीर का क्षेत्र जाड़े का दिन - चारों ओर बर्फ ही बर्फ थी। शाम का समय। सूर्य डूब रहा था। उसकी लालिमा क्षितिज तथा पहाड़ों पर इस प्रकार छिटकी हुई थी कि पता नहीं चलता था कि कहां पहाड़ों की चोटी है और कहां नहीं। बर्फ की मोटी परत धरती पर भी दूर-दूर फैली हुई थी। बर्फ अधिक गिरने के कारण यातायात बन्द था। सरकार ने सड़क पर एकत्र बर्फ को खुदवाकर दो फुट चौड़ी सड़क बना दी थी ताकि वहां के निवासियों का काम बिल्कुल ही न रुक जाए। परन्तु इस समय इस दो फुट चौड़ी सड़क पर कोई भी यात्री नहीं था। यहां के निवासी जाड़े के ऐसे वातावरण से सतर्क होकर अपनी आवश्यकताओं की वस्तुएं पहले ही सुरक्षित रख लेते हैं। सूर्य अभी कुछ देर पहले ही उदय हुआ था। यहां आज दिन भर बर्फ पड़ी थी। पिछले कई दिनों से यहां बराबर ही बर्फ पड़ रही थी। सूर्य निकलता तो चट्टानों पर दूर-दूर तक छोटे-छोटे मकान बर्फ का लबादा ओढ़े फूल समान दिखाई देने लगे। अनेक पहाड़ियां दूर-दूर तक ऐसी भी थीं जिन पर एकांत में केवल एक ही मकान था। मकान की शीशेदार खिड़कियों से बिजली का प्रकाश झलक रहा था।

ऐसी ही एक सुनसान पहाड़ी पर एक अकेला बंगला वह भी था, जिसके अन्दर सामने के कमरे में शीशे की एक खिड़की के समीप सीमा खड़ी हुई थी - बहुत खामोश - और देख रही थी खिड़की के बाहर का खामोश वातावरण। शायद वातावरण बहुत खामोशी के साथ डूबते सूर्य की आरती उतार रहा था।

सहसा एक आहट सुनकर सीमा चौंक गई। आहट ऐसी थी मानो कोई सामने कमरे का द्वार खटखटा रहा हो - दिल का द्वार। सीमा ने दृष्टि उठाकर सामने द्वार की ओर देखा। द्वार अन्दर से बन्द था और न ही इसे कोई खटखटा रहा था। द्वार के ऊपर कुछ दूरी पर दो रोशनदान थे। ठंड के कारण दोनों ही रोशनदानों के शीशे बन्द थे। इनमें एक रोशनदान पर एक पक्षी अपना सिर टकरा रहा था, फड़फड़ाते पंख मार रहा था। कुछ देर वह इसी प्रकार करता रहा फिर दूसरे रोशनदान पर चला आया। वहां भी वह उड़-उड़कर फड़फड़ाते हुए अपना सिर टकराने लगा। शायद वह पक्षी अपने जोड़े से भटक गया था। शायद इस बला की ठंड में उसे कहीं भी शरण नहीं मिली थी, इसीलिए इन रोशनदानों से झलका प्रकाश देखकर वह यहां

92

चला आया था। शायद इस ठंड से बचने के लिए उसने अन्य मकानों के रोशनदानों या खिड़कियों से भी सिर टकराया होगा। परन्तु किसी ने भी उसके लिए द्वार नहीं खोला और इसीलिए यहां चला आया था। सीमा ने भी उसके लिए द्वार नहीं खोला। वह पक्षी तो क्या यदि मानव भी होता तो सीमा उसके लिए द्वार कभी नहीं खोलती। उसे इस ठंड में बाहर ही मर जाने देती। जमाने से उसे ऐसा घाव मिला था कि उसका पत्थर-दिल बन जाना स्वाभाविक ही था।

चार वर्ष पहले कोडईकनाल में जब उसे पता चला कि उसके लिए मां बनने के अतिरिक्त कोई चारा नहीं रह गया है तो उसने रो-रोकर अपनी सारी बीती अपने माता-पिता को बता दी थी और चाहा था कि अपने आप से पीछा छुड़ाने के लिए आत्महत्या कर ले। परन्तु उसके पिताजी को ठीक समय पर बेटी के इरादों का पता चल गया था। उन्होंने बेटी को अपने जीवन की बची हुई सांसों का वास्ता देकर रोक लिया था। सीमा आखिर उनकी बेटी ही तो थी - लाडली - दिल का टुकड़ा। भला किस प्रकार अपने जीवन में बेटी की दुर्दशा देखते। सीमा को अपने प्रौढ़ पिता की इच्छा के आगे अपना इरादा बदलना ही पड़ गया था। अपने जीवन-काल में उसने क्या उन्हें कम दुःख दिया था जो आत्महत्या करने के बाद उन्हें तड़पता-रोता छोड़ जाती। मां ने भी परिस्थिति के आगे घुटने टेककर बेटी को समझा दिया था कि संतान होगी तो उसे अनाथालय में छोड़ देंगी। फिर बेटी को अपना जीवन शांतिमय बिताने के लिए एक अवसर और प्राप्त हो जाएगा। माता-पिता की इच्छाओं का आदर करते हुए सीमा ने आशा के विपरीत एक नया जीवन प्राप्त करने की फिर आशा कर ली थी।

सीमा के मां बनने का भेद उसकी सारी सखियों पर खुल चुका था, इसलिए भटनागरजी के परिचित लोगों में इस बात का प्रचार होना आवश्यक था। वह किसी से कैसे दृष्टि मिलाते? अपने शहर वह एक बार भी वापस नहीं गए और न ही पत्नी तथा बेटी को ले गए। वह उधर ही से काश्मीर चले गए। फिर वहीं अपने वफादार प्रबंधक को बुलाकर उसके द्वारा अपना सारा कारोबार बेच दिया। काश्मीर के एकान्त भाग में बंगला ले लिया और खामोशी के साथ जीवन व्यतीत करने गले। उनके पास धन की कमी नहीं थी। धन बैंक में जमा कर दिया तो इतना सूद मिलने लगा कि किसी बात की कमी नहीं हुई।

कुछ दिनों बाद सीमा ने एक अत्यन्त प्यारी तथा नन्हीं-सी बच्ची को जन्म दिया। जन्म देते समय वह तड़पी - रोई - वह जितना तड़पी तथा रोई उतना ही रंजन को कोसा भी उसने। पंकज को भी कोसे बिना नहीं रह सकी। आखिर क्या कमी थी उसके अन्दर जो पंकज उसे एक छोटी-सी बात पर इतना बड़ा धोखा देकर नर्क की आग में झोंक देना चाहता था? सीमा ने अपने दिल के संतोष के लिए सोचा, पंकज भी आरम्भ से ही आवारा था। क्या हुआ रंजन एक भयानक अपराधी था, परन्तु जो कलंक उसके मस्तक पर इस समय लगा है यह तो पंकज भी लगाना चाहता था, यह सारे ही पुरुष एक समान होते हैं। इतना सब-कुछ सोचने के पश्चात् सीमा अनिच्छुक होते हुए यह भी सोच रही थी कि यदि उसकी कोख से पंकज की संतान

उत्पन्न हुई होती तो वह एक भयानक अपराधी की संतान की मां तो नहीं होती। कम से कम इस संतान को अपनी छाती से दूध पिलाने की उसकी इच्छा तो नहीं मरती।

परन्तु मां की छाती उस संतान को दूध पिलाने के लिए फड़क ही उठती है जिसे वह अपनी कोख से जन्म देती है, चाहे उस संतान में किसी भी गन्दे पुरुष का गन्दा रक्त हो। ऐसी बात सीमा के लिए उस समय सिद्ध हुई जब उसकी मांजी ने बच्ची के उत्पन्न होने के बाद बच्ची को अनाथालय ले जाना चाहा। तब बच्ची उसकी छाती के समीप पड़ी रो रही थी और सीमा उसे दूध न मिलाने का अटल इरादा किए अपनी ममता का गला किस प्रकार घोंटने का प्रयत्न कर रही थी यह वही जानती थी। मां ने बच्ची को ले जाने के लिए कहा तो सीमा ने तड़पकर आंखें बन्द कर लीं। किस प्रकार अपने दिल के टुकड़े को अपनी दृष्टि से दूर होते देखती? मां ने बच्ची को उठाने के लिए हाथ लगाया तो सीमा के होंठों पर सिसकियां कांप गईं। मां ने बच्ची को उठाना चाहा तो सीमा की छाती फड़क उठी, इस प्रकार कि उसे अपने इरादे पर अटल रहना उसकी सहनशक्ति से बाहर हो गया था। ममता चीख उठी थी - सीमा के स्वर में, 'नहीं!' और तब उसने एक ही झटके में बच्ची को अपनी छाती से चूमना आरम्भ कर दिया। फूट-फूटकर वह रो पड़ी थी। आखिर इसमें उसकी बच्ची का क्या दोष था? दोष तो उसका अपना था - सीमा का। न वह इतनी शराब पीती और न यह बच्ची पाप की गठरी बनकर उसकी कोख में जन्म लेती।

आज वह बच्ची पौने चार वर्ष की हो चुकी है। नाम नीलम है उसका, परन्तु घर में सब उसे प्यार से नीलू पुकारते हैं। इस समय वह सीमा के माता-पिता के साथ अन्दर के कमरे में है। बहुत प्यार करते हैं उसे सीमा के माता-पिता। उनकी जान है वह। अपनी तोतली जबान से उसने घरवालों का दिल मोह लिया है। रंग-रूप में बिल्कुल सीमा पर ही तो गई है वह। एक बार मंजू अपने विवाह के बाद जब हनीमून मनाने काश्मीर आई थी और उससे मिली थी तो उसने भी यही कहा था। मंजू का पत्र उसके पास आता ही रहता है। प्रायः वह उसे सलाह देती है कि अपनी बच्ची को माता-पिता को सुपुर्द करके वह अपना नया घर बसा ले, परन्तु सीमा उसकी बात से जरा भी सहमत नहीं है। उसे संसार के हर पुरुष से घृणा थी। उसे प्यार था तो केवल अपनी बच्ची से तथा अपने माता-पिता से। यही कारण था कि अदालत द्वारा पंकज के निर्णय के विषय में जानने की उसने जरा भी चिंता नहीं की। यद्यपि उसे अपनी बच्ची से बहुत प्यार था, परन्तु उसका जीवन एक बर्बाद जीवन था और इस बर्बादी की नींव पंकज ही था। इसलिए वह उससे घृणा करके संतुष्ट थी।

अपनी बेटी के प्यार में डूबकर तो वह पंकज को भी भूल चुकी थी। यदि कोसती तो केवल रंजन को - पंकज को अब बहुत कम कोसती, क्योंकि उसे विश्वास था कि पंकज अपने अपराध का दण्ड भोग रहा है और वह जो इस समय अपने जीवन के बर्बाद होने का दण्ड भोग रही है उसका जिम्मेदार केवल रंजन है। इन्हीं सब विचारों के दबाव में सीमा का दिल इतने

वर्षों के अन्दर पत्थर का हो गया था। हर पुरुष से उसे घृणा थी, अपने आपसे उसे घृणा थी, सारे संसार से उसे घृणा थी और यदि प्यार था तो केवल अपनी बच्ची से तथा अपने माता-पिता से। यही कारण था कि उसने उस पक्षी की जरा भी चिंता नहीं की, जो ठण्ड से बचने के कारण अन्दर आने के लिए बार-बार दरवाजे के ऊपर बने शीशे के रोशनदानों से सिर टकरा रहा था - कभी एक पर तो कभी दूसरे पर और आखिर कुछ देर बाद जब वह पक्षी थक गया तथा निराश हो गया कि उसके लिए इस घर में शरण नहीं है तो वह उड़कर वापस चला गया, शायद ठंड से बचने के लिए किसी और जगह की तलाश में। सीमा पत्थर की बुत बनी उसे देखती ही रह गई।

सूर्य डूब रहा था। शाम की लालिमा दूधिया रंग में परिवर्तित हो रही थी। कहीं-कहीं शाम की धुंध गहरी हो चली थी। इलाके में केवल कहीं-कहीं ही बिजली के खम्भे लगे हुए थे जिनका प्रकाश सीमा के अतीत के समान सिसक रहा था। सहसा सीमा की आंखें ठिठक गईं। दूर, डूबती शाम की धुंध में एक व्यक्ति अपनी छाया आप बना उसके घर की ओर उस दो-फुट चौड़ी सड़क पर चला आ रहा था जिसे सरकार ने बर्फ के बीच खोदकर बनाया था। यात्री के कदमों में थकावट थी। शायद दिल तथा मस्तक पर मनोबोझ था। जाने क्यों सीमा का दिल बहुत जोर से धड़क गया। कोई कारण वह इसका नहीं जान सकी, फिर भी वह खिड़की के शीशे के और समीप चली आई। बहुत ध्यान से वह इस छाया को देखने लगी।

जाने कौन था वह, परन्तु उसके पग सीमा के घर की ओर अवश्य बढ़ रहे थे। मोड़ पर या ऊंची-नीची ढलवान पर वह छाया कभी अदृश्य हो जाती तो कभी सामने दिखाई पड़ जाती थी। सीमा के दिल की धड़कनें तेज होने लगीं जैसे-जैसे वह छाया उसके घर की ओर बढ़ती आ रही थी। इसके साथ ही जैसे-जैसे सूर्य डूबता गया, उस छाया की कालिमा भी गहरी होती गई। सीमा उस छाया को नहीं पहचानती थी, फिर भी उसकी आंखें उसकी ओर ही आकृष्ट थीं। वह छाया एक आड़ में गुम हो गई तो जाने क्यों सीमा उस छाया को देखने के लिए उत्सुक हो उठी। परन्तु कुछ देर बाद वह छाया उसे नहीं दिखाई पड़ी तो उसने अपने मन की इस उत्सुकता को झटक दिया। ऊंह! होगा कोई यात्री जो इधर से जा रहा होगा। परन्तु सीमा के मन में उसी प्रकार एक अज्ञात धड़कन समाई रही। सीमा खिड़की छोड़कर अपने कमरे में चलने को पलटी। वह दो पग अन्दर बढ़ी भी परंतु तभी उसके पगों में मानो किसी के दिल की आवाज ने बेड़ियां डाल दीं। किसी ने उसके घर का नहीं मानो इस बार वास्तव में उसके दिल का द्वार खटखटा दिया था।

'खट-खट-खट!'

सीमा के दिल की धड़कनें अचानक ही तेज हो गईं। उसने पलटकर देखा - दोनों रोशनदानों की ओर - कहीं वह पक्षी फिर तो नहीं वापस आकर बन्द शीशे से सिर टकरा रहा

है। परन्तु रोशनदान के प्रकाश में उसे कुछ भी नहीं दिखाई पड़ा। अपने दिल का भ्रम समझकर उसने वापस पलटना चाहा, परन्तु मानो फिर किसी के दिल की आवाज ने उसे पुकारा।

'खट-खट-खट!'

निश्चय ही कोई द्वार खटखटा रहा था। सीमा के दिल की अज्ञात धड़कन अपनी चरम सीमा पर पहुंच गई। एक पल वह अपनी इस धड़कन पर काबू करने का प्रयत्न करती रही। शायद वह द्वार की ओर नहीं बढ़ाना चाहती थी। जाने कौन व्यक्ति द्वार पर खटखटा रहा हो? परन्तु जाने कौन-सी ऐसी शक्ति थी जिसने चुम्बक बनकर उसे द्वार की ओर खींच ही लिया। द्वार पर पहुंच कर वह रुकी। दिल की धड़कन पर काबू पाते हुए उसने एक गहरी सांस ली तो द्वार फिर किसी ने खटखटा दिया। वही खट-खट-खट! सीमा ने डरते-डरते द्वार के दोनों पट खोल दिए - परन्तु बहुत कम। जाने कौन अजनबी हो? बरामदे में हल्का प्रकाश सिसक रहा था। द्वार के दोनों पट बहुत कम खुले थे, इसलिए अन्दर से कमरे का प्रकाश बाहर निकलकर उसमें सम्मिलित नहीं हो सका। सीमा अजनबी का मुखड़ा ठीक से देख नहीं सकी। वरन् उसका दिल एक अज्ञात भय से कांप भी गया तो सीमा ने एक पग पीछे हटकर द्वार तुरन्त बन्द कर देना चाहा, परन्तु तभी उसके कान ठिठक गए।

'सीमा?'

एक आवाज, एक पुकार, एक ऐसी तड़पती आह थी यह जो उसके कानों का रस बनकर दिल की गहराई में उतर गई - बिना अधिकार ही - जाने कैसे? सीमा को विश्वास नहीं हुआ कि कभी जो आवाज उसके कानों का रस थी तथा बाद में जहर बन गई थी, आज फिर उसके कानों का रस बन जाएगी। सीमा के दिल की धड़कन अपनी चरम सीमा पर पहुंचकर रुक गई। फिर भी सीमा ने अपने दिल पर काबू किया और द्वार बन्द करने के लिए पीछे हटना चाहा, परन्तु उसके पग मानो वहीं फर्श से चिपककर स्थिर हो गए थे। अजनबी अपने एक हाथ द्वारा द्वार का एक पट पूर्णतया खोलकर कमरे से निकलते प्रकाश में उसके सामने आ चुका था।

सीमा की सांसें जहां की तहां रुक गईं। आंखें एकटक अजनबी को देखती ही रह गईं। एक ही दृष्टि में वह उसे पहचान गई। पंकज! सीमा के दिल की धड़कन अन्दर ही अन्दर पुकार उठी। उसने देखा - बहुत ध्यान से - पंकज वही है - बिल्कुल वही जो पहले था, फिर भी कितना बदला हुआ था। सिर के बाल उसी प्रकार घने परंतु बिखरे हुए। बालों पर कहीं बर्फ की सफेदी गम का लबादा बनकर झलक रही थी। आंखें अंदर को धंसी हुईं - उदास, गाल की हड्डियां भी ऊपर को उभर आई थीं। होंठ सूखे - मानो होंठों से दिन-रात केवल आह ही टपकती रही हो। दाढ़ी तथा मूंछों के बाल इस प्रकार झाड़ समान छितरे हुए मानो कई दिनों से शेव ही नहीं किया था। शरीर पर साधारण कोट, वह भी कहीं-कहीं से फटा हुआ - सामने के बटन कोट के ही नहीं अंदर कमीज के भी ऊपर से टूटे हुए थे, गला खुला हुआ। कांधे पर कहीं-कहीं बर्फ

जमी हुई थी। सूती पैंट - पैरों में फटे-पुराने जूते। पंकज मानो अपना शव उठाकर स्वयं यहां तक पहुंचा था। सीमा उसे देखती ही रह गई - ऊपर से नीचे तक।

'मुझे...अन्दर नहीं आने दोगी?' पंकज ने अपने दर्द भरे स्वर में मानो विनती की।

सीमा द्वार पर से पीछे हट गई। होंठों से कुछ भी नहीं कह सकी।

पंकज द्वार के अन्दर प्रविष्ट हुआ। अपने पीछे दोनों हाथों द्वारा द्वार बन्द करते हुए उसने एक गहरी सांस ली, इस प्रकार मानो ठंड से बचने का साधन प्राप्त हो गया हो। उसने कमरे में चारों ओर एक सरसरी दृष्टि डाली। फिर सीमा को देखा। ऊपर से नीचे तक। सीमा वही थी - बिल्कुल वही - कॉलेज के दिनों वाली सीमा! हां, उसके जीवन में अब एक ठहराव अवश्य आ गया था। उसकी गम्भीरता इस बात की प्रतीक थी कि वह परिस्थिति से सुलह करके जीवन निर्वाह करने को तैयार हो गई है। पंकज को ऐसा आभास करके संतोष मिला। उसने कहा, अदालत ने मुझे केवल सात वर्ष की सजा दी थी क्योंकि मैंने हत्या करने के इरादे से रंजन को नशीली वस्तु नहीं खिलाई थी। इसके अतिरिक्त रंजन देश का गद्दार था जिसकी मृत्यु ने सरकार को अनेक अपराधी पकड़ने में सहायता दी।' सात वर्ष की सजा दिन और रात एक-एक दिन मिलाकर साढ़े तीन वर्ष में पूरी हो जाती है। इसके अतिरिक्त जेल के अंदर अपराधियों की छुट्टियां भी सजा में जोड़ी जाती हैं। यही कारण था कि पंकज की सात वर्ष की सजा ढाई-पौने तीन वर्ष में पूरी हो गई थी। शेष दिन अदालत ने पंकज का निर्णय देने में लगा दिए थे। पंकज ने अपनी बात जारी रखते हुए कहा - 'सजा समाप्त होने के बाद मैंने तुमसे मिलना चाहा, परन्तु मालूम हुआ कि तुम लोग शहर छोड़कर चले गए हो। तुम्हारी तलाश में मैं मारा-मारा भटकने लगा। फिर एक दिन मुझे मंजू मिल गई। उसने मुझ पर दया करके तुम्हारा पता दे दिया। इसीलिए तुमसे मिलने चला आया हूं।'

सीमा खामोश रही। सोचती रही कि पंकज ने उसकी लाज की सुरक्षा करते हुए अदालत को कोई भी तो ऐसी बात नहीं बताई जिससे प्रकट होता है कि रंजन ने उसे उसके कमरे में नहीं छोड़ा था बल्कि अपने कमरे में ले गया था। शायद पंकज को अब भी विश्वास है कि वह कुंवारी है। ऐसा विश्वास उसे होगा भी क्यों नहीं? जब वह एक बार पिकनिक में सारी रात उसकी बांहों में रहने के बाद अपनी लाज की सुरक्षा करने में सफल थी तो रंजन के कमरे में तो वह केवल आधी रात ही रही थी। पंकज को वह कैसे बताती कि उसकी लाज उस रात लुट चुकी है? वह पतिता है। मंजू उसकी एक अच्छी सहेली है। शायद इसीलिए उसने पंकज को नीलू के लिए नहीं बताया। वह तो सदा यही चाहती रही है कि अपनी बच्ची को माता-पिता के सुपुर्द करके नया घर बसा ले। मंजू को उसके सुख का कितना अधिक ध्यान है। पंकज की नादानी पर सीमा का दिल भर आया। उसकी स्थिति देखकर उसका दिल सहानुभूति से भर गया। पंकज को उस पर कितना विश्वास है। इसी विश्वास के सहारे पंकज उसकी तलाश करते-

करते आज यहां तक आ पहुंचा है। निश्चय ही वह थक गया होगा। इस इलाके में ही उसे मीलों पैदल चलकर यहां पहुंचना पड़ा होगा। उसने कहा - 'बैठोगे नहीं?'

पंकज ने एक गहरी सांस ली। वह आगे बढ़ा। फिर एक सोफे पर बैठ गया। सीमा भी उसके सामने वाले सोफे पर बैठ गई। पंकज सीमा को उसी प्रकार देखता रहा परंतु सीमा अपने पाप के कारण अन्दर ही अन्दर लज्जित होकर उससे हर पल दृष्टि नहीं मिला सकी। पंकज ने एक निराश आह भरी। फिर बोला - 'सीमा, मानव जन्म से बुरा नहीं होता, उसे समाज बुरा बना देता है। मुझे भी समाज ने ही बुरा बनाया था। मेरा समाज था मेरी मां - मेरे पिता। माता-पिता के होते हुए भी मैंने बचपन से ही अपने आपको अनाथ समझा, स्कूल से आता था तो मां अपनी सखियों के साथ ताश खेलती मिलती। शाम डूबते ही मुझे नौकर पर छोड़कर मेरे माता-पिता क्लब चले जाते। जो बच्चा बचपन ही से अपने माता-पिता को शराब पीते देखेगा वह स्वयं शराब क्यों नहीं पीएगा? मैंने ग्यारह वर्ष में ही अपने पिताजी की बोतल में बची शराब चख ली थी। फिर धीरे-धीरे आगे भी बोतलों में बची शराब उंडेल-उंडेलकर पीने लगा। शराब के बाद मुझमें बढ़ती आयु के साथ और भी बुराइयां आ गईं। जो जवान होता बच्चा अपने माता-पिता को पराए लोगों की कमर में हाथ डालकर घूमता-फिरता देखेगा वह आवारा नहीं बनेगा तो क्या बनेगा? मैंने बिमला से कभी प्यार नहीं किया - केवल मित्रता की थी। उसी ने मुझे लूटना चाहा था - बहकाकर, ताकि मेरा विवाह उसके साथ हो सके ताकि उसे हमारा धन प्राप्त हो सके, वह धन जो पिताजी की काली कमाई का था। परन्तु मैंने उसे कभी प्यार नहीं किया। प्यार करता तो उसे लूटने का प्रश्न ही नहीं उठता। मैं उससे विवाह नहीं कर लेता?

बिमला मेरे पीछे बदनाम हो चुकी थी इसीलिए मुझसे निराश होने के बाद उसने अनजाने में मेरे एक मित्र को फांस लिया। मैं भी यह बात नहीं जानता था। एक बार जब मैं दूसरे शहर से वापस आया तो मुझे अपने मित्र की ओर से उसके विवाह का कार्ड मिला। मैंने अपने मित्र को फोन किया तो उसने अपने प्रेम की कहानी सुना डाली। परन्तु वह मेरा मित्र था। मैंने उसे धोखे में नहीं रखा। सारी वास्तविकता बता दी तो मित्र ने विवाह से इन्कार कर दिया। बिमला के सभी रिश्तेदार आ चुके थे। विवाह की तैयारी पूरे जोश पर थी। मित्र के इन्कार पर बिमला के घरवालों का बड़ा अपमान हुआ। उसी दिन बिमला ने प्रण कर लिया था कि वह भी मेरा घर कभी बसने नहीं देगी।

और इसीलिए उसने मुझे बार में बुला लिया था। शेखी मारना मेरा स्वभाव था, इसीलिए मैंने भी उसे जलाने के लिए अनेक लड़कियों के काल्पनिक नाम गिना दिए, वरना सत्य तो यह है सीमा, कि मैंने उन नामों की लड़कियों को कभी देखा तक नहीं। यदि ऐसी बात होती तो मैं कॉलेज की लड़कियों की छोटी-छोटी बात पर उपहास क्यों उड़ाता? क्यों नहीं उनके इशारों से लाभ उठाता? कुछ नवयुवक तो यूं भी लड़कियों को अपने प्रति बदनाम करने में गर्व का आभास करते हैं। कुछेक नवयुवकों का स्वभाव ही ऐसा होता है जिस वातावरण में पलकर मैं

जवान हुआ था उस वातावरण ने मेरा स्वभाव भी ऐसा बना दिया तो कोई नई बात नहीं हुई। मैंने कभी किसी से दबना नहीं सीखा था। यही कारण था कि जब तुम्हारे कारण प्रिंसिपल ने मेरा अपमान किया तो मैंने भी तुम्हें अपमानित करने का प्रण कर लिया था। परन्तु सत्य मानो सीमा, उस रात के बाद तुम मेरी बांहों में रहकर भी अपनी लाज की सुरक्षा कर गई थीं, तो मैं सोचे बिना नहीं रह सका था कि क्या तुमसे भी अच्छी लड़की मुझे जीवन में मिल सकेगी? परन्तु इससे पहले कि सन्तोष के साथ मैं इस बात का निर्णय करूं, बिमला तुम्हारे दिल में मेरे प्रति घृणा उत्पन्न करने में सफल हो चुकी थी।' पंकज कुछ पल के लिए खामोश हो गया।

सीमा के सामने अतीत घूम गया। उसे पंकज की एक-एक बात में सत्य दिखाई पड़ा। उसने बिमला को मन ही मन कोसा। काश, बिमला की बातों में वह नहीं पड़ी होती तो कितना अच्छा होता। सीमा सोचने पर विवश थी, पंकज अब उसे अपनी सफाई क्यों दे रहा है? अब इस सफाई से लाभ भी क्या? उसके पास अब बचा भी क्या है पंकज को देने के लिए? सब-कुछ तो लुट गया। रंजन के बहकावे में आकर वह कहीं की भी तो नहीं रही।

'सीमा-' पंकज ने फिर कहना आरम्भ किया, 'जब तुम्हारे डैडी ने मेरे पिताजी को घूसखोरी में पकड़वाकर नौकरी से निकलवा दिया तो बदनामी के कारण मुझे कॉलेज छोड़ना पड़ गया था। हम सब बर्बाद हो गए तो मेरे अन्दर एक बार फिर तुमसे ही नहीं इस बार तुम्हारे खानदान से भी बदला लेने की आग भड़क उठी। परन्तु तब मैं बदला लेने योग्य नहीं रह गया था इसीलिए बम्बई चला गया और नाम बदलकर होटल में काम करने लगा, परन्तु मेरे अन्दर हर पल तुमसे बदला लेने की आग भड़कती ही रहती थी। तुम्हारे बारे में सोच-सोचकर मेरा रक्त उबल जाता। तब मैं मेज पर क्रोध में घूंसा मारता हुआ तुम पर बड़बड़ा उठता था। सोचता कि एक बार भी अवसर मिल जाए तो मैं जबर्दस्ती तुम्हारी लाज लूट लूं ताकि तुम भी किसी को मुंह नहीं दिखा सको।'

पंकज ने एक गहरी सांस ली, फिर बोला, 'एक दिन जब तुम हमारे होटल में रंजन के साथ बैठी लंच ले रही थीं तो तुम्हें अचानक देखकर मैं चौंक गया। मेरे अन्दर बदले की भावना भड़क उठी। परन्तु फिर सोचा, तुम्हारा विवाह हो चुका है। तुम्हारी प्रसन्नताएं नष्ट करना पाप होगा। मैंने अपने अन्दर की भड़कती भावना को काबू में कर लिया। उस समय हंसते-मुस्कराते हुए तुम मुझे बहुत अच्छी लग रही थीं इसीलिए मैं तुम्हें छिपकर देखने पर विवश हो गया। सामने आता तो सम्भवतः तुम्हारे द्वारा लोगों को ज्ञात हो सकता था कि मैं प्रभात के बजाए पंकज हूं। मैंने देखा कि वेटर के कहने पर रंजन उठ खड़ा हुआ है। जब वह वेटर को छुपकर सौ रुपए का नोट दे रहा था तो मैंने उसे देख लिया। सीमा, अदालत में मैंने बहुत कुछ सत्य कहा था तो कुछ झूठ भी कहना पड़ा। मैंने वेटर से इतने बड़े 'टिप' का कारण पूछा तो उसने मुझे बता दिया। मुझे उसकी बात बड़ी विचित्र लगी। मैंने रंजन का पीछा किया। उसने नब्बे नम्बर कमरे से कोई वस्तु निकालकर पचासी नम्बी कमरे में रखी तो मैंने रजिस्टर में इन कमरों के

यात्री का नाम पढ़ा। तब मुझे ज्ञात हुआ कि तुम अब तक कुंवारी हो। मैंने सोचा कि तुम दोनों एक-दूसरे को बहुत प्यार करते हो। अब शीघ्र ही विवाह भी कर लोगे। तुम्हारी कोई वस्तु तुम्हारे कमरे से लेकर अपने कमरे में छिपाते हुए रंजन ने अवश्य तुमसे कोई सुन्दर मजाक किया है। तुम दोनों हर पल एक-दूसरे के साथ इस प्रकार घुल-मिल रहे थे कि तुम दोनों के प्यार पर संदेह करना मूर्खता थी।

एक बार मेरे अन्दर फिर तुमसे बदला लेने की आग भड़की परन्तु मैंने अपनी इस इच्छा को फिर दबा दिया। इसके पश्चात् मैं छिप-छिपकर तुम्हें देखने पर विवश था। रंजन को तुम्हारे साथ हर पल देखते हुए मैं यही सोचता कि एक समय था जब तुम मेरी बांहों की शोभा थीं और अब उस व्यक्ति की शोभा सदा के लिए बनते तुम्हें अधिक दिन नहीं लगेंगे। ऐसा मैं इसलिए सोचता था क्योंकि शायद मैं अनजाने तौर पर अन्दर ही अन्दर रंजन से चल रहा था।

सीमा सोचने पर विवश हो गई - डाह - जलन - यह भी तो एक प्यार का प्रतीक है। उससे बिछुड़ने के बाद पंकज के मन में बदले की भावना अवश्य उठी होगी, परन्तु इतनी नहीं जितनी प्यार भरी तड़प की भावना उठी होगी। इस तड़प में घृणा कम होगी और प्यार अधिक। आखिर वह भी तो पंकज से घृणा करने के पश्चात् उसके विचारों से कभी मुक्त नहीं रह सकी। इस घृणात्मक अतीत से पीछा छुड़ाने के लिए उसने क्या-क्या उपाय नहीं किए? और आज वह उसका परिणाम भी भोग रही है। यदि पंकज को उससे प्यार नहीं होता तो वह अपने बदले की भावना पर काबू कैसे पाता?

'शाम के समय जब मैंने तुम दोनों को हंसते-मुस्कराते हुए जाम से जाम टकराते देखा और मुझसे सहन नहीं हो सका तो मैंने भी दो पैग व्हिस्की पी ली।' पंकज ने कहा। सीमा को पंकज के प्यार का एक प्रतीक और मिला। पंकज ने अपनी बात जारी रखी। बोला, 'परन्तु जब मैंने अचानक देखा कि रंजन तुम्हारी दृष्टि चुराते हुए तुम्हारे सॉफ्ट ड्रिंक के जाम में कुछ गोलियां मिला रहा है तो मुझे उसकी नीचता पर संदेह होने लगा। पता नहीं वह तुमसे विवाह करे या नहीं करे, परन्तु तुम्हें लूटकर आज की रात वह अवश्य रंगीन बनाना चाहता है।'

'सीमा अदालत में मैंने अपनी अंतरात्मा की संतुष्टि के लिए झूठ कहा था कि रंजन तुम्हें तुम्हारे कमरे में छोड़ने के बाद अपने कमरे में गया था। सत्य तो यह है कि वह तुम्हें अपने कमरे में ले गया था। जब मैंने यह देखा तो डाह की आग में मेरा पूरा शरीर कांपने लगा। बार काउण्टर पर आकर मैंने व्हिस्की का एक पैग और लिया। तभी एक वेटर कमरा नम्बर पचासी के लिए व्हिस्की तथा सॉफ्ट ड्रिंक का बिल बनवाने लगा। कमरे का नम्बर सुनकर मेरा माथा ठनका। मुझ पर नशा जोर पकड़ चुका था। डाह की आग और भड़की तो क्रोध बन गई। मुझे वह रात याद आ गई जब तुम सारी रात मेरी बांहों में रही थीं। सीमा-' अचानक पंकज ने अपनी बात का विषय बदल दिया। सीमा की आंखों में उसने बहुत प्यार से झांका - अपनी पलकों की झोली फैलाते हुए, मानो उससे भिक्षा मांग रहा हो। उसने कहा, 'सीमा, यह सत्य है कि मैं

तुम्हारे योग्य जरा भी नहीं हूं, फिर भी क्या यह सम्भव नहीं कि तुम मुझे क्षमा कर दो? हम एक नया जीवन आरम्भ करें? मेरा विश्वास करो सीमा, मेरा प्यार, मेरा सच्चा प्यार एक दिन अवश्य तुम्हारे दिल में वह स्थान प्राप्त कर लेगा जो आरम्भ में था - कॉलेज के दिनों में।'

पंकज के कहने का ढंग इतना हृदयग्राही था कि सीमा की पलकों के कोने भीग गए। आज उसे ज्ञात हुआ कि उस शाम सॉफ्ट ड्रिंक पीते हुए वह क्यों नशे में डूब गई थी। काश! वह उस रात के पाप से मुक्त होती तो आज...आज पंकज की बांहों में उसे जाने से कोई नहीं रोक सकता था। आज पंकज ने फिर उसका मन जीत लिया था। उसने अपनी स्थिति पंकज के सामने स्पष्ट कर देना उचित समझा। वह भर्राए स्वर में बोली, 'पंकज, मैं अब तुम्हारे योग्य नहीं रही। मैं...मैं...' सीमा की आंखों से आंसू छलककर गालों पर बह आए। उसके होंठ कांपने लगे। कांपते स्वर में उसने कहा - 'मैं मां बन चुकी हूं - उसी रात जब...'

'मुझे मालूम है सीमा! मंजू ने मुझे सब कुछ बता दिया है।' पंकज ने सीमा की बात काटकर कहा। सीमा चौंक गई। उसे विश्वास नहीं हुआ कि पंकज इस वास्तविकता को जानने के पश्चात् उसे अपनाने को तड़प रहा है। क्या अपनी छोटी-सी भूल का प्रायश्चित वह इतना बड़ा बलिदान देकर करना चाहता है? पंकज कह रहा था, 'मेरा विश्वास करो सीमा, मैं इतना अधिक प्यार दूंगा जितना कोई सगा बाप भी अपनी बेटी को नहीं दे सकता। यदि तुम मेरी नहीं बनना चाहतीं तब भी उस बच्ची को मेरे सुपुर्द कर सकती हो। तुम उसकी जिम्मेदारी से मुक्त हो जाओगी - निश्चिंत हो जाओगी - निश्चिंत होकर तुम एक नया जीवन आरम्भ कर सकती हो या संतोष के साथ मेरे बारे में कोई निर्णय ले सकती हो। तुम देख लेना सीमा, मैं उस बच्ची की प्रसन्नता के लिए अपनी जान की बाजी लगाने से भी नहीं चूकूंगा। मेरा विश्वास करो सीमा, उसे मेरी भी उतनी ही आवश्यकता है जितनी तुम्हारी आवश्यकता है।'

सीमा को पंकज की बातों पर विश्वास करना और भी कठिन हो गया। क्या उसके जीवन में पंकज का इतना अधिक प्यार लिखा है? सागर से भी गहरा - अथाह! वह प्यार की इस चरम सीमा को देखकर कांपती हुई उठ खड़ी हुई। वह सोचने पर विवश हो गई कि क्या वह पंकज के प्यार का सहारा लेकर उसे जीवन भर के लिए एक दुष्ट की बेटी सुपुर्द कर दे? क्या पंकज के प्यार का यह अनुचित लाभ नहीं होगा? उसके प्यार के पीछे अपना स्वार्थ नहीं होगा? उसने मानो स्वयं से कहा, 'नहीं-नहीं, मैं इतना बड़ा अन्याय नहीं कर सकती। पाप मैंने किया है और उसका दण्ड भी मुझे ही भोगना है - अकेले - जीवन भर। अपना तथा उसका वह शरीर मैं तुम्हें कैसे सुपुर्द कर सकती हूं जिसके अन्दर उस दैत्य का...'

'सीमा-' पंकज भी खड़ा हो गया - सीमा की बात काटते हुए। सीमा के सामने आया। फिर बोला - 'मैं जिस वास्तविकता पर से परदा हटाने के लिए इतनी दूर आया था आज तुम्हें सब-कुछ बताते-बताते डरकर रुक गया। ऐसा न हो कि तुम मुझसे फिर घृणा करने लगो। इसलिए बात बदलकर तुमसे तुम्हारी भीख मांग ली। सोचा, पहले तुम्हें अपना बना लूं। अपना

बनाने के बाद जब तुम्हारा दिल इस प्रकार जीत लूंगा कि तुम मेरे हर पाप को क्षमा कर दोगी तो उस पाप का भेद खोल दूंगा जिसका केवल मैं उत्तरदायी हूं। परन्तु अब सोचता हूं कि उस पाप के भेद पर से परदा हटा ही दूं जिसका उत्तरदायी तुम स्वयं को समझती हुई अन्दर ही अन्दर घुटकर इतना बड़ा दण्ड भोग रही हो।'

सीमा कुछ समझी नहीं पंकज की बात पहेलियों समान थी। उसने आश्चर्य से पंकज को देखा।

'सीमा-' पंकज ने सीमा को अब ओर अधिक भ्रम में रखना उचित नहीं समझा। उसने सीमा की आंखों में झांका, बोला - 'पाप तुमने नहीं किया है। पाप मैंने किया है।' पंकज सीमा से अधिक दृष्टि नहीं मिला सका तो उसने पलटकर अपनी पीठ सीमा की ओर कर ली। फिर बोला - 'नीलू के शरीर में किसी और का रक्त नहीं मेरा रक्त बह रहा है। वह मेरी बेटी है - मेरी।' पंकज ने अन्तिम शब्द पूरा करते हुए सीमा को पलटकर देखा।

'क्या?' सीमा के होंठ खुले के खुले रह गए। अपने कानों पर से विश्वास ही नहीं हुआ। यह कैसे हो सकता है? यह कैसे सम्भव है?

जिस समय वेटर कमरा नम्बर पचासी के लिए बार काउण्टर पर बिल बनवा रहा था उस समय मुझ पर नशा असर कर चुका था। मेरी डाह की भावना क्रोध में इस प्रकार परिवर्तित हो गई कि मैं अपने आप पर काबू नहीं कर सका। बदला - बदला - मेरा रोम-रोम पुकार उठा। मैंने सोचा, रंजन तुम्हें लूटेगा - आज की रात - फिर क्यों न मैं इस अवसर से पूरा लाभ उठाऊं? निश्चय ही रंजन के जीवित रहने पर तुम उसे सुबह यदि कुछ याद दिलातीं तो वह स्पष्ट इंकार कर जाता। तुम्हें दुराचारिन कहकर छोड़ देता। यदि विवाह कर भी लेता तो मुझे कोई अन्तर नहीं पड़ता। मैं तुम्हें अपना नाम बताए बिना फोन द्वारा वास्तविकता याद दिलाकर खूब तड़पा सकता था। तुम्हें ब्लैकमेल कर सकता था। यदि नशे की स्थिति में तुम मुझे पहचान भी लेतीं तो निश्चय ही ऐसी स्थिति को पहुंच जातीं कि कभी किसी से विवाह करने योग्य ही नहीं रहतीं और यदि विवाह करती भी तो केवल मुझसे - मेरे पैरों पर गिरकर मुझसे क्षमा मांगने के बाद - अपने आदर्श को ठुकराकर दहेज में हर वस्तु देते हुए।

यही सब बातें सोचकर मैंने रंजन तथा तुम्हारे सॉफ्ट ड्रिंक के जाम में नशे की गोलियां इतनी मात्रा में मिलाईं कि रंजन को सुबह तक होश नहीं आए तथा तुम नशे की स्थिति में मेरी बन जाओ। फिर मैंने कमरा नम्बर पचासी की डुप्लीकेट चाभी ली और जब कुछ देर बाद दरवाजे के चाभी वाले छेद से अंदर झांका तो देखा कि तुम सोफे पर मदहोश हो चुकी हो और रंजन अपनी कमीज का बटन खोलते हुए तुम्हारी ओर बढ़ रहा है। परन्तु तुम तक पहुंचने से पहले ही मेरी नशे की गोलियां उस पर असर कर गईं। वह बिना लड़खड़ाए ही एक झटके से तुम्हारे कदमों में गिर पड़ा। कुछ देर सब्र करने के बाद मैंने दरवाजा खोला। फिर तुम्हें उठाकर अन्दर पलंग पर लिटाया तो अचानक तुम्हारी आंखें खुल गईं। तुमने मुझे देखा भी परन्तु तुम

नशे की स्थिति में थीं। तुम्हारी आंखें अपने आप ही बन्द हो गईं। मैंने संतोष की सांस ली और फिर...'

पंकज कह रहा था और सीमा को सारी बातें साफ-साफ याद आ रही थीं - एक-एक बात। हां, होटल में जब वह सोफे पर बैठी मदहोश होकर आंखें बन्द कर रही थी तो रंजन दैत्य समान दांत निकाले उसकी ओर बढ़ रहा था। परन्तु उसके बाद क्या हुआ? उसके बाद निश्चय ही पंकज के कहने के अनुसार रंजन पर पंकज की नशीली गोलियां प्रभाव डाल चुकी थीं और वह वहीं गिरकर अचेत हो गया। उसने पलंग पर लेटने के बाद पंकज को स्वप्न में नहीं वास्तव में देखा था।

पंकज उसी प्रकार कह रहा था, 'अंत में मैंने रंजन को तुम्हारे बगल में लिटा दिया और कमरे से बाहर जाने लगा तो अचानक मुझे वह वस्तु याद आ गई जो रंजन ने तुम्हारे कमरे से निकाली थी। उसे देखने को मेरी जिज्ञासा बढ़ी तो मैंने इधर-उधर देखा। कमरे में केवल एक सूटकेस था। मैंने तलाशी ली तो मुझे दो मूर्तियां मिलीं। मुझे मूर्ति पर स्मगलिंग का संदेह हुआ तो मैंने उसे अपने लाभ के लिए रख लिया। परन्तु रंजन की मृत्यु ने मेरी आंखें खोल दीं। मुझे विश्वास था तुम कभी उसके साथ स्मगलिंग में नहीं सम्मिलित हो सकतीं। ठंडे दिल से मैंने जब भी तुम्हारे बारे में सोचा तो बहुत पछताया - रोया भी और यही कारण था कि अदालत में...'

सीमा सुन रही थी परन्तु उसका ध्यान कहीं और था। उसे लूटने में क्या अन्तर पड़ा? उसे एक लुटेरे ने नहीं लूटा, दूसरे ने लूट लिया। अब तक वह यह सोच-सोचकर कितना अधिक तड़पती रही थी कि उसका शरीर एक अंतर्राष्ट्रीय स्मगलर द्वारा गन्दा हुआ है। उसकी बेटी के शरीर में देश के शत्रु के रक्त की धारा बह रही है। कितनी बड़ी सजा थी यह वही जानती थी जो अकारण ही मिल रही थी, इसलिए उसे पंकज पर सख्त क्रोध आया, उसके मस्तक पर बल पड़ गए। पंकज के प्रति घृणा फिर वापस लौट आई। वह दांत पीसती हुई आगे बढ़ी। उसका हाथ हवा में लहराया और फिर पंकज के बाल पर पूरी ताकत से पड़ गया - तड़ाक्!

पंकज के शब्द उसके होंठों में ही घुटकर रह गए। उसने सीमा की आंखों में देखा - बहुत असहाय दृष्टि से। सीमा की आंखों में आंसू थे - घृणा के आंसू। घृणा की चिनगारी लिए वह उसे घूर रही थी, इस प्रकार मानो दृष्टि द्वारा जलाकर तुरन्त राख कर देना चाहती हो। प्यार की कठपुतली बनकर वह धोखा खाते-खाते थक चुकी थी।

पंकज की आंखों के कोने भी भीग गए। यह क्या से क्या हो गया? वह तो यहां अपना अपराध स्वीकार करने आया था। अपराध स्वीकार करके अपने पाप का प्रायश्चित्त करने आया था। परंतु सीमा अब उसे कभी इसका अवसर ही नहीं देना चाहती थी। प्यार का यह कैसा जाल था जो उसने कभी सीमा के लिए फैलाया था ताकि उसे फांसकर लूट सके और जब लूट लिया तो वह स्वयं इस जाल का शिकार हो चुका था। उसकी अन्तरात्मा जाग उठी थी। नहीं जागृत होती तो वह यहां आकर इस भेद पर से परदा क्यों उठाता?

'नीच - पापी-' सीमा क्रोध में तड़पकर दांत पीसती हुई कह रही थी - 'निकल जाओ इस घर से, अभी, इसी समय - और खबरदार जो अपना गन्दा चेहरा हमें दिखाने का प्रयत्न भी किया। निकल जाओ।' सीमा एक हाथ द्वारा दरवाजे की ओर इशारा करती हुई चीख पड़ी। क्रोध के कारण उसका शरीर कांप उठा था।

घृणा! इस अधिकता के साथ! वह भी सीमा की ओर से, जिसके लिए उसने मानवता का वस्त्र पहना - आत्मा सहित - जिसके कारण उसने सच्चे प्यार का मूल्य जाना। उससे अब उसे चरम सीमा तक घृणा और केवल घृणा मिल रही है? सीमा उसे अब तक घूर रही थी - आंखों में घृणा की चिंगारी लिए। पंकज को विश्वास हो गया, उसे अब अपने पाप का प्रायश्चित करने का अवसर कभी नहीं मिलेगा। किसी से प्यार मिले न मिले, परन्तु घृणा मिलती हे तो जीना कठिन हो जाता है - विशेषकर उससे जिससे मानव प्यार करता है। पंकज का दिल छलनी हो गया। उसकी आंखें छलक आईं। उसने दिल के दर्द पर काबू पाने के लिए अपने दांतों द्वारा हल्के-से निचला होंठ काटा। फिर पलटा। दरवाजा खोला और बाहर निकल गया।

सीमा ने लपककर दरवाजा बन्द कर दिया। हुक चढ़ाकर लॉक कर दिया। ऐसा न हो कि पंकज फिर वापस आ जाए। वह नफरत और क्रोध की आग में जल रही थी - तड़प रही थी - दर्द सहा नहीं जा रहा था। पलटकर वह अन्दर की ओर बढ़ गई। तभी उसकी चीख सुनकर उसकी नन्हीं बेटी अन्दर के कमरे से इस कमरे में दौड़ती हुई प्रविष्ट हुई। पीछे-पीछे उसके माता-पिता भी आ रहे थे। सीमा ने अपनी लाडली को छाती से लगा लिया। सोफे पर गिरते हुए वह अपनी बेटी को दीवानों समान चूमने लगी - रोते-बिलखते - उसी सोफे पर जहां से उठकर अभी-अभी पंकज गया था। उसकी नन्हीं-मुन्नी लाडली - नीलू। यदि पंकज उसकी बेटी को ले गया होता तब क्या होता? कैसे वह अपनी बेटी के बिना जीवित रहती? ऐसा अनुमान करके उसका दिल कांप-कांप उठता था। इतने वर्ष गर्मी का पहाड़ उठाने के बाद जब वह किसी प्रकार जीना सीख गई थी तो पंकज उसकी बेटी को लेने चला आया।

नीलू अपनी मां को आश्चर्य से देख रही थी। भटनागरजी तथा उनकी धर्मपत्नी भी आकर सीमा के समीप खड़े हो चुके थे। दोनों ही चकित थे कि बेटी को यह अचानक क्या हो गया? वह किस पर चीख उठी थी? परन्तु सीमा फूट-फूटकर रो रही थी। उन्होंने इस समय उससे कुछ पूछना उचित नहीं समझा। घाव को छेड़ने से दर्द तो होता ही है। सीमा को शायद आज फिर अपना अतीत याद आ गया था। सीमा अक्सर अपना अतीत याद करके तड़प उठती थी - रो पड़ती थी। आज दर्द अधिक उठा है, शायद इसीलिए चीख निकल गई थी।

सहसा कमरे के बाहर दरवाजे की ओर से एक आवाज उत्पन्न हुई - खटखटाहट की। सीमा ने दरवाजे की ओर देखना भी उचित नहीं समझा। ऐसा न हो कि पंकज अपना इरादा बदलकर नीलू को उससे छीनने आ गया हो। नीलू पर उसका भी तो उतना ही अधिकार था

जितना उसका अपना है। उसने नीलू को अपनी छाती में और भी सख्ती से समा लिया। खटखटाहट का स्वर उसी प्रकार आता रहा।

‘मां-’ सहसा नीलू ने सीमा के कन्धे के ऊपर से देखते हुए कहा। सीमा की सांस जहां की तहां रुक गई, एक अज्ञात भय के कारण। नीलू कह रही थी, ‘वह पक्षी देखो - वह...ऊपर।’

सीमा ने चैन की सांस ली। अपनी सिसकियों पर काबू किया। अपने आंसू पोंछे और पलट कर सामने के दरवाजे के ऊपर देखा, रोशनदान की ओर। वह पक्षी पहले समान फिर बंद शीशे पर उड़-उड़कर सिर टकरा रहा था। शायद उसे इस बर्फीले क्षेत्र में कहीं और शरण नहीं मिल सकी थी इसीलिए वह वापस आ गया था।

‘मां-’ नीलू ने फिर कहा, ‘खिड़की खोल दो। बाहर बहुत ठण्ड है। उसे ठण्ड लग गई तो मर जाएगा।’ नीलू को उस पक्षी पर बहुत दया आ रही थी।

ठण्ड! मर जाएगा! सीमा ने सोचा। उसकी आंखों के सामने पंकज की उजड़ी हुई स्थिति चली आई। इस बला की ठंड में उसने कपड़े भी तो ठीक से नहीं पहन रखे हैं। फिर रात का वातावरण - अंधकार - केवल कहीं-कहीं ही बिजली के खम्भों से मद्धिम प्रकाश झलक रहा है, रास्ता भी ठीक से नहीं दिखाई देता। अगल-बगल अनेक पोपले गड्ढे भी होंगे और पंकज इस क्षेत्र से अपरिचित है। किसी पोपले गड्ढे में वह गिर गया तो निकलना कठिन हो जाएगा। सीमा की आंखों में उसके साथ कॉलेज में बिताए सुन्दर क्षण बहुत तेजी के साथ आए और चले गए। घृणा करने के बाद भी तो वह उसकी याद से मुक्त नहीं रह सकी थी।

पंकज के प्यार का यह कैसा जाल था कि उससे घृणा करने के पश्चात् वह कभी इस जाल से बाहर नहीं निकल सकी? और इस समय वह उस के बारे में सोच रही थी। वह रात भी उसे याद आई जब आधी रात में रंजन के कमरे से निकलकर वह अपने कमरे में पहुंची थी। तब वह हर पल रंजन के बजाए पंकज का ही स्पर्श अपने शरीर पर ताजा महसूस कर रही थी। आखिर ऐसा क्यों था? क्या यह दिल के अन्दर छिपे एक प्यार का प्रतीक नहीं है? उस समय उसे क्या पता था कि वह रंजन की बांहों की नहीं पंकज की बांहों की शोभा बनी थी। यदि वह रंजन की बांहों की शोभा बन गई होती तब क्या होता? वह उसी आग में जीवन भर जलती रहती जिस आग में इस भेद के खुलने से पहले तक जलती रही थी। सीमा ने महसूस किया कि उसके दिल के अन्दर पंकज के प्रति घृणा की भावना कम हो चुकी है। दिल का बोझ हल्का है। नीलू के शरीर के अन्दर एक अन्तर्राष्ट्रीय स्मगलर तथा देश के शत्रु का रक्त नहीं बल्कि एक मानव का रक्त दौड़ रहा है - एक नए उत्पन्न हुए मानव का - पंकज का - जिसकी बांहों में कभी उसका स्वर्ग था - जिससे घृणा करने के पश्चात् वह किसी और को दिल की गहराई से प्यार नहीं कर सकी तथा जिसे भूलने का प्रयत्न करने के पश्चात् भी वह उसे याद करती रही।

'मां-' नीलू से पक्षी की तड़प नहीं देखी जा रही थी। उसने फिर कहा - 'खिड़की खोल दो न! वह अपने नीड़ में जाना चाहता है। अन्दर वाले कमरे में ही उसका नीड़ है मां। वहां एक पक्षी और है न - इसीलिए।'

'नीड़! तो क्या इस पक्षी का नीड़ यहीं है? इसी घर में? क्या इसीलिए यह पक्षी अपने जोड़े से मिलने को तड़प रहा है? इस घर में रहकर भी वह इस बात से अनभिज्ञ थी? क्या अपने गमों में इस प्रकार वह डूबी रहती है कि उसे कुछ होश नहीं रहता है? क्या वास्तव में उसने खिड़की नहीं खोली तो वह पक्षी बाहर ठण्ड में तड़पकर मर जाएगा? पक्षी अब दूसरे रोशनदान के बन्द शीशे पर आकर फड़फड़ाते हुए सिर मार रहा था। तड़पकर अन्दर आ जाना चाहता था - अपने जोड़े से मिलने के लिए। इस स्थान के अतिरिक्त उसका ठिकाना भी कहां है?

सीमा आगे बढ़ी। उसने रोशनदान की लटकती रस्सी खींच दी। रोशनदान एक स्वर के साथ खुल गया। वह पक्षी फड़फड़ाकर अन्दर प्रविष्ट हो गया। झुककर वह उड़ता हुआ दरवाजे में प्रविष्ट हो गया। सीमा दोनों रोशनदानों के बीच, नीचे दरवाजे की ओर लपकी। उसने दरवाजा खोल दिया। वह बरामदे के किनारे आई। दूर, बिजली के खम्भे के मद्धिम प्रकाश के नीचे एक छाया चली जा रही थी - झुकी-झुकी - थकी-हारी-सी। उसकी दृष्टि से दूर, अंधकार में मद्धिम होकर वह गुम होना चाहती थी, शायद सदा के लिए। सीमा ने तुरन्त अपने दोनों हाथ ऊपर उठाकर होंठों के समीप एक बड़ा दायरा बनाया। पंजों के बल वह उचकी और फिर पूरी शक्ति लगाकर चीख पड़ी, 'पंकज!'

सीमा की चीख चट्टानों से टकराती तथा बर्फ पर फिसलती हुई सारे क्षेत्र में गूंज गई।

दूर, छाया के चलने की गति और मद्धिम हो गई। सीमा फिर चीखी - 'पंकज, वापस आ जाओ - वापस आ जाओ पंकज!' इस बार सीमा की चीख पहले से भी तेज थी।

वह छाया रुकी। फिर पलट पड़ी। वापसी पर उसके पगों में मानों बिजली जैसी गति थी।

सीमा के समीप नीलू आ चुकी थी। छाया के स्वागत में उसने नीलू को गोद में उठा लिया - और गालों पर चूम लिया।

* * *

व्यक्तित्व विकास

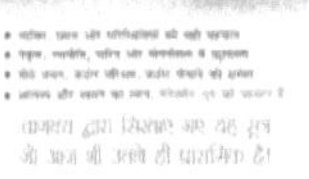

डायमंड बुक्स

X-30, ओखला इंडस्ट्रियल एरिया, फेज-II नई दिल्ली-110020 फोन : 011- 40712200
ई-मेल : sales@dpb.in Shop online at www.diamondbook.in